DOROTHY DREYER

ABSTIEG DES PHÖNIXES

FLUCH DES PHÖNIXES
BUCH EINS

Ins Deutsche übertragen
von Sora Sanders

Abstieg des Phönixes

Deutsche Überarbeitung von Mina Ravens
Originalüberarbeitung von Cheree Castellanos
Cover-Design von Deranged Doctor Design
Weltkarte von Sora Sanders
Designrahmen erstellt von Freepik
Original Veröffentlichung November 2017
von Snowy Wings Publishing.

ISBN: 978-1-952667-53-4

Solo Medaillengewinner der

2018 NEW APPLE SUMMER EBOOK AWARD FÜR HERAUSRAGENDE LEISTUNGEN IM BEREICH INDEPENDENT PUBLISHING

in der

Young Adult Fantasy

Kategorie

Für die Menschheit
Für Gleichberechtigung
Für Frieden und Liebe

Kaltländer

Phönix Meer

Tokuna

Drothidia

Avarell

Suroshi Dorf

Schloss Capehill

Die Kluft

Gräber Bucht

Khadulan

Creoca
Gadleigh
Maudrischer Ozean
Spiegel Meer
Kristallinseln
Hammer Meer
Nostidour
Höllenstein Bucht

KAPITEL 1

Die Hunde rasten mit Absicht nach vorne, dabei erzeugten ihr Knurren und wütendes Bellen scharfe Echos in der Winterluft. Bramwell fiel es schwer, mit der Gruppe Schritt zu halten. Er hatte das Glück, in seinem jungen Alter auf die Jagd eingeladen zu werden und es würde nichts nützen, seinen Onkel zu enttäuschen. Wenn er in Verzug gerät oder sich beschwerte, würde er vielleicht nicht mehr eingeladen werden.

„Augen auf, Bram", rief Logan, der schon meilenweit voraus war. „Deine Beine sind lang, aber schwach."

Bramwell trat fester auf und richtete sich auf, als seine Füße drohten, unter ihm herauszurutschen.

„Vorsichtig", sagte Logan mit einem Grinsen. „Du willst nicht in die Kluft fallen."

Bramwell fluchte unter schwerfälligem Atem, als Logan – sein lebenslanger Freund – an Fahrt aufnahm und sein Lachen Bramwells Ohren stechen ließ. Natürlich wäre er nicht so dumm, in die Kluft zu fallen. Die Alpträume der Kinder bestanden aus den Kreaturen, die dort wohnten – den Untoten –, die endlos durch den feuchten und schmutzigen Dell traten, der als Grenze zwischen dem Königreich Avarell, dem Waldgebiet von Drothidia und dem Bergbaugebiet von Khadulan diente. Bramwell hatte noch nie einen Untoten gesehen, aber er hatte die Geschichten gehört. Es wurde sogar von Kindern berichtet, die in die Kluft gewandert waren, in den Rinnen gefangen und entweder von den Kreaturen verspeist wurden oder sich durch den Biss eines Untoten infizierten und sich selbst zu einem entwickelten.

Mit einem Schaudern lief Bramwell schneller, sein Bogen um eine Schulter geschnürt und sein Pfeilköcher auf dem Rücken befestigt. Wenigstens hatte sein Onkel ihm vertraut, mit der Waffe umzugehen. Wie stolz er auf Bramwell sein würde, wenn er einen Hirsch oder Wolf zur Strecke brachte. Dann würden sie nicht lachen. Sie würden ihn feiern. Und all das Lob in Bramwells Namen würde dieses schelmische Grinsen von Logans Gesicht schmieren.

Es gab eine Wendung auf dem Weg, wo er sich in zweiteilte. Bramwell zögerte. Er konnte die Hunde nicht mehr hören, und die anderen waren auf der Jagd nicht zu sehen. In welche Richtung waren sie gegangen?

Bramwell blickte zum Himmel und versuchte seine Richtung anhand des Standorts der Sonne zu bestimmen. Er studierte den Schmutz auf den Pfaden, aber beide Wege wurden gleichermaßen befahren. Es war nicht zu erkennen, welche die Wache der Königin genommen hatte. Ein Laubflattern auf dem linken Weg erregte seine Aufmerksamkeit, und er nahm es als ein Zeichen.

Er raste nach vorne, sein Kiefer straff. Logan würde es ihn nie vergessen lassen, wenn er sich verlaufen würde. Dreißig Sekunden nach seinem Lauf verengte sich der Weg. Dreißig weitere Sekunden später und er schrumpfte in eine Sackgasse zusammen. Hitze überflutete seine Wangen und seinen Hals. Er hatte den falschen Weg gewählt. Er stellte den Riemen seines Bogens ein, drehte sich auf den Fersen um und lief den Weg zurück, von dem er kam.

Der harte Schatten von Flügeln schoss plötzlich vor ihm durch die Luft und ließ ihn bis zum Stillstand rutschen. Ein so lauter Schrei, dass er seine Ohren zuhalten musste, hallte durch die Wälder um ihn herum. Bram entdeckte den riesigen Vogel und duckte sich vor Angst. Ein Phönix. Es war selten, sie in Avarell zu sehen, aber hier, an der Grenze der Kluft, war es nicht ungewöhnlich. Er hatte in den sechzehn Jahren seines Lebens nur wenige gesehen, aber nie einen so nah. Wort war, dass die Vögel jetzt mit einer Art Krankheit angesteckt waren und es wurde gemunkelt, dass sich das Phönixfieber durch Drothidia ausbreitete. Es gab keine Berichte über die Epidemie in Avarell. Tatsächlich behaupteten viele, dass die Gerüchte nicht wahr seien.

Der Phönix schoss in einem Bogen hoch und landete auf einem nahegelegenen Baum. Seine orange-goldenen Federn wurden zerzaust, als es sich mit seinen scharfen Krallen an einen Ast klammerte. Bramwell starrte die herrliche Kreatur an und er hätte schwören können, dass sie zurückstarrte. Er sah nicht krank aus. Im Gegenteil, er war ziemlich atemberaubend. Der Vogel lehnte seinen Kopf zur Seite, dann spreizte er seine Flügel und tauchte vom Ast hinab. Bramwell schnappte nach Luft, als er erkannte, dass der Phönix direkt auf seinen Kopf zu flog.

Er bewegte sich schnell und trat in der Hocke zur Seite, aber sein

Fuß rutsche auf etwas Eis aus und er wurde weiter zur Seite geschleudert. Er landete auf seinem Arm, jedoch gab der Schnee unter ihm nach. Bramwell verlor den Atem, als er in einen Graben neben dem Weg stürzte. Sein Kopf prallte gegen einen Baum, und der Schnee, der mit ihm fiel, trübte die Luft. Aber sein Sturz war noch nicht vorbei. Das war nicht nur ein Graben; der Boden war zu einem scharfen Abgrund erodiert. Sein Körper rollte weiter nach unten, seine Arme und Beine schlugen auf dem Weg gegen Gestein und Äste. Seine Pfeile verteilten sich um ihn herum, und die Schnur von seinem Bogen schnitt sich in seine Schulter hinein. Er landete mit einem Aufprall in einer Schlucht, die Luft entwich ihm aus der Lunge und sein Knöchel pochte.

Zuerst konnte er sich nicht bewegen, er lag einfach da und versuchte, Luft zu holen. Als das Blut aus der Wunde an seinem Kopf langsam neben seinem Auge strömte, wusste er, dass er aufstehen musste. Er war in der Kluft. Und es war nur eine Frage der Zeit, bis die Untoten sein Blut riechen würden.

Er zuckte zusammen als er darum kämpfte, sich in eine sitzende Position zu ziehen. Nebel trieb über dem Schnee in der Schlucht und behinderte seine Sicht. Er blickte nach oben und versuchte zu sehen, woher er gefallen war und was noch wichtiger war, ob es einen Weg gab wieder nach oben zu kommen. Er griff mit seiner Hand einen nahegelegenen Ast und zog sich auf die Knie. Die Bewegung verursachte jedoch blitzartige Schmerzen in seinem Knöchel. Er fiel zurück auf seinen Hintern und saugte einen Atemzug ein, um nicht zu schreien. Lärm würde nur die Kreaturen in der Kluft anziehen.

Er rutschte auf seinem Hintern nach vorne und benutzte das nahe gelegene Laub, um sich näher an den Damm zu bringen. Aber alles, was er sich schnappte, löste sich von der Erde und dem Schnee, bis er dort mit einer Handvoll Ästen und Wurzeln saß, aber keine Fortschritte gemacht hatte.

Ein Ast, der hinter ihm knackte, ließ seinen Kopf herumschnellen. Er hielt den Atem an und suchte in der nebligen Umgebung nach Bewegung. Das Geräusch von schwerem, rauem Atmen und schleppenden Füßen ließ sein Herz in seiner Brust schneller schlagen. Jeder Muskel und jeder Nerv in seinem Körper wurde steif, als die Form eines Untoten durch den Nebel erschien. Beim Anblick seiner grauen Blässe, leerer Augen und der Art und Weise, wie sein verfallener Mund offen hing, wollte Bramwell würgen. Die Kreatur rückte näher und Bramwell kämpfte, um den Bogen von seinem Körper zu lösen. Seine Hände schlugen auf den Boden, die Finger suchten nach einem seiner verlorenen Pfeile. Es musste einer in der Nähe sein. Sein Mund wurde trocken, als sich der Untote noch näher heranzog.

Ohne Glück einen Pfeil zu finden, hielt Bramwell den Bogen fest in seinen Händen, um ihn als Waffe zu benutzen und trat zurück. Wenn er die Kreatur hart genug traf, könnte er sie vielleicht töten – oder zumindest abwehren.

Bramwells Atemzüge kamen in scharfen Stößen, als der Untote nach ihm griff. Er hielt seinen Bogen bereit, aber dieser wollte nicht stillhalten, weil er zitterte. Die Kreatur streckte seine Hand aus und packte das andere Ende des Bogens. Bramwell wollte schreien, aber er drückte seinen Mund fest zu und zog den Bogen zu sich zurück. Die Kreatur war stark und zog abermals am Bogen. Bramwell konnte ihn nicht von seinem Angreifer wegziehen und sein Herz fühlte sich an, als würde es explodieren.

Ein schnelles Zischen ertönte und der Untote ließ den Bogen

los. Sein Körper beugte sich zur Seite. Bramwells Kiefer fiel, als er den hölzernen Shuriken – eine Waffe, die einige als Wurfstern bezeichnen – entdeckte, welche in der Schläfe der Kreatur feststeckte. Dem Untoten entwich ein letztes Stöhnen, bevor es zu Boden fiel.

Zu schockiert, um die Bewegung um ihn herum zu verfolgen, wurde er von seiner Brust nach hinten gezogen. Er blickte nach unten und bemerkte die zarten Hände einer Frau, die um ihn gewickelt waren. Wer auch immer sie war, sie war stark. Sie zog ihn weiter, bis er an einem dunklen Ort geschleppt wurde, der von hängenden Ästen verdeckt war. Die kleine Höhle war kalt und nass und roch nach verrottendem Laub.

Als seine Retterin ihn gegen die Wand der Höhle setzte, bekam Bramwell endlich einen Blick auf sie. Obwohl das Licht schwach war, konnte er die Augen des jungen Mädchens nicht übersehen. Die exotische Neigung ihrer Augen sagte ihm, dass sie Drothidianerin sein musste. Sie war zierlich, Bramwell schätzte sie auf etwa vierzehn Jahre alt. Ihre Handgelenke und Knöchel waren in enges Tuch gewickelt, ihre Tunika und die Hose eines Jungen in einem grünen Farbton, der zum Wald passte und ihr schwarzes Haar wurde zu einem Knoten gezogen. Er beobachtete sie, erstaunt, dass diese kleine Person die Kraft hatte ihn in Sicherheit zu bringen.

„Danke", sagte er.

Sie hielt einen Finger an ihre Lippen und signalisierte ihm still zu sein. Sie lächelte nicht und sie sah ihn nicht länger an, als sie musste. Bramwell saß in verblüffter Stille, als das Mädchen ihre Hand aus der Höhle streckte und eine Handvoll Schnee sammelte. Sie hockte sich neben Bramwell und drückte den Schnee gegen die Wunde auf seinem Kopf. Erst als er zuckte und ein leichtes

Wimmern ausstieß, konnte man ein Grinsen auf ihrem Gesicht auftauchen sehen. Aber es war so schnell weg, wie es gekommen war.

„Wo bist du sonst noch verletzt?" flüsterte sie.

Obwohl er von ihrer Stimme überrascht war, zeigte er auf sein Bein. Es war nicht der einzige Ort, an dem es schmerzte, aber es fühlte sich von all seinen Verletzungen am schlimmsten an. „Mein Knöchel."

Ohne zu zögern zog sie einen Dolch heraus und riss das Bein seiner Hose zurück, um seinen Knöchel zu enthüllen. Die Haut war rot und geschwollen, eine Risswunde, die Blut und Fleisch enthüllte. Bramwells Augen weiteten sich und er schluckte hart.

Das Mädchen ließ einen Atemzug heraus, ein enttäuschter Blick auf ihrem Gesicht. Sie steckte ihre Hand in die Tasche, die an ihrer Seite geschnürt war und zog etwas heraus, was aussah wie ein geflecktes Blatt. „Hier."

„Was soll ich damit machen?", fragte er.

„Iss es."

„Warum?"

„Vertrau mir."

Er beobachtete sie einen Moment lang, studierte ihr Gesicht. Ihre Wangen sahen weich und glatt aus und er fragte sich wie sie sich anfühlten. Stattdessen nahm er ihr das Blatt aus der Hand.

Sie starrte ihn an und wartete darauf, dass er tat, was sie sagte. Er wusste nicht, warum er diesem Mädchen vertrauen sollte, außer der Tatsache, dass sie ihn den Untoten überlassen hätte, wenn sie ihm etwas antun wollte. Er drehte das Blatt zwischen seinen Fingern und blickte noch einen Moment in ihre Augen, bevor er das Blatt in seinen Mund steckte und schluckte.

Sein Kopf brummte und seine Augen juckten, als er zu sich kam. Er hatte keine Ahnung, wie lange er bewusstlos war, aber es war immer noch hell, also konnte es nicht allzu lange gewesen sein. Es sei denn, er hatte eine ganze Nacht geschlafen, wobei er die Jagd völlig verpasst hätte.

Als er sich erinnerte, wo er war, richtete er sich auf. Sein Rücken war kalt, weil er gegen die Wand der Höhle geschlafen hatte. Was auch immer das für ein Blatt gewesen war, es hatte ihn schnell bewusstlos gemacht. Er runzelte die Stirn, als er erkannte, dass das Mädchen nicht mehr da war. Er bewegte sein Bein leicht und zischte vor Schmerz durch die Zähne. Er griff nach seinem Knöchel und erstarrte dann. Ein schwarzer Zickzack war durch seine Haut eingefädelt worden und zog die Wunde zu. Er lehnte sich nach vorne und berührte zart den dünnen Seidenfaden. Das Fleisch dort war empfindlich, aber die Blutung hatte aufgehört und die Schwellung war leicht zurückgegangen. Das Mädchen war nicht nur stark, sondern auch schlau. Er lächelte und schüttelte den Kopf vor Staunen.

„Bram!"

Bramwells Augen weiteten sich, und er kämpfte, um aus der Höhle zu kriechen.

„Bram! Wo bist du?"

Er krallte sich in der Erde fest und zog sich trotz der Schmerzen nach vorne.

„Hier! Ich bin hier."

„Bramwell?"

„Ja! Logan, ich bin hier!"

Mit all seiner Kraft kroch er zum Fuße der Böschung. Der winzige Fleck, der Logans Kopf war, erschien an der Spitze der Wand aus Erde und Schnee. Bramwell winkte, die Erleichterung überflutete ihn.

„Na, spielst du in der Kluft allein Verstecken?", rief Logan. „Dein Onkel wird nicht erfreut sein. Warte kurz."

Logan verschwand, und zehn Sekunden später wurde ein Seil an dem Ort gesenkt, an dem Bramwell kniete.

„Wickle das um deinen Oberkörper und schieb deine Arme auch hindurch. Die Männer und ich werden dich hochziehen."

„In Ordnung." Bramwell packte das Seil und band es um sich selbst. Als er es um seinen Arm wickelte, blickte er zurück zur Höhle. Wenn seine Retterin dort gewesen wäre, hätte er ihr noch einmal gedankt. Vielleicht nach ihrem Namen fragen. Aber er sah niemanden. Er spürte ein Kneifen in seiner Brust, aber er schob das Gefühl weg und konzentrierte sich darauf, aus der Kluft herausgezogen zu werden.

„Bereit?" fragte Logan.

„Bereit."

„Nun, du hast vielleicht nichts an der Jagd gewonnen, aber ich wette, du hast eine verdammt gute Geschichte zu erzählen, wenn du oben bist."

Bramwell lächelte vor sich hin. „In der Tat, das habe ich."

KAPITEL 2

Tori schaute von den Büschen aus zu, als der Junge aus der Kluft aufstieg. Sie war fast herausgekommen, als er sich umblickte, als ob sie spürte, dass er nach ihr gesucht hatte. Aber sie konnte es nicht riskieren von der Wache der Königin gesehen zu werden. Sie wartete, bis der Junge für eine längere Zeit außer Sicht war, bevor sie ihr Versteck verließ.

Umso besser, dachte sie sich. Sie wurde erzogen, um Kontakt und Interaktion mit Menschen aus den anderen Bereichen zu vermeiden. Es gab eine lange Geschichte von Meinungsverschiedenheiten zwischen ihnen.

Aber sie konnte nicht einfach einen Untoten den Jungen töten lassen. Sie sah keinen Schaden darin, ihn zu retten. Vielleicht war es nicht nötig, sich um seine Wunden zu kümmern; er hätte seine Verletzungen auch ohne ihre Hilfe überlebt. Aber sie konnte nicht anders. Es schien grausam, ihn leiden zu lassen.

Mit ihrem Dolch in der Hand schlich sie sich so leise wie möglich durch das Laub. Sie hatte bereits die Vorräte gesammelt, die sie brauchte und es war entscheidend, dass sie vor Einbruch der Dunkelheit aus der Kluft kam. Die Untoten wirkten im Mondlicht immer hungriger. Abgesehen davon wollte sie nicht, dass sich ihre Mutter Sorgen machte. Sie hatte genug Kummer, ohne sich um Toris Wohlbefinden sorgen zu müssen.

Sie hielt ihre Grunzen und ihr Gemurmel auf ein Minimum, als sie über große Felsen kletterte und zwischen schweren Baummassen hindurchschlüpfte. Als sie den Bach erreichte, der den halben Wegpunkt ihrer Reise markierte, stieg sie auf eine große Zeder, welcher sich über das Wasser erstreckte. Der Stamm war groß genug, dass sie darauf laufen konnte. Sie streckte ihre Arme zur Seite, hielt ihr Gleichgewicht und lief in ihren gewachsten Leinenschuhen über die Länge des Stamms. Gegen Ende des Stamms gabelte er sich in zwei kleinere Äste, von denen einer über einem Stück Wildblumen schwebte. Sie hockte sich hinunter und packte den Ast mit ihren Händen, schwang ihre Beine nach unten und bereitete sich darauf vor, sich fallen zu lassen.

Als ihre Finger an dem Ast hingen und ihre Füße unter ihr schwangen, hörte sie ein beunruhigendes Geräusch. Ihre Kehle schloss sich und ihr Hals wurde schweißnass, als sie erkannte, dass es zu spät war sich wieder nach oben zu ziehen. Ihr Kiefer drückte sich bis zum Schmerz zusammen, als sie zwei Untote sah, die auf sie zukamen. Ihr hungriges Stöhnen füllte ihre Ohren. Sie fiel auf das Blumenbeet, ihre Füße berührten kaum den Boden, bevor sie zwei Shuriken aus ihrem Lederbeutel zog. Der erste, den sie warf, traf den näheren Untoten im inneren Augenwinkel. Die Kreatur stolperte mit einem lauten Stöhnen zurück und schlug mit den Armen um sich, als es zurückfiel. Tori schleuderte schnell den zweiten Shuriken, der den anderen Untoten im zerfallenden Fleisch in der Nähe seines Ohres erwischte. Die Kreatur stolperte, drehte sich im Kreis, fiel in sich zusammen und verstummte.

Tori stieß einen erschauderten Atemzug aus und ließ ihre Schultern fallen. Normalerweise konnte sie den Untoten gut ausweichen und benutzte ihren Shuriken nur, wenn es nötig war. Sie brauchte allein vier Tage, um einen zu schnitzen. Jeder einzelne wurde über Nacht mit einem tödlichen Nachtschatten behandelt, wobei das Holz das Gift aufsaugte, welches beim Aufprall automatisch in sein Ziel eindringen würde. Beim Umgang mit den Shuriken schützte sie ihre Hände mit Handschuhen und wenn sie in der Kluft unterwegs war, bedeckte sie ihre Haut mit einer speziellen Salbe aus Wachs und Pflanzensaft, obwohl das Nachtschattengewächs nur bei Berührung mit beschädigter Haut wirksam wurde.

Allein heute hatte sie drei der Wurfsterne verbraucht –zwei Wochen Arbeit in nur wenigen Stunden weg. Sie wagte es nicht, die Waffen von den Leichen zu holen. Natürlich könnte sie diese reinigen, beschädigte Teile neu schnitzen und sie mit mehr Gift nachbehandeln, aber Tori legte Wert darauf, sich keinem Untoten zu nähern, ob gefallen oder nicht. Man konnte einfach nicht wissen, ob einer wieder aufstehen würde – obwohl sie das noch nicht erlebt hatte. Abgesehen davon hatten die Shuriken ihren Zweck erfüllt und die Untoten niedergeschlagen und sie war froh, am Leben zu sein.

Der Himmel war in einen rosa Farbton getaucht, als sie schließlich die Grenze zu Drothidia erreichte. Sie kletterte den bekannten Sakura-Baum hoch, der an der Böschung zwischen der

Kluft und dem Rand ihres Dorfes Sukoshi stand, und genoss den herzerwärmenden Anblick ihrer Heimat. Wenn sie aus der Kluft nach Hause kam, empfand sie immer zwei unterschiedliche Gefühle. Auf der einen Seite war sie froh, zu Hause zu sein, unversehrt und in Sicherheit. Aber gerade der Grund, warum sie sich überhaupt in die Kluft wagen musste, erfüllte sie mit Traurigkeit, einem hohlen Gefühl in ihrem Bauch, welches sie in Hoffnungslosigkeit zurückließ. Die Kluft war der einzige Bereich, in dem die Süßholzwurzel wuchs. Die Süßholzwurzel wurde benötigt, um die Symptome des Phönixfiebers zu lindern – der Krankheit, unter der ihre Schwester litt.

Während sie den Weg zu ihrem Zuhause entlang stapfte, kam sie an den Häusern und Menschen ihres Dorfes vorbei und entdeckte hin und wieder ein Symbol, das mit roter Farbe auf eine Tür gemalt war: eine gerade vertikale Linie, die sich oben in zwei gebogene Linien teilte. Die Markierung stellte einen Phönix dar und war eine Warnung für jeden, der das Haus betreten wollte, dass jemand darin infiziert worden war. Es war das gleiche Symbol, welches ihre eigene Tür bedeckte. Es war noch nicht bekannt, ob die Krankheit von Mensch zu Mensch übertragen werden konnte, aber alle waren sicherheitshalber vorsichtig.

Es war zu einem Ritual geworden, nachdem sie aus der Kluft zurückkehrte, die Süßholzwurzel, die sie gesammelt hatte, vorzubereiten indem sie die Pflanze klein hackte und sie dann in genügend Beutel für die Infizierten verteilte. Die Beutel wurden dann an die Familien der Kranken geliefert, wo sie in kochendem Wasser aufgegossen und als Tee serviert wurden.

Es gab kein bekanntes Heilmittel für Phönixfieber, aber Tori hatte entdeckt, dass Süßholzwurzeltee die meisten Symptome linderte. Als ihre Schwester Miki den Tee trank, ließ ihre Schüttelfrost nach und ihre Magenkrämpfe nahmen ab. Es gab sogar Zeiten, in denen Miki in der Lage gewesen war, ihr Bett zu verlassen und mit der Familie Abendessen konnte. Das Fieber jedoch, obwohl es um ein paar Grad gesunken war, würde sie weiterhin belasten, und ihr Körper blieb schwach. Aber selbst ein bisschen Erleichterung für ihre arme, leidende Schwester war für Tori Grund genug, die Gefahren der Kluft zu riskieren.

Ihre Füße fühlten sich blasig und verwundet an, als sie schließlich ihre Tür erreichte. Sie warf nur einen kurzen Blick auf den roten Fleck, als sie das Haus betrat. Ihre Mutter, die in der Küche stand und Teig für Brot zubereitete, ließ ihre Arbeit fallen und lief auf Tori zu.

Sie legte ihre mit Mehl bedeckten Hände auf Toris Wangen und musterte sie mit Sorge in ihren Augen. „Tori, ich habe mir solche Sorgen gemacht. Du warst viele Monde weg."

„Tut mir leid, Mama. Aber ich habe die Süßholzwurzel." Sie gab ihrer Mutter die Tasche. „Wie geht es Miki?"

Ihre Mutter drückte ihre Lippen zusammen und schüttelte den Kopf. „Ihr Fieber ist heute gestiegen. Ein paar kalte Tücher konnten ein wenig helfen. Sie schläft jetzt." Ein kleines Lächeln erschien auf ihrem Gesicht. „Sie wird sich freuen, dich zu sehen."

„Ich werde direkt an ihrer Seite sein, wenn sie aufwacht."

Ihre Mutter umarmte die Tasche mit den Wurzeln an ihrer Brust. „Machen wir den Tee fertig."

Tori folgte ihrer Mutter in die kleine Küche und nahm ein Paar Messer heraus. „Sind Vater und Masumi von ihren Pflichten zurück?"

„Sie kamen zum Abendessen zurück, gingen aber danach wieder, um der Familie Saito mit ihrem Zaun zu helfen."

Ihr Vater und ihr Bruder gehörten zu dem Team, welches in und um das Dorf herum Stachelmasten baute und montierte, um Phönixe abzuwehren. Vor der Krankheit waren die schönen Vögel ein willkommener Anblick, ihr prachtvolles Federkleid ein Wunder. Nun wurden die Vögel mit Abscheu betrachtet. Es gab viel zu viele Todesfälle durch den Phönix, sodass niemand mehr über seine atemberaubende Erscheinung hinwegsehen konnte.

„Und Taeyeon?" fragte Tori. „Mit ihren kleinen Freunden spielen." Ihre Mutter schenkte ihr ein kleines Lächeln. „Aber sie wird bald zurück sein."

Sie arbeiteten ein paar Minuten lang schweigend, aber Tori bemerkte, dass ihre Mutter sie mehr als einmal ansah.

„Was?" fragte Tori.

„Etwas ist passiert." Es war keine Frage. Ihre Mutter wusste immer, wenn sie etwas vor ihr verheimlichte.

Tori wusste, dass es sinnlos war zu lügen, aber sie war auch nicht in der Stimmung, einen Streit anzufangen. Wenn ihre Mutter herausfinden würde, dass sie einem Avarellianer geholfen hatte, würden sie über ihre Aktionen für Monde diskutieren. Vielleicht musste sie nicht die ganze Wahrheit erzählen. „Die Wache der Königin war auf Jagd. Ich musste mich verstecken."

„Hat dich jemand gesehen?"

Tori schüttelte den Kopf. „Ich war gut versteckt."

„Gut. Man kann nicht sagen, was diese Wilden getan hätten, wenn sie dich entdeckt hätten. Sie haben keinen Finger gerührt, um uns während des Krieges mit den Khadulianern zu helfen. Das macht sie auch zu Feinden, wenn meine Meinung für irgendetwas zählt."

„Ich weiß, Mama."

Tori ging zum Waschbecken und schrubbte das Grün von ihren Händen. Sie erinnerte sich daran, wie der Junge ihr gedankt hatte. Die Freundlichkeit in seinen Augen, als sie ihm das Ledola-Blatt anbot. So wie er das tat, was sie ihm befahl und das Blatt ohne Frage aß. Er schien ihr kein Feind zu sein.

Wie versprochen, war Tori an Mikis Bett, als sie erwachte. Es war mehr als beunruhigend, ihre jüngere Schwester leiden zu sehen. Sie wünschte, es gäbe mehr, was sie für sie tun könnte. Taeyeon saß zu Toris Füßen auf dem Boden und spielte ein Spiel, das aus einem Ball und sechs harten Beeren bestand. Der Aufprall des Balls auf den Boden entsprach dem Rhythmus von Toris Fingern, die Mikis Arm streichelten.

Mikis Augen öffneten sich, als sie ihre ältere Schwester entdeckte, und sie griff mit zitternder Hand nach ihr. „Du bist hier." Ihre Stimme war trocken und brach beim letzten Wort.

Taeyeon hörte auf, ihr Spiel zu spielen, stand auf und beobachtete ihren Austausch.

Tori reichte Miki die Tasse Tee, die auf Zimmertemperatur abgekühlt war. „Trink."

Miki richtete sich auf und nahm den Becher, die Schmerzen in ihrem Gesicht deutlich sichtbar, als sie sich bewegte. Sie trank den Tee langsam und fing dann an zu husten. Der Becher zitterte in ihrer Hand, als ihr Husten heftiger wurde, und Tori schnappte die Tasse weg und stellte sie auf den Nachttisch. Tori beugte sich vor und rieb ihrer Schwester den Rücken, in der Hoffnung, dass es helfen würde. Tori hielt ihr Kinn hoch erhoben und weigerte sich, ihre Schwester die Sorge sehen zu lassen, die ihr Herz bedrückte.

Mikis Husten ließ nach, und sie legte eine Hand auf Toris Arm und nickte dankend. „Du warst nicht zum Mittagessen zurück", sagte Miki. „Ich habe mir Sorgen gemacht."

Tori zwang sich zu einem Lächeln. „Du weißt, dass du dir keine Sorgen um mich machen musst. Ich wurde von Akihiro Shung, dem besten Krieger in ganz Drothidien, in Angriff und Verteidigung ausgebildet."

„Du meinst den einzigen Krieger, der bereit ist, ein Mädchen auszubilden", sagte Miki mit einem schiefen Grinsen.

„Und das macht ihn zum Besten." Tori stieß ein kleines Lachen aus.

„Vielleicht trainiert er mich eines Tages", warf Taeyeon ein, das Kinn hoch und die Arme an den Seiten ausgestreckt.

Mit einem Lächeln kräuselte Tori Taeyeons dunkles, seidiges Haar. „Er wäre glücklich, dich als Schülerin zu haben."

Eine Gestalt bewegte sich im Türrahmen, was Tori dazu veranlasste, ihren Kopf zu drehen. „Ich dachte, ich hätte hier Lärm gehört", sagte Masumi und lehnte sich an den Türrahmen.

Taeyeon kicherte und eilte zu seiner Seite um ihre Arme um seine Taille zu legen.

Tori lächelte beim Anblick ihres älteren Bruders, dessen Gesicht mit Dreck übersät war. Seine Kleidung hatte Reste von Holzspänen und er roch nach Erde und Gras. „Du siehst schlimm aus", sagte Tori.

Masumi grinste und verschränkte seine Arme. „Ich sehe nicht schlimmer aus als du, wenn du aus der Kluft zurückkommst."

Tori strich ihr schlichtes Kleid glatt. „Aber wenigstens weiß ich, wie ich mich wieder zurechtmachen kann. Du würdest nicht zweimal darüber nachdenken, in diesem Zustand ins Bett zu gehen."

Masumi zuckte mit den Schultern, aber das Grinsen blieb. „Den Mädchen scheint es nichts auszumachen."

Miki lachte. „Du Schwein."

Taeyeon ließ ein weiteres Kichern los und sprang auf und ab. „Schwein, Schwein, Schwein, Schwein." Sie beendete ihren Ruf mit ein paar lauten Schnauben.

Masumi drückte sich vom Türrahmen ab. „Gut. Ich gehe mich waschen."

Als er mit Taeyeon im Schlepptau den Raum verließ, schaute Tori zurück zu Miki. Toris Lächeln verschwand sofort, als sie die Blässe im Gesicht ihrer Schwester wahrnahm. Irgendetwas stimmte nicht. Ein Schimmer von Schweiß bedeckte Mikis Stirn und sie sah aus, als würde sie erbrechen. Tori kam näher und stützte eine Hand hinter Mikis Rücken und half ihr, sich aufzurichten. Sie griff nach einem alten Topf, der neben dem Bett stand, und legte ihn auf Mikis Schoß. Miki packte den Topf und lehnte ihren Kopf darüber. Tori rieb den Rücken ihrer Schwester, als sie Galle ausspuckte.

Als das letzte Würgen von Miki aufhörte, nahm Tori einen Waschlappen, der in einer Schüssel mit Wasser lag, wrang ihn aus und legte ihn auf Mikis Kopf. Sie half ihrer Schwester zurück auf das Kissen und nahm den Topf weg. Sie hasste es, sie in diesem Zustand zu sehen. Sie hasste es, dass sie nicht mehr für sie tun konnte, als ihr Tee zu machen. Es musste noch etwas anderes geben, was sie tun konnte, damit alles wegging.

„Soll ich Mama holen?" fragte Tori.

Miki schüttelte den Kopf, kaum in der Lage, ihre Augen offen zu halten. Sie streckte die Hand aus und nahm Toris Hand. „Nein.

Bleib bei mir."

Tori drückte ihre Hand. „Okay. Das werde ich."

Aus Mikis Augen sprach Qual, als sie an die Decke starrte, ihr Atem war mühsam und das Schlucken fiel ihr schwer. „Tori, du musst mir etwas versprechen."

„Natürlich, Miki. Egal was."

Miki schloss die Augen, Tränen fielen sanft aus den Augenwinkeln. „Ich weiß, du willst, dass es aufhört. Ich weiß, du willst ein Heilmittel finden. Aber du musst mir versprechen: wenn ich sterbe, wirst du weitersuchen."

Toris Augen weiteten sich. „Miki-"

Miki fixierte ihren Blick auf sie. „Du musst es mir versprechen. Finde einen Weg, den anderen zu helfen, Tori. Es wird sich sonst ausbreiten. Wenn es Mama erreicht, wenn es Taeyeon erreicht… Gib nicht auf."

Ihre Tränen brannten, als sie über Toris Wangen rollten. Die tiefste Qual lag in ihrem Herzen, als sie an den Tod ihrer Schwester dachte. Sie war sich sicher, dass sie selbst sterben würde, wenn das passieren würde. Aber Mikis Augen flehten sie an und Tori wusste, dass sie ihr das nicht verwehren konnte.

Sie hielt die Hand ihrer Schwester und drückte sie gegen ihr Herz. „Ich verspreche es."

FÜNF JAHRE SPÄTER…

KAPITEL 3

Die Sterne funkelten wie glitzernde Edelsteine am Nachthimmel, als Tori die großen Gebäude betrachtete, die die staubige Bergbaustadt Khadulan dominierten. Bei der Anlage vor ihr fiel vor Staunen ihre Kinnlade herunter. Sie hatte noch nie so viele Gebäude gesehen und schon gar keine so großen. Riesige Lagerhallen saßen am Rande gewaltiger Fabriken, die alle hoch auf staubbedeckten Hügeln thronten, welche die zahlreichen Minen am Rande der Stadt überblickten.

Toris beschwerliche Reise durch die Kluft, um in das unbekannte Land zu gelangen, ließ sie müde zurück, aber der Anblick dieser fremden Stadt erfüllte sie mit Entschlossenheit. Was sie suchte, befand sich in einem der Gebäude und obwohl sie nicht sicher war, in welchem, musste sie irgendwo anfangen.

Während sie sich hinter einer Palette mit Kisten versteckte, huschte ihr treuer Fuchs Takumi auf den Mann zu, der das erste Lagerhaus bewachte. Takumi schlich sich leise an den ahnungslosen Wächter heran. Der khadulanische Mann trug eine dunkle Wachuniform mit silbernen Knöpfen, seine spitzen Ohren – das charakteristische Merkmal des khadulanischen Volkes – steckten unter einer Feldmütze.

Takumi hatte seine Anweisungen. Die Wache abzulenken würde kein Problem sein. Aber wenn es ihm gelingen würde, die Schlüssel der Wache zu stehlen, würde das Toris Aufgabe um so leichter machen.

Sie hatte Wochen damit verbracht, diesen Plan zu durchdenken. Wochen, in denen sie sich selbst davon überzeugt hatte, dass sie ihn durchziehen konnte. Aber sie hatte Monate davor gebraucht, um überhaupt daran zu denken sich hinauszuwagen. Um überhaupt daran zu denken, sich der Welt zu stellen. Diese Monate waren die tiefste Phase ihres Lebens, die sie je durchlebt hatte – und das tat sie kaum, so verzweifelt wie sie über den Tod ihrer Schwester war. Als das Phönixfieber Miki schließlich einholte, fiel Tori in eine tiefe Depression, aß wochenlang nicht und schlief kaum. Wenn ihre Familie die Welt genauso ausgeschlossen hatte wie sie selbst, war ihr das nicht bewusst gewesen, denn sie war zu sehr in den Abgründen der Trauer versunken. Mit der Zeit begann ihre Mutter, Anzeichen der Krankheit zu zeigen und das Versprechen, welches Tori Miki gegeben hatte, ein Heilmittel zu finden, kam schreiend zu ihr zurück.

Jeder Tag, der verging, machte sie paranoid, dass ihre jüngste Schwester Taeyeon Symptome zeigen könnte. Sie beobachtete sie genau, hatte Angst, sie aus den Augen zu lassen. Ihr Bruder Masumi – normalerweise der Muskelmann der Familie – schien nicht mehr so agil zu sein wie früher, der übliche Antrieb, den er besaß, nahm ab und obwohl Tori befürchtete, dass er auch das Fieber haben könnte, versicherte er ihr, dass er völlig gesund sei. Tori glaubte jedoch, dass er geschickt eine Fassade aufbaute, um sie nicht zu beunruhigen. Nur ihr Vater zeigte keine Anzeichen, von der Krankheit betroffen zu sein. Aber wie lange würde das anhalten?

Da sie um die Leben ihrer Familie fürchtete, hatte Tori beschlossen, sich auf die Suche nach dem Heilmittel zu machen. Sie wusste nicht einmal, wie es genannt wurde, aber sie wusste, dass es existierte – hergestellt und gelagert im feindlichen Reich Khadulan.

Takumi kam bis auf einen Meter an die Wache heran und begann zu kichern, wobei seine hohe Stimme in einem stotternden Rhythmus ertönte. Die Wache zuckte zusammen, versteifte sich mit vorgehaltenem Gewehr und drehte sich, um den Fuchs zu sehen, der auf seinen Hinterbeinen hockte. Für den Wachmann muss der Fuchs angriffsbereit ausgesehen haben, aber Tori wusste, dass er nie jemanden absichtlich verletzen würde. Die Hand des Wachmanns schwebte über dem Abzug des Gewehrs, aber seine Augen verrieten Tori, dass er zögerte seine Waffe gegen das Tier einzusetzen. Takumi spürte das Zögern des Wächters, bewegte sich plötzlich und schlängelte sich mit überraschender Geschwindigkeit durch die Beine des Wächters. Er beugte seinen Körper und lief einen schnellen Kreis am linken Bein des Wächters hinauf, dann sprang er herunter und weg von ihm. Erschrocken über Takumis unerwartete Bewegungen, bemerkte der Wachmann nicht, dass der Fuchs seine Schlüssel von seinem Gürtel gelöst hatte. Mit einem schnellen Sprung sprang Takumi auf einen Kistenstapel und sprang über das Dach des Lagerhauses.

Als die Wache auf die andere Seite des Gebäudes zu huschte,

fluchend und murmelnd, drehte sich Takumi um und sprang hinunter zu dem Ort, an dem sich Tori versteckte. Er ließ die Schlüssel schnell zu ihren Füßen fallen und eilte dann zurück zur Wache und wirbelte mit seinen winzigen Füßen Staub auf. Er musste die Wache weiter ablenken, damit Tori das richtige Lagerhaus finden konnte.

Als sie sicher war, dass sie weit genug entfernt waren, trat Tori aus ihrem Versteck hervor und näherte sich dem ersten Lagerhaus. Die dunkle Nacht machte es ihr schwer, den Schriftzug an der Außenwand des Lagers zu erkennen, aber als sie näher kam, sah sie, dass es sich um ein Lager für Holz handelte.

Sie setzte ihre leise Suche fort und ging von einem Gebäude zum nächsten, bis sie schließlich eines fand, auf dem das Wort *MEDIZINISCH* stand. Ihr Herz schlug härter in ihrer Brust. Das könnte es sein. Auf der anderen Seite der Tür könnte die Antwort auf ihre Probleme liegen. Sie fummelte an den Schlüsseln herum und bettelte, dass ihre Finger aufhörten zu zittern. Sie versuchte es mit dem ersten Schlüssel, ohne Erfolg. Mit zusammengebissenen Zähnen griff sie nach dem Nächsten. Und dann dem Nächsten. Als sie den vierten Schlüssel ins Schloss steckte und drehte, segnete er sie mit einem Klicken.

Sie presste die Lippen zusammen und hielt den Atem an, während sich ihre Augen an das fehlende Licht gewöhnten. Als Reihen und Reihen von raumhohen Regalen ins Blickfeld kamen schluckte sie die Angst hinunter, nicht das zu finden, weswegen sie hergekommen war. Seltsam aussehende Maschinen waren entlang einer Wand aufgereiht, ihre ominösen Metallteile in unmöglichen Winkeln gebogen.

Draußen ertönten Schritte. Dem Klang nach zu urteilen, lief

Takumi mit der Wache im Schlepptau vorbei. Sie hielt für einen Augenblick inne, bevor sie an den Paletten mit verpackten Bandagen und Hautsalben vorbeiging. Die Regalreihen waren nicht gekennzeichnet, aber als sie auf die Abteilung mit den Fläschchen und Gläsern stieß, wusste sie, dass sie näher dran sein musste. Sie las ein Etikett nach dem anderen, ihre Finger fuhren über die Flaschen, die mit Kräutern gegen Kopfschmerzen und Pasten zur Linderung von Ausschlägen gekennzeichnet waren. Schließlich erreichte sie eine Abteilung mit Fläschchen, die sie innehalten ließ. Die Worte auf diesen Etiketten waren unkenntlich. Sie hatte viel von ihrem Dorfmediziner gelernt, aber von diesen Medikamenten hatte sie noch nie etwas gehört, geschweige denn sie aussprechen können.

Wenn sie nur wüsste, wie das Mittel gegen Phönixfieber hieß.

Ein klickendes Geräusch ertönte in der Lagerhalle. Tori unterdrückte ein Keuchen, weil sie wusste, dass die Wache es leid war den Fuchs zu jagen. Aber sie war sich nicht sicher, welches Fläschchen das Heilmittel enthielt.

Der riesige Raum füllte sich plötzlich mit Helligkeit. Tori hatte von der Verwendung von Elektrizität in anderen Reichen gehört, aber sie hatte es bis jetzt noch nie erlebt. Sie versuchte, ihr Erstaunen über das Gebäude zu zügeln, das so hell leuchtete, als würde die Sonne hineinscheinen und wandte ihre Aufmerksamkeit schnell wieder dem Regal zu. Die Wache hatte sie noch nicht entdeckt, also musste sie die Gelegenheit nutzen, um zu greifen, was sie konnte. Sie schaufelte jeweils zwei von allem in ihre Tasche, schlich zum Ende der Reihe und spähte zu der Wache hinaus. Seine Hand umklammerte fest sein Gewehr, während er den Raum absuchte. Er musste wissen, dass jemand im Gebäude war. Wenn man nur dieses verdammte Licht auslöschen könnte, würde Tori die Dunkelheit nutzen können, um ihre Flucht zu verbergen.

Tori konnte den Schalter an der Wand sehen, den der Wachmann benutzt hatte, um das Licht einzuschalten. Er war klobig und aus Metall und sah aus, als bräuchte man eine starke Hand, um ihn zu betätigen. Sie bemerkte ein dickes, schwarzes Kabel, das aus der Metallvorrichtung herausführte und folgte ihm bis zu der Stelle, wo es mit den massiven Glühbirnen verbunden war. Da kam ihr die Idee.

Leise griff sie nach einem Shuriken und machte einen leisen Schritt zwischen den Reihen hervor. Sie musste schnell sein und genau zielen. Ihr Kiefer spannte sich an, als sie den Shuriken durch die Luft schleuderte. Der Kopf der Wache dreht sich herum, unsicher, was das zischende Geräusch verursachte, das an ihm vorbeiflog. Der Shuriken durchschlug das Kabel genau und die Lichter gingen sofort aus.

Tori hockte sich hin und schlich zur Tür, den Beutel fest umklammert, um zu verhindern, dass die Fläschchen Geräusche machten. Sie konnte den Wachmann nicht sehen, aber sie hörte, wie er über etwas stolperte, sein gemurmelter Fluch war ein leises Rumpeln in der Dunkelheit. Mit angehaltenem Atem, erreichte sie die Tür und glitt hindurch. Die Nachtluft traf sie wie eine frische Erleichterung.

Sie schnalzte dreimal mit der Zunge – ihr Signal an Takumi, sich ihr anzuschließen – und rannte in Richtung des Waldes, aus dem sie gekommen war. Ihr Beutel klapperte, als sie rannte, obwohl sie sich bemühte, ihn mit einer Hand zu umklammern. Aber es gab keine Möglichkeit, das Geräusch ihrer Schritte zu unterdrücken, die gegen den Schmutz stießen.

Mit galanter Geschwindigkeit durchbrach sie den Wald, Takumi folgte dicht hinter ihr und überholte sie schließlich. Als sie unter dem Schutz des Waldes war, erlaubte sie sich, langsamer zu werden, aber sie hielt nicht an. Der Mond stand hell am Nachthimmel und sie würde immer noch ihren Weg durch die Kluft finden müssen. Stattdessen konzentrierte sie sich auf das Ein- und Ausatmen, wobei sie darauf achtete, dass ihre Atemzüge ruhig blieben, während sie gleichzeitig aufmerksam war, wohin ihre Schritte sie führten und der Neigung widerstand, hinter sich zu schauen. Es würde nichts nützen, jetzt den Halt zu verlieren.

Nachdem sie meilenweit gelaufen war, erreichte sie den Bereich des Waldes, der in die Kluft mündete. Erst jetzt nahm sie sich einen Moment Zeit, um über ihre Schulter zu schauen. Ihr Atem kam in starken Strömen heraus, als ihre Augen die Bäume abtasteten. Die Dunkelheit verbarg vielleicht Bewegungen, aber sie war sich sicher, dass Takumi sie gewarnt hätte, wenn er jemanden hätte herankommen hören. Da sie keinen Beweis dafür fand, dass sie verfolgt wurden, ging Tori in die Knie und sprang in die Kluft.

Sie hasste es, überhaupt in der Kluft zu sein, aber besonders nachts. Die Nacht machte etwas mit den Untoten. Es war, als ob es ihre Sinne schärfte, sie hungriger machte. Der Schutz der Dunkelheit half Tori, sich zu verstecken, aber nichts konnte den Geruch von Blut verbergen, der durch ihren Körper pumpte. Wenn sie zu nahe an eine Höhle von Untoten kam, würden diese sie sofort riechen.

Ihre müden Muskeln drückten sie nieder und der schwere Beutel mit Medikamenten machte ihr zu schaffen. Sie musste einen Platz zum Ausruhen finden, nur für ein paar Minuten. Vor ihr entdeckte sie einen uralten Feigenbaum, dessen riesige Äste ihr sicher einen Zufluchtsort für eine Pause bieten würden. Takumi muss ihre Gedanken gelesen haben, denn er flitzte auf den Baum zu und hüpfte in die Sicherheit seiner Äste. Tori zwang sich, ihm zu folgen, ihre Muskeln schmerzten bei jedem Schritt.

Sie klammerte sich mit der Hand an einen festen Ast und begann, sich hochzuziehen. Doch als sie sich mit der anderen Hand am nächsten Ast festhielt, zog sie etwas nach unten. Sie rutschte ein paar Zentimeter ab, die Zähne zusammengebissen, während sie sich mühsam hochzog. Sie brauchte nicht nach unten zu schauen, um zu wissen, dass es die Hand eines Untoten war, die sich um ihren Knöchel schlang. Knurren erfüllte ihre Ohren zusammen mit ihrem schnellen Herzschlag. Takumi keuchte und lief auf dem Ast über ihr hin und her.

Die Augen feucht von Tränen der Panik, trat sie gegen die Kreatur und verdrehte ihr Bein nach links und rechts. Sie musste nur den Griff der Kreatur lockern, damit sie nach oben in den Baum springen konnte. Aber der Griff der Kreatur war stark.

Takumi kletterte mit einem lauten Kreischen den Baum hinunter und klemmte seine Zähne um das Hosenbein von Toris Angreifer. Tori wollte aus Protest schreien, weil sie um Takumis Leben fürchtete, aber es fiel ihr schwer, Luft zu holen. Ihr Fuchsfreund muss jedoch erreicht haben, was er vorhatte, denn der Untote ließ Toris Knöchel so weit los, dass sie hindurchschlüpfen konnte. Sie zog sich in die Sicherheit der Äste hoch, ihre Augen suchten sofort nach ihrem Fuchs.

Takumi sprang in einem Kreis um den Untoten herum, bevor er den Baum hinaufsprang und sich Tori anschloss. Toris Hand drückte fest gegen ihre Brust, sie wollte, dass sie zu Atem kam, wollte, dass ihr Herz langsamer schlug.

Der Untote krallte sich an den Baum und stöhnte in die Nacht, während ihm Speichel aus dem klaffenden Mund hing. Tori musste es zum Schweigen bringen, sonst riskierte sie, weitere Kreaturen anzulocken. Sie holte einen Shuriken aus ihrer Tasche, beruhigte ihre Hand und zielte.

Erst als der Untote zu Boden fiel und sich seine Gliedmaßen nicht mehr bewegten, konnte sie wieder frei atmen. Takumi schritt umher und beobachtete weiterhin den Klumpen der Kreatur. Tori wischte sich mit dem Handrücken den Schweiß von der Stirn. Zusammen mit den Schmerzen in ihrem Unterleib schmerzten die Seiten ihres Nackens und sie biss einen Fluch zurück. Dies war nicht der richtige Zeitpunkt, um sich krank zu fühlen.

Sie brachte sich in eine stabile, aber bequeme Sitzposition, schloss die Augen und konzentrierte sich darauf, langsam und tief zu atmen. Sie brauchte die Ruhe, ja, aber sie musste nach Hause kommen. Es würde nichts nützen, wenn ihre Erschöpfung in Fieber umschlug.

Mit immer noch geschlossenen Augen nahm sie die Geräusche des Waldes auf. Weit in der Ferne hörte sie das hohe Krächzen eines Phönix. Das überraschte sie nicht, denn die großen Vögel nisteten bekanntermaßen häufiger in der Kluft. Leises Heulen verriet ihr, dass eine Eule in der Nähe war und die schwirrenden Insekten waren auf ihrer ständigen Reise durch die Bäume. Das Rascheln von Blättern und das Brechen eines Zweiges …

Ihre Augen sprangen auf und ihre Hände umklammerten die Baumrinde. Sie musterte den Boden unter sich nach Anzeichen von Bewegung und ignorierte den Schweiß, der ihr in die Augen tropfte. Sie schluckte hart, zuckte bei dem stechenden Schmerz in ihrem

Nacken zusammen und fragte sich, ob das, was sie hörte, ein weiterer Untoter war oder ob sie doch von einer khadulanischen Wache verfolgt worden war.

Takumi schnurrte und tätschelte ihr Bein. Tori studierte ihn und bemerkte, dass er sich nicht um das Geräusch des brechenden Zweigs kümmerte.

„Ich vertraue dir", flüsterte sie ihm zu. „Wenn du dir also keine Sorgen machst …"

Takumi richtete sich auf seinen Hinterpfoten und schnupperte an ihrem Kinn. Die angespannten Muskeln in ihren Schultern entspannten sich ein wenig. Sie rümpfte die Nase über das Gefühl seiner kitzelnden Schnurrhaare und stieß ein kleines Lachen aus.

Akihiro Shung saß auf einem Holzstuhl, den er selbst gebaut hatte und nahm einen langen Zug von seiner Pfeife. Tori wusste, dass sie ihn hier finden würde, sogar mitten in der Nacht. Er drehte seinen Kopf nicht, als sie sich näherte, aber seine Augen trafen ihre. Wenn er überrascht war, sie zu sehen, zeigte er es nicht. Sein weißer Bart verbarg seinen Mund, wie immer, so dass sie nie sagen konnte, ob er lächelte oder die Stirn runzelte.

Tori verlangsamte ihren Schritt, da sie nicht wusste, ob Akihiro ihr helfen konnte. Aber er war einer der hochangesehenen Senioren des Dorfes Sukoshi. Vielleicht war er nicht der weiseste, aber er brachte ihr sicherlich eine Menge bei, wenn sie mit ihm trainierte. Nicht nur Kampf, sondern auch Strategie, Geduld und inneren Frieden. Jetzt, da er älter war und sich etwas langsamer bewegte, verbrachte er seine Abende und die meisten seiner Nächte auf seiner

Veranda und beobachtete die Sterne, während er seine medizinische Pfeife rauchte.

„Herr Shung", sagte Tori, als sie die Veranda hinaufstieg. Ihre Stimme war atemlos, ein Spiegelbild ihrer mühsamen Reise. „Ich hatte gehofft, dass Ihr mir helfen könntet."

„Ich weiß nicht, was du brauchst, aber ich hoffe auch, dass ich dir helfen kann, mein Kind."

Ihre Hand ging zu ihrem Beutel. Das Gewicht war furchtbar, aber sie hätte mehr getragen, wenn sie könnte und sei es nur, um sicher zu sein, das Heilmittel zu bekommen, das sie suchte.

„Ich habe hier ein paar Heilmittel." Sie hockte sich vor ihm hinunter, entfernte den Gurt von ihrem Körper und spürte sofort Erleichterung in ihrer Schulter. „Ich hatte gehofft, Ihr könntet mir sagen, welches… ob eines von ihnen das Mittel gegen das Phönixfieber wäre."

Seine buschigen Brauen senkten sich langsam, seine glasigen Augen konzentrierten sich zuerst auf sie und dann auf den Beutel. „Heilmittel?"

„Ja, Herr Shung. Es gibt eine Heilung für das Phönixfieber. Die Bürger von Avarell und Khadulan sind gegen die Krankheit geimpft. Aber wir, die Drothidianer, brauchen es am meisten."

Sie verschüttete die Ampullen vorsichtig auf den Boden zwischen ihnen, ihre Hand glitt sanft über jeden Glasbehälter, als würde es nach ihr rufen, wenn sie das richtige berührte.

Herr Shung stellte seine Pfeife auf den kleinen Tisch neben ihm. „Tori, hast du die gestohlen?"

Ihr Gesicht erwärmte sich. „Ich habe getan, was ich tun musste."

Sie wettete, wenn sie seinen Mund unter dem Schnurrbart sehen könnte, würde sie ein strenges Grübeln entdecken. Zumindest war das die Andeutung, die seine Augen ihr gaben.

Ein rauer Seufzer entkam seinem Mund, als er sich nach vorne lehnte und mit den Augen den Stapel vor seinen Füßen absuchte.

„Ich kann die Etiketten lesen", sagte sie, „aber ich habe diese Worte noch nie zuvor gesehen. Ich weiß nicht, was sie bedeuten."

Sie fühlte sich, als ob ein Felsbrocken in ihrer Brust lag und sie niederdrückte, während Akihiro Shung die Etiketten betrachtete. Er drehte ein paar herum, um die Namen besser zu sehen, aber sein Gesicht blieb verkniffen. Tori musste ihre Hände zwingen, an ihren Seiten zu bleiben, um sie nicht zu verrenken.

Er räusperte sich, richtete sich in seinem Stuhl auf und schüttelte langsam den Kopf. „Es tut mir schrecklich leid, mein Kind, aber ich kann dir nicht helfen, da ich nicht weiß, was diese Chemikalien sind."

„Was?" Ihre Stimme war ein Flüstern, und sie konnte schwören, dass ihr Herz nicht mehr schlug.

„Es handelt sich nicht um Dinge, die in der Natur vorkommen. Vielleicht waren es die Zutaten irgendwann einmal, aber sie wurden von Menschen, von Khadulanern, in etwas umgewandelt, das ich leider nicht kenne."

Sie biss sich auf die Lippe und spürte, wie das Blut aus ihrem Gesicht wich. „Eines von ihnen muss das Heilmittel sein."

Sein Ausdruck verwandelte sich in Mitleid, was Tori noch schlechter fühlen ließ. „Es gibt einfach keine Möglichkeit, das zu wissen."

Hundert Atemzüge lang blieb sie vor ihm knien, jeder einzelne schmerzhaft, jeder einzelne voller Kummer. Er konnte ihr nicht helfen. Vielleicht konnte das niemand. Ein scharfer Schmerz stach hinter ihren Augen, als sie sich nach vorne beugte und die

Fläschchen zurück in ihre Tasche schaufelte. Ihr Kopf schwirrte vor Surrealität, ihr Verstand war unfähig, die Wahrheit zu akzeptieren.

Es gab keine Hoffnung mehr.

Tori stand auf und schlang sich den Gurt ihrer Tasche über die Schulter. „Danke, Herr Shung."

Er nickte und hob seine Pfeife auf.

Es war, als wären ihre Knochen nicht stark genug, um ihren Körper zu tragen, aber sie zwang sich, einen Fuß vor den anderen zu setzen, bis sie es zu ihrem Haus geschafft hatte. Drinnen war kein Licht an und sie war froh, dass ihre Familie noch schlief. Es gab keinen Grund, sie zu wecken. Keinen Grund, sie aus ihrer dringend benötigten Ruhe zu wecken.

Als sie die Tür öffnete und einen Schritt hinein machte, stieß Takumi ein Zischen aus. Tori erstarrte auf der Stelle, als eine dunkle Gestalt aus dem Schatten trat, die Ohren spitz aufgestellt und ein strenger Ausdruck um seinen Mund, als ihre Augen sich trafen.

KAPITEL 4

Takumi knurrte, seine Zähne gefletscht, als er sich auf seinen Hüften stützte, bereit zum Angriff.

Die Hand des Mannes bewegte sich auf die Waffe an seinem Gürtel zu. „Ich würde es mir zweimal überlegen, etwas zu tun, kleiner Mann."

Es war kein gewöhnliches Schwert an seiner Seite, sondern eine Machete, der Griff der dicken Klinge fing das Mondlicht ein, welches durch das Fenster fiel, als sich der Mann bewegte. Toris Atem blieb ihr zum zweiten Mal im Hals stecken.

„Takumi, hör auf." Ihre Stimme war kräftig, aber sie schrie nicht. Wenn ihre Familie schlief – wenn dieser Mann ihnen nicht in irgendeiner Weise geschadet hatte – wollte sie sie nicht alarmieren. Sie wollte nicht, dass jemand unerwartet in den Raum stürmte, wenn der Mann vor ihr solch eine Waffe trug.

Takumi neigte seinen Kopf zu ihr, ein kleines Kichern signalisierte seine Verwirrung.

„Es ist in Ordnung, Takumi. Geh nach draußen. Mir geht's gut. Ich kann damit umgehen."

Takumi schaute zwischen dem Mann und Tori hin und her, dann tappte er seine kleinen Füße um Toris Stiefel, bevor er nach draußen flitzte.

Die buschigen Brauen des Mannes senkten sich. „Ich habe noch nie jemanden gekannt, der sich mit einem Fuchs anfreundet."

„Meine Familie", sagte sie und ignorierte seine Aussage. „Habt Ihr ihnen wehgetan? Ich muss Euch warnen: Alles andere als ein Nein wird Euch euren Kopf kosten." Ihr Herz schlug in einer unmöglichen Geschwindigkeit, aber sie zwang sich, nach außen hin ruhig zu bleiben. Eine Million Szenarien gingen ihr durch den Kopf, wie sie ihn niedermachen konnte, aber wenn ihre Familie irgendwohin weggebracht worden wäre, bräuchte sie diesen Mann lebend, um es ihr zu sagen. Sie presste ihre Hände so fest zusammen, dass sich ihre Nägel in ihre Handflächen gruben.

Der Mann hatte die Frechheit zu schmunzeln.

„Keine Sorge."

„Leichter gesagt als getan."

„Sie sind sicher. Fürs Erste."

Sie wollte losrennen und nachsehen. Sie wollte diesen Mann zur Strecke bringen und bei ihrer Familie sein. Sie wollte sie fest halten und sicher stellen, dass sie nie verletzt wurden. Aber sie stand fest auf ihrem Platz.

Der Mann kratzte an seinem Bart. „Ihr habt etwas, was Euch nicht gehört."

Ihre Hand zuckte und packte fest den Beutel, um ihn hinter sich zu verstecken, aber sie wusste, dass es keinen Zweck hatte. Er hatte es bereits gesehen. Und selbst wenn er es nicht getan hätte, hatte sie das Gefühl, dass er wusste, was sie getan hatte.

Widerwillig löste sie den Gurt von ihrer Schulter und reichte ihm die Tasche.

„Könnte ich Euch bitten, eine Kerze anzuzünden?", fragte er. „Ich verstehe, dass Drothidia noch nicht der Elektrizität ausgesetzt ist, aber selbst ich kann im Dunkeln nicht richtig sehen."

Sie tat, was er verlangte, ihr Verstand suchte immer noch nach einem Ausweg aus der Situation. Wenn da nicht die Angst wäre, dass ihrer Familie etwas passieren könnte, würde sie ihm die Kerze ins Gesicht werfen und gegen ihn kämpfen. Kerzenlicht tanzte auf dem Gesicht des Mannes, als er den Inhalt durchwühlte.

Mit einem verwirrten Blick schaute er zurück zu ihr. „Wofür könntet Ihr das alles brauchen?"

Ihr Bauchgefühl sagte ihr, sie solle ihm nicht antworten, aber ihr Kopf sagte ihr, dass es sinnlos sei. „Meine Mutter und einige der Dorfbewohner leiden unter dem Phönixfieber. Meine Schwester starb daran. Ich weiß, dass es eine Heilung gibt. Eine Impfung. Ich musste sie finden."

Er starrte sie einen Moment lang ungläubig an und dann, ohne Vorwarnung, ließ er ein leises Lachen los. Er griff in die Tasche und packte eine Handvoll Fläschchen, die er ihr entgegenhielt. „Nichts von dem, was Ihr gestohlen habt, würde Phönixfieber heilen."

Enttäuschung durchspülte sie wie Gift. „Ich weiß."

„Das Heilmittel gegen Phönixfieber kommt nicht in einem Fläschchen."

Heiße Flammen der Verärgerung verbrannten ihre Haut. Wollte er sie etwa quälen? „Wenn Ihr wisst, was das Heilmittel ist, warum helft Ihr mir dann nicht? Euer Volk wurde geimpft. Avarell ist frei von der Krankheit. Warum nicht Drothidien? Meine Mutter behauptet, dass die Khadulianer herzlos sind. Beweist ihr das Gegenteil."

Er studierte sie, seine Augen verengten sich. „Ich habe Euch in der Kluft beobachtet. Ihr seid ziemlich clever und geschickt mit euren Waffen."

„Ihr habt mich beobachtet?"

„Ich bin Euch gefolgt. Nachdem Ihr aus dem medizinischen Lagerhaus verschwunden seid."

Sie hatte das Gefühl, dass man ihr gefolgt sein könnte, aber sie hatte niemanden gesehen. Sie war beeindruckt, dass er sie ungesehen verfolgen konnte, aber sie würde ihm das nicht sagen.

„Ihr seid ziemlich geschickt, und Ihr habt offensichtlich einen starken Kopf auf euren Schultern. Vielleicht können wir einen Deal machen."

Tori lachte fast. „Ihr macht doch sicher Witze."

„Ich versichere Euch, das tue ich nicht."

„Ein Deal mit dem Feind? Ein Drothidianer macht einen Deal mit einem Khadulaner? Ich könnte mich nie gegen meine Familie stellen, indem ich einen Deal mit Euch mache."

„Dennoch habt Ihr um meine Hilfe gebeten, als es darum ging, ihr Leben zu retten."

Tori presste ihre Lippen zusammen und brodelte. „Vielleicht ist es genau *das*, was sie retten wird, wenn Ihr euch gegen ihre Ansichten stellt. Rettet eure Mutter und eure Nachbarn." Er studierte sie, als ob er sie beurteilen würde. „Dieser Krieg, der unser Volk trennte, ist Jahrzehnte her."

„Ihr habt unser Land gestohlen." Sie versteifte sich, als er eine

Braue hob. Sie hatte viele Geschichten über die Schlacht gehört, in der die khadulanischen Armeen die südlichen Länder Drothidiens eroberten. Khadulan nahm alles südlich des Schwarzen Sees und des westlichen Teils der Kluft mit. „Ich war noch ein Kind, als es geschah, aber ich erinnere mich noch an die Trauer in den Augen meiner Mutter, als sie mir erzählte, was passiert war. Mein Großvater starb, als er versuchte zu verteidigen, was uns gehörte."

Er bewegte sich, seine Augen verließen nie ihr Gesicht. „Vielleicht ist es Zeit für eine Veränderung. Für den Frieden."

Sie schwieg eine Weile und beobachtete ihn. „Von welcher Art von Geschäft sprecht Ihr?"

„Zuerst einmal könnte es besser sein, wenn wir unsere Namen kennen. Vielleicht würde es das kalte Eis brechen, das zwischen uns zu sehen ist." Er streckte seine massive Hand aus. „Mein Name ist Goran."

Sie zögerte. Sie zwang sich, nicht zu zittern, und nahm seine Hand. „Tori."

„Hmm, Tori. Bedeutet *Vogel* in der alten Sprache, nicht wahr?"

Ihre Stirn kräuselte sich. Sie hatte nicht erwartet, dass dieser Khadulianer mit der alten Sprache vertraut sein würde. Dennoch hatte er Recht. Sie erhielt den Namen wegen der Herde von Phönixen, die am Tag ihrer Geburt in ihrem Garten gelandet waren. Wenn sie jetzt noch einmal daran dachte, würde sie sich fragen, ob es ein Zeichen gewesen war.

„Tori", fuhr er fort und wartete nicht auf eine Antwort, „Ich habe Jahre damit verbracht, eine Antwort auf mein Problem zu finden. Vielleicht hat mir das Schicksal die Allianz gegeben, die ich suche."

„Ich weiß nicht, was Ihr meint, und ich habe Angst zu fragen."

„Es gibt ein paar Aufgaben, die ich erledigen muss. Aufgaben, die eine qualifizierte, agile und fähige Person wie Euch erfordern. Wenn Ihr bereit seid, müsste ich Euch nach Avarell schicken."

Sie lachte, wobei das Gefühl in ihrer Kehle kratzte. „Nach Avarell?"

„Ich würde Euch natürlich selbst dorthin bringen."

„Ihr erwartet von mir, dass ich mich durch das Königshaus schleiche und Aufgaben für Euch durchführe? Während die Wache der Königin herummarschiert, bereit, eine diebische Hand abzuhacken und jeden Verräter zu töten, der droht, sich dem Reich zu widersetzen? Ich würde es keinen Tag aushalten."

„Das würdet Ihr, wenn Ihr ein Mitglied des Hofes der Königin wärt."

„Ha! Sicherlich macht Ihr Witze."

„Ich meine es ernst. Die Königin Regentin braucht eine neue Hohepriesterin, da ihre kürzlich tot aufgefunden wurde."

Tori erbleichte. „Woran ist sie gestorben?"

„Ich bin kein Experte, aber ich bin mir ziemlich sicher, dass das Messer in ihrem Brustkorb den Zweck erfüllt hat."

Tori kämpfte darum ihren Ausdruck neutral zu halten. „Also, die Königin Regentin braucht eine Hohepriesterin. Aber, wie Ihr sehen könnt, sind wir auf unser erstes Problem gestoßen. Ich bin keine Hohepriesterin."

„Das wissen sie nicht. Ich kann Euch die Roben, die Bücher und alles, was Ihr braucht, zur Verfügung stellen, um Euch als Hohepriesterin von Tokuna zu verkleiden."

Etwas Seltsames rührte und verknotete sich in Toris Bauch – etwas mehr als die Verärgerung, die sie gegenüber diesem Mann empfand. „Ihr wollt, dass ich so tue, als ob? Ich war noch nie in

Tokuna."

„Mit Hilfe könnt Ihr es schaffen. Ich habe jemanden im Inneren, die Euch als Dienstmagd dienen würde."

Toris Knie fühlten sich schwach an, aber sie kämpfte, um still zu bleiben. Sie konnte es sich nicht leisten, dass Goran sie als schwach ansah. „Wenn Ihr jemanden im Inneren habt, warum übernimmt *sie* diese Aufgaben nicht für Euch?"

„Nur Mitglieder des Hofes der Königin kommen in die Nähe des hohen Turms. Meine Kontaktperson wird dazu nicht in der Lage sein."

„Warum nicht?"

„Sie ist wie ich. Khadulianisch. Ihr wisst so gut wie ich, dass die Königin Regentin uns nicht mehr anvertraut, als Lieferungen zu absolvieren und als Dienerin zu arbeiten. Und ich fürchte, ihre Ohren verraten sie."

Toris Magen krampfte sich zusammen. Es war, als würde ihr Inneres sich verdrehen und in zwei Hälften gerissen werden. Sie dachte, dass es die Nerven von der Begegnung mit Goran waren, aber jetzt befürchtete sie, dass ein Fieber aufkommen würde. Ausgerechnet jetzt. Mit ihren Händen, die zu Fäusten geballt waren, bekämpfte sie das kranke Gefühl in ihrem Bauch und hielt ihren Rücken gerade. Schweißperlen erschienen an ihren Schläfen, aber trotzdem blieb sie stoisch.

Er ging einen Schritt auf sie zu, Sorge in seinen dunklen Augen. „Geht es Euch gut?"

Sie winkte ihn ab. „Was ist in dem hohen Turm?"

„Die Königin. Zumindest ist es das, was wir hoffen."

Die Angst verbreitete sich in ihren Adern wie Eis. Wenn Goran wollte, dass sie die Königin tötet, waren alle Wetten ungültig. „Was wollt Ihr von der Königin?"

„Wir haben Grund zu der Annahme, dass sie nicht krank ist, wie die Königin Regentin den Bürgern von Avarell gesagt hat. Tatsächlich stellt sich die Frage, ob sie überhaupt noch am Leben ist."

Als Tori zum ersten Mal gehört hatte, wie die Königin vor vier Jahren krank geworden war, hatte sie vermutet, dass es am Phönixfieber lag. Aber die Königin Regentin, die Schwester der Königin, Lady Maescia, hatte dem Hof versichert, dass es eine Infektion in ihrer Lunge war, die eine strenge Bettruhe erforderte. Bis sich die Königin erholen konnte, stand ihre Schwester als Regentin an ihrer Stelle. Die Tochter der Königin, Prinzessin Wrena, konnte die Krone erst nach dem Tod ihrer Mutter entgegennehmen. Aber wenn Goran Recht hatte, wenn die Königin Regentin die ganze Zeit gelogen hatte, die Bürger von Avarell getäuscht und Prinzessin Wrena die Krone verweigert hatte, dann gab es keinen Hinweis darauf, was ihre wahren Absichten waren.

„Und wenn sie tot ist—?"

Goran nickte einmal. „Dann würde Prinzessin Wrena Ihre Königliche Hoheit Königin Wrena von Avarell werden und den Platz ihrer Mutter auf dem Thron einnehmen."

„Und wenn sie am Leben ist, aber als Gefangene im Turm eingesperrt ist, dann wird die Königin Regentin zum Verräter der Krone ernannt."

„Was nicht nur ihre Entlassung vom Thron, sondern auch ihre Todesstrafe zur Folge hätte.."

Tori blinzelte, ihre Gedanken wirbelten durcheinander. „Ich bin mir immer noch nicht sicher, was ich für Euch tun soll."

„Avarell hat in den letzten vier Jahren eine Menge

Veränderungen durchgemacht", sagte Goran. „Die Gesetze, die Lady Maescia durchsetzt, sind grausam und gnadenlos. Ich weiß nicht, was Ihr gehört habt, ob Neuigkeiten von dem, was am königlichen Hof geschieht, bis nach Sukoshi ankommen, aber die Rechts- und Strafmethoden der Königin Regentin sind… bestenfalls kaltherzig. Sie interessiert sich eindeutig nicht für die Menschen."

Tori lachte fast. „*Ihr* sorgt Euch um die Menschen von Avarell?"

„Was in Avarell passiert, betrifft mein Volk. Es betrifft Khadulan als eine Nation." Goran schrubbte an seinem Bart. „Wir haben einen Handelsvertrag mit der Königin – der echten Königin. Und meine Angst ist, was passieren könnte, wenn die Königin Regentin mit ihrer Macht, die angesichts ihrer neuesten Regierungsmethoden völlig vorhersehbar ist, zu gierig wird. Es wurde bereits gemunkelt, dass sie sich aus den Verhandlungen mit anderen Bereichen zurückzieht. Sie könnte anfangen, ihre Gesetze gegenüber Khadulan durchzusetzen. Sie könnte unser Volk dazu bringen, in ihren Kriegen zu dienen. Ich kann nicht zulassen, dass das meinen Leuten passiert. Wir müssen sie aufhalten."

„Warum könnt Ihr nicht einfach mit eurer Armee da reingehen und es selbst tun?"

„Weil das gegen unseren Vertrag verstößt, dessen Verletzung unsere Vereinbarungen mit anderen Bereichen beeinträchtigen könnte." Goran senkte den Kopf leicht, seine Augen blieben auf Tori gerichtet. „Und weil sie meine Tochter haben."

Toris Mund öffnete sich, aber für einen Moment konnte sie nicht sprechen. Ihr Gesicht fühlte sich errötet an, aber sie war sich nicht sicher, ob es wegen des Fiebers oder aus Mitleid war.

„Tut mir leid."

„Sie haben sie mitgenommen, als eine Lieferung beschädigt

eintraf. Es war… meine Tochter Hettie… sie war die Bezahlung. Die Rückerstattung."

„Was meint Ihr damit?"

„Sie haben nicht erhalten, wofür sie bezahlt haben, und so haben sie Hettie zu einer Dienerin gemacht." Es standen Flammen in Gorans Augen. „Aber sie werden mir nicht sagen, für wen sie arbeitet. Sie ist jetzt seit drei Jahren weg. Ich würde sagen, das ist mehr als genug Zeit, um ihnen die beschädigten Waren zurückzuerstatten. Ich habe sie seitdem nicht mehr gesehen. Ich weiß nicht einmal, ob sie noch lebt."

„Das ist schrecklich. Und die Königin Regentin hat das angeordnet?"

„Ja." Goran straffte die Schultern. „Aber Ihr könnt sie für mich zurückholen."

„Zurück?"

„Ihr müsst sie finden, sie retten, von wo auch immer sie festgehalten wird, und sie an den Hafen bringen, wenn unser Schiff ankommt."

„Das klingt im besten Fall riskant."

„Genauso wie Ihre Familie am Phönixfieber sterben zu lassen."

Eine plötzliche Kälte traf Tori in ihrem Inneren, sowohl von seinen Worten als auch von der Krankheit, die sich in ihr ausbreitete. Gorans Augen verengten sich, als ob er versuchte, ihre Gedanken zu lesen. Sie wandte ihren Blick ab und kämpfte gegen den Schmerz in ihrem Bauch. Gegen die Schmerzen in ihrem Körper zu kämpfen war die Wut, die sie darüber empfand, in diese Situation gebracht worden zu sein. Dieser Mann – dieser Feind ihres Landes – bat sie, ihr Leben zu riskieren, um ihm zu helfen. Aber im Gegenzug könnte sie ihre Familie retten. Sie war kurz davor gewesen, die Suche nach einer Heilung aufzugeben, aber hier, vor ihr stehend, war ein Angebot, welches ihr Dilemma lösen konnte.

„Und wenn ich diese Dinge tue, bringt Ihr meiner Familie das Heilmittel?"

„Und Euch, nehme ich an."

Sie zuckte zusammen.

„Ihr könnt es nicht leugnen, Kleines. Ich sehe die Anzeichen. Ihr habt es auch."

„Mir geht es gut."

„Hmm." Er schritt langsam vorwärts, als würde er eine Liste in seinem Kopf durchgehen.

„Es gibt noch eine weitere Sache, die ich brauche."

„Ich frage nur ungern, was."

„Es gibt eine große Bibliothek im Schloss und in dieser Bibliothek sollten Nachweisbücher stehen."

„Bücher? Wofür braucht Ihr Bücher?"

„Es gibt eines, den ich besonders brauche." Ein schmerzhafter Blick verzerrte seinen Ausdruck. „Zu der Zeit, als meine Tochter entführt wurde, hat meine Frau – meine äußerst mutige Frau, wie es die khadulanischen Frauen oft sind – es auf sich genommen, Hettie zurückzuholen. Sie tat dies, ohne es mir zu sagen, sonst hätte ich sie aufgehalten… oder ihr geholfen. Dies war natürlich illegal. Und gefährlich. Es war zu spät, sie aufzuhalten, also schwieg ich, um sie nicht zu verraten. Aber meine Frau kam nie zurück. Als ich mich an den Hof wandte, um zu fragen, ob sie wüssten, wo meine Familie sei, sagte mir die Königin Regentin, dass meine Frau getötet worden sei. Dass ihre Leiche in den Graben geworfen worden war, weil sie ein Verbrechen gegen das Königreich begangen hatte."

Tori legte eine Hand um ihre Mitte. „Das tut mir so leid."

„Das Problem ist, ich glaube es nicht. Es wäre nicht das erste Mal, dass eine Lüge im Königreich erzählt wird."

„Aber… was denkt Ihr ist passiert?"

„Dafür brauche ich die Bücher. Lady Maescia kann mir ins Gesicht lügen und das Königreich belügen, aber wenn das Verschwinden meiner Frau der Königin Regentin einen wirtschaftlichen Vorteil gebracht hätte, dann würde es in den Büchern stehen. Verträge müssen eingehalten werden, versteht Ihr. Ein Verkaufsnachweis, um einen Streit zwischen den Königreichen zu verhindern."

„Verkauf?"

„Ich glaube, sie wurde in die Sklaverei verkauft. An wen, weiß ich nicht. Deshalb brauche ich das Buch, in dem der Verkauf vermerkt ist."

„Damit Ihr sie finden könnt."

Er antwortete nicht. „Ihr müsst das Buch finden und es auch zum Schiff bringen. Ich erwarte natürlich nicht, dass Ihr alle diese Aufgaben auf einmal erledigt. Wir haben eine Reihe von Lieferungen, die in den nächsten Monaten an Avarell fällig werden. Wenn ich mit den Lieferungen einfahre, könnt Ihr mich an dem Hafen treffen."

Ein paar Monate. Hatte ihre Familie so viel Zeit? Hat sie das?

„Ihr müsst mir versprechen, dass Ihr meiner Familie und den anderen Infizierten in Drothidien das Heilmittel gebt."

„Wenn alles geliefert ist, habt Ihr mein Wort."

Tori ballte ihre Fäuste zusammen, sowohl vor Frustration als auch wegen den Schmerzen in ihrem Körper. „Aber sie leiden *jetzt*. Ich kann sie nicht mit dem Risiko zurücklassen, dass sie sterben, während ich weg bin."

„Ich kann ihnen Medikamente geben, die ihre Symptome lindern."

„Das habe ich schon mit Süßholzwurzel gemacht."

Er verengte die Augen. „Ah, aber zu viel Süßholzwurzel schädigt das Herz. Ihr ersetzt eine Krankheit mit einer anderen. Ich kann ihnen etwas doppelt so wirksames geben, um sie wieder auf die Beine zu bringen. Und wenn Ihr eure Aufgaben erledigt, werde ich die Heilung für alle, die leiden, sicherstellen. Inklusive Euch."

Tori starrte ihn unsicher an. Könnte sie das, was er von ihr wollte, durchziehen? Sie musste es tun. Welche andere Möglichkeit gab es, ihre Familie und die Kranken in Drothidien zu retten? Davon mal abgesehen hatte sie es ihrer Schwester versprochen. Sie erinnerte sich an den Blick auf Mikis Gesicht, als sie Tori anflehte, weiter nach einer Heilung zu suchen. Das Gefühl von Mikis Hand, die ihre drückte. Und an abgrundtiefen Verlust, den sie fühlte, als Miki gestorben war. Tränen füllten ihre Kehle, aber die Anwesenheit von Goran ließ sie sie zurückschlucken.

„Nehmt Ihr an?", fragte er.

Sie streckte ihre Hand aus und schüttelte seine. „Das tue ich."

KAPITEL 5

Bramwell Stormbolt schüttelte sich den Schweiß aus den Augen, den Griff seines Schwertes fest umklammert. Ein lautes Krachen ertönte in der Trainingshalle, als Stahl auf Stahl schlug und Bramwells Trainingswaffe die seines Gegners überwältigte. Er hatte über eine Stunde lang trainiert, aber er war nicht bereit, der Erschöpfung nachzugeben. Logan hatte ihn in ihrem letzten Kampf ausgetrickst und Bramwell eine geprellte Wange eingebracht, aber diesmal wollte er es ihm heimzahlen, ob beste Freunde oder nicht.

Logan zeigte mit der Spitze seines Schwertes auf Bramwell, sein Mundwinkel verzog sich zu einem Grinsen. Bramwell blockierte Logans Stoß, täuschte einen Angriff vor und stürmte dann in der Hocke nach vorne, wobei die stumpfe Spitze seines Trainingsschwertes Logan in die Seite traf.

Mit einem Zucken nickte Logan, dann zwinkerte er Bramwell zu. „Gut gemacht, Bram."

Aber Bram war noch nicht fertig. Als Logan an ihm vorbei humpelte, rammte Bram ihm den Griff seines Schwertes in den Bauch. Logan keuchte auf, was in einem Schmunzeln endete.

„Tut mir leid, mein Freund." Bram klopfte Logan auf den Rücken. „Ich kompensiere nur für die geprellte Wange."

„Du wirst nicht befördert, wenn du mich umbringst, Korporal", stichelte Logan. „Herzog Grunmire wäre ziemlich verzweifelt, wenn er einen seiner besten Männer verlieren würde."

„Das würde ich nicht wagen." Bram übergab sein Trainingsschwert einem Knappen, der es mitnahm, um es in der Kasematte zu lagern. „Aber nicht wegen Herzog Grunmire. Was Azalea mir antun würde, wenn ich die Ursache für dein Ende wäre, ist weitaus bedenklicher."

Logan blickte hinüber zum Trainingskampf auf der anderen Seite der Halle, wo seine Geliebte, Azalea Clayborne – die sie oft Ace nannten – ihr schweres Schwert mit leichter Hand schwang und den Angriff ihres Gegners erfolgreich abblockte.

„Sie ist schon so lange hier draußen wie wir", sagte Bram. „Wie kann sie nicht müde ausschauen?" „Vertrau mir." In Logans Lächeln lag ein frecher Zug. „Es braucht viel, um sie zu erschöpfen. Ich vermute, dass ich nach dem Training die nächsten paar Stunden ziemlich beschäftigt sein werde. Sie erwähnte, dass sie ein paar Schritte hat, die sie mir unter vier Augen zeigen will."

„Ich wäre an deiner Stelle vorsichtig", sagte Bram. „Sie ist auch schnell mit einem Dolch."

„Dann muss ich eben dafür sorgen, dass ihre Hände woanders beschäftigt sind."

Bram schüttelte den Kopf und lachte. „Ich weiß nicht, wie sie dich aushält."

„Weil ich sie wie eine Dame behandle." Logan stupste Bram in die Seite. „Wenn du nicht so prüde wärst und mehr Zeit mit Raven verbringen würdest, wüsstest du vielleicht, wie Beziehungen funktionieren."

„Ich bin nicht prüde, aber ich bin auch kein Gauner."

„Ich bin kein Gauner. Zumindest nicht, seit ich Ace kenne. Ich bleibe ihr treu und ich werde zu Recht für meine Loyalität belohnt."

Bram gab ein Grinsen von sich. „Dann wünsche ich dir einen schönen Nachmittag, mein Freund."

Logan trennte sich von Bram und näherte sich Azalea, die ihren Helm abnahm, so dass ihre schulterlangen Locken gnädig auf ihre Rüstung fallen konnten. Ihr Lächeln stimmte mit Logans überein, als er nahe genug kam, um sie zu küssen. Sie verzichteten jedoch darauf, weil Herzog Grunmire das Trainingsgelände bewachte.

Als Hauptmann der Wache der Königin war der Herzog ein strenger Anführer, dessen Priorität in der Bewahrung einer starken, effektiven Armee lag. König Henry Bracken von Avarell hatte ihm die Position vor Jahrzehnten zugewiesen, vielleicht als Zeichen seines Vertrauen in den Herzog, oder vielleicht als Gefallen, da der Herzog der Cousin des Königs war.

Vor sieben Jahren – obwohl die Erinnerung in Brams Kopf noch frisch war – stürzte der König auf mysteriöse Weise aus einem hohen Fenster des Schlosses. Gerüchten zufolge war er betrunken, aber andere sagen, dass er unglücklich war und sprang. Aus welchem Grund auch immer, die verwitwete Königin Callista Bracken behielt Herzog Grunmire als Hauptmann der königlichen Wache. Und vor vier Jahren, als Königin Callista krank wurde, hatte ihre Schwester

Lady Maescia, die als Regentin regierte, nicht nur Herzog Grunmire seine Position behalten lassen, sondern suchte oft seinen Rat in Gerichtsverfahren.

Bram starrte den Herzog an. Er hatte sich Gedanken gemacht, die Angelegenheit einer Beförderung mit dem Hauptmann anzusprechen, hatte aber noch nicht die richtige Zeit dafür gefunden. Er fragte sich, ob der Herzog sein Training mit Logan gesehen hatte. Vielleicht wäre jetzt ein guter Zeitpunkt, sich ihm zu nähern. Aber gerade als Bram anfing, auf ihn zuzugehen, wurde der Herzog von Tiberius, dem obersten Henker der Wache der Königin, angesprochen. Bram richtete sich schnell wieder auf, um in die Kaserne zu gehen. Es gab keinen Grund, sich mit dem zu messen, was Tiberius dem Herzog zu sagen hatte.

Als er aus der Trainingshalle trat, lasteten Erschöpfung und Hunger auf ihm. Er ging den gewölbten Weg hinunter, der die Trainingshalle mit der Kaserne verband, wo die Mitglieder der königlichen Wache ihre Kammern hatten. Eine frische Brise wehte vom Innenhof in den Gehweg und klärte Brams Kopf.

Als er um die Ecke ging, kollidierte er fast mit einer zierlichen, dunkelhaarigen Gestalt von der gleichen leicht oliven Hautfarbe wie er selbst. Sie blieben beide kurz stehen und stießen ein kleines Lachen aus.

Seine Cousine Aurora strich sich eine Lockensträhne von der Schulter. „Bramwell. Ich habe dich gar nicht gesehen."

„Das war mein Fehler", sagte Bram mit einer leichten Verbeugung. „Wo willst du hin?"

„Die Prinzessin hat mitgeteilt, dass sie ein Kartenspiel spielen möchte." Ihre rosa Lippen krümmten sich zu einem Lächeln. „Sie wird ziemlich geschickt und sagt, ich sei ein würdiger Partner."

„Wie großzügig von dir, ihr die Zeit zu schenken."

„Natürlich. Immerhin ist sie die Prinzessin. Wir Hofdamen haben unsere Pflichten."

„Ich stelle mir vor, dass sich eure Pflichten verzehnfachen werden, sobald ihre Verlobung mit Prinz Liam abgeschlossen ist."

Auroras Blick flog über Brams Schulter. Als er ihrem Fokus folgte, sah er Prinzessin Wrena, die mit Eleazar, dem Sohn des Herzogs, sprach. Die Prinzessin stand ihm ziemlich nahe, sein Kopf schräg gestellt, als würden sie flüstern.

„Bist du dir sicher, dass ihre Verlobung zu Prinz Liam ihrer Freundschaft mit Eleazar standhalten wird?" fragte Bram.

„Was meinst du damit?"

Er schaute sich über die Schulter. Obwohl er sicher war, dass sich der Herzog noch in der Trainingshalle befand, wollte er nicht riskieren, dass er Bram von seinem Sohn sprechen hörte. „Sie scheinen sich ziemlich nahe zu stehen. Hat die Prinzessin von ihm gesprochen?"

„Worüber gibt es da zu sprechen?" Auroras Tonfall klang plötzlich irritiert.

„Ich glaube, er hat sie ein- oder zweimal zu einem Picknick mitgenommen, aber ich bin mir nicht sicher, ob es etwas zu bedeuten hat."

Aurora schüttelte den Kopf und gab ihm einen verärgerten Blick. „Bram, sie sind Freunde, seit sie kleine Kinder waren. Ist es ungewöhnlich, dass sich lebenslange Freunde bei einem Picknick begleiten? Ist es ungewöhnlich, dass lebenslange Freunde nur das bleiben?"

„Vielleicht sind sie jetzt mehr als nur Freunde."

Zwischen Auroras Augenbrauen bildete sich eine Falte. „Was

kümmert es dich? Gefällt dir die Prinzessin?"

„Nein. Nicht, dass es am Ende eine Rolle spielen würde. Der Vertrag, der ihre Hochzeit mit Prinz Liam von Gadleigh vorsieht, wird sicher bald abgeschlossen sein."

„Ja, ich weiß", murmelte sie.

„Was ist denn?"

Eine Sekunde lang erhob sich Auroras Braue. „Um ehrlich zu sein, ich mag arrangierte Ehen einfach nicht besonders gerne."

„Arrangierte Ehen haben in Königshäusern seit Jahrhunderten Tradition."

„Und das findest du in Ordnung? Was wäre, wenn du jemanden heiraten müsstest, den du nicht liebst?"

„Du weißt nicht, ob sie sich gegenseitig lieben würden oder nicht."

Auroras Blick fiel für einen Moment. „Vielleicht nicht. Aber die Königin weiß das auch nicht, oder in diesem Fall die Königin Regentin."

„Worauf willst du hinaus? Hast du etwas gegen Prinz Liam? Oder Eleazar, in diesem Fall?"

„Nein."

„Was bedrückt dich dann? Machst du dir Sorgen um die Prinzessin? Ich habe gehört, Prinz Liam ist ein anständiger Mann."

Sie senkte den Kopf, studierte ihre zitternden Hände. „Ja, ich zweifle nicht daran, dass er das ist. Ich mag einfach nicht die Idee, dass Menschen in Situationen gezwungen werden, in denen sie nicht sein wollen. Ich möchte ganz sicher nicht, dass man mir vorschreibt, mit wem ich verheiratet sein soll."

Bramwell lächelte seine Cousine an und trat näher heran und legte seinen Arm um sie. „Onkel Samuel ist ein gutherziger Mann, der nur will, dass du glücklich bist. Ich bin sicher, er würde dich deinen Bräutigam selbst aussuchen lassen."

Brams Onkel, der Bruder seiner Mutter, nahm Bram auf, als er noch ein Kind war. Sein Vater war im Kampf gestorben und seine Mutter brachte Bram nach Avarell, wo ihr Bruder lebte, da sie nicht über die Mittel verfügte, ihn allein zu unterstützen. Kurz darauf starb auch Brams Mutter – einige sagten an gebrochenem Herzen. Brams Onkel und Tante zogen ihn dann auf, bis seine Tante an einer Krankheit starb. Es war um die Zeit, als sein Onkel während einer Schlacht verletzt wurde und gezwungen wurde, sich aus der Wache der Königin zurückzuziehen. Seitdem half Bram bei der Versorgung von Aurora. Obwohl sie Cousins waren, sind sie zusammen aufgewachsen, als wären sie Geschwister.

Sie presste ihre Lippen zusammen und stieß ein *hmm* aus. Bram konnte an ihrem Gesichtsausdruck nicht erkennen, was sie dachte, aber er hatte immer gewusst, dass seine Cousine ziemlich eigensinnig war und schrieb es als einen ihrer sturen Ausbrüche ab. Aurora richtete sich auf, und Bram bemerkte, dass sich die Prinzessin näherte.

„So schön es auch ist, dich zu sehen", sagte Bram, bevor die Prinzessin in Hörweite war, „Ich stinke nach Training und möchte ein Bad nehmen."

„Ja, du gibst wirklich einen üblen Duft von dir", neckte sie. Als er lachte, gab sie ihm einen spielerischen Anstoß. „Natürlich, Cousin. Wir sehen uns beim Abendessen."

Zufrieden damit, dass Aurora nicht mehr wütend wirkte, entspannte sich Bram und setzte seinen Weg zu seinen Kammern fort. Die Erschöpfung lastete schwer auf seinen Schultern. Nach seiner Rückkehr lockerte er schnell seinen Gürtel. Er seufzte, als sich seine Muskeln entspannten. Er zuckte mit den Schultern und streifte seine Weste ab, die mit Schweiß befleckt war. Er öffnete seine Tür, um einen Knappen zu rufen, der heißes Wasser für ein Bad holen sollte, wurde aber mit einem Boten empfangen, der ein Pergament in der Hand hatte.

„Ein Brief für Euch, Herr Stormbolt."

„Danke", sagte Bram und bemerkte das Gadleigh-Siegel auf dem Umschlag.

Obwohl er in Gadleigh geboren wurde, hatte er das Land seit dem Tod seines Vaters nicht mehr besucht. Er hatte eine Vorstellung davon, welche Worte er in dem Brief finden würde, da es nicht das erste Mal war, dass er von seinem Geburtsland eine Nachricht erhielt.

Wie erwartet, bat der Hauptmann der Gadleigh-Armee Bramwell, deren Angebot an ihn zu überdenken, zurückzukehren und sich ihrer Armee anzuschließen. Sein Vater hatte bei ihnen als Hauptmann gedient und sie respektierten ihn sehr. Sie hatten Grund zu der Annahme, dass Bram sich als guter Mann und ausgezeichneter Soldat erweisen würde, so wie sein Vater es getan hatte. Da die Vereinigung von Prinz Liam und Prinzessin Wrena in Sichtweite war, war die endgültige Vereinigung der Armeen von Gadleigh und Avarell unvermeidlich. Hauptmann Thornwood bot Bram die Chance, in den Rängen aufzusteigen und eine eigene Brigade zu führen.

Damals, als Bram volljährig geworden war, hatte der Hauptmann der Gadleigh-Armee ihm einen Brief geschickt, in dem er fragte, ob er es in Betracht ziehen würde, nach Gadleigh zurückzukehren und sich ihren Reihen anzuschließen. Obwohl er einige Zeit brauchte über das Angebot nachzudenken, war seine endgültige Antwort, ihnen zu danken, aber abzusagen. Eineinhalb Jahre später, als einige ihrer Korporale in der Schlacht gefallen waren, schrieben sie ihm erneut und teilten ihm mit, dass sie ihre Armee wieder aufbauen müssten und sich geehrt fühlen würden, wenn er ihr Angebot noch einmal überdenken würde. Zu dieser Zeit war er gerade zum Korporal befördert worden und wollte sich seine Aussichten in der Avarell-Armee nicht verderben.

Außerdem konnte er nicht einmal davon träumen, Aurora und Logan zu verlassen. Er hatte in Avarell ein Zuhause gefunden, und er blieb bei der Hoffnung, die Ränge der königlichen Wache aufzusteigen. Schließlich lehnte er Gadleighs zweites Angebot ab, sorgte aber dafür, dass die Dinge zu freundlichen Bedingungen blieben. Doch Jahre später stand er hier mit einem weiteren Angebot, der Armee von Gadleigh beizutreten – einschließlich einer Beförderung in einen höheren Rang als sogar Logan und Eleazar. Wäre es ein Verrat an seinen Freunden, eine solche Position einzunehmen? Wäre er in der Lage, es auf eigene Faust zu erreichen? Die Ungewissheit verdrehte sein Inneres.

Wenn die Umstände so gewesen wären, wie sie waren, als Königin Callista regierte, hätte er nicht in Betracht gezogen, auf Gadleighs Angebot einzugehen. Aber die Dinge waren jetzt anders.

Seit der Krankheit der Königin befand sich das Reich in einer Übergangsphase, in der sich die Bürger an die neue Regentin gewöhnten, während sie gleichzeitig unsicher über das Schicksal der Königin waren. Bram zweifelte mehr als einmal daran, wie Lady Maescia das Königtum regierte, aber er war auch ein Mann, der an zweite Chancen glaubte und den Menschen den Vorteil des Zweifels gab. Seine größte Hoffnung war, dass es der Königin bald besser gehen würde, sie ihre Stärke wiedererlangte und sie die Zügel von ihrer Schwester zurücknahm, bevor mehr Schaden angerichtet wurde.

Aber ohne zu wissen, ob das passieren würde, stand Bramwell Stormbolt an einem Kreuzungspunkt.

KAPITEL 6

Ihre königliche Hoheit Prinzessin Wrena lag bequem in ihrem Bett, ihre Beine in ein Gewirr von Seidenlacken eingewickelt, als sie sehnsüchtig auf ihre Liebe starrte. Sie mussten leise sein und sich heimlich treffen. Wenn jemand sie entdeckte, würde es einen Skandal geben und zwar nicht nur, weil sie dem Prinz Liam von Gadleigh versprochen war.

Diese Heiratsvereinbarung war sowieso rein politisch. Ein Pakt, den ihre Mutter schloss, um die Beziehungen zwischen Avarell und Gadleigh zu glätten, da die beiden Reiche vor und zurück gegangen waren, um ein Bündnis zu bilden. Es gab Gerüchte, dass das benachbarte Reich Nostidour, das südlich von Gadleigh hinter den Kristallinseln lag, immer feindseliger wurde und seine Armee vergrößerte. Einige sagten sogar, sie hätten ihre Barbaren ausgesandt, um gegen die Streitkräfte der berüchtigten Piratenkönigin Hira

Kaliskan, Anführerin der Kristallinseln, zu kämpfen, die ihrerseits dafür bekannt war, diejenigen in ihrem Weg schneller zu töten als ihre Bitten zu hören. Es hieß, ihr Kampf endete in einem Blutbad. Eine Allianz zwischen Avarell und Gadleigh würde jedoch ihre Zahl erhöhen und eine kombinierte Armee schaffen, die die Kräfte der Nostidour-Armee nicht nur zurückhalten, sondern auch besiegen könnte.

Sie verstand, warum die Königin den Vertrag unterzeichnet hatte und warum von ihr erwartet wurde, dass sie ihre Pflicht erfüllt, aber ihr Herz war überhaupt nicht dabei.

Um den Rest der Welt vorerst zu vergessen, streckte sie die Hand aus und spielte mit den kleinen Haaren am Nacken ihrer Liebe. Wie sehr wünschte sie sich, dass sie für immer so bleiben könnte, hier bei der Person, die sie liebte, ohne dass ihr jemand sagen konnte, was sie tun sollte. Was nützte es, die Prinzessin zu sein, wenn sie sich nur wie eine Schachfigur in einem Spiel fühlte?

Ein leichtes Klopfen kam von ihrer Tür. „Einen Moment, bitte."

Sie schüttelte die Schulter ihrer Liebe. „Du musst gehen", flüsterte sie.

Die Person erwachte, schaute sie mit liebevollen Augen an, nahm ihre Hand und drückte einen Kuss darauf und erhob sich dann aus dem Bett.

Prinzessin Wrena kämpfte gegen den Drang, den Anrufer an der Tür zu ignorieren und eilte zur Kleidung, als ihre Liebe dasselbe tat. Ihr Herz pochte vor Aufregung, fast erwischt zu werden.

Mit einer sanften Berührung an einer bestimmten Stelle an der Wand öffnete sich eine Geheimtür zu einem versteckten Durchgang. Prinzessin Wrena holte tief Luft, ein Schmerz in ihrem Herzen, weil sie sich von ihrer Liebe trennen musste.

Als ihr sanfter Seufzer gehört wurde, drehte sich ihre Liebe zu ihr und pustete ihr einen Kuss zu. Prinzessin Wrena tat so, als würde sie den Kuss einfangen und hielt ihre Faust an ihr Herz, als ihre Liebe in den Geheimgang schlüpfte.

Prinzessin Wrena öffnete die Tür zu ihrem Zimmer und fand einen Knappen, der geduldig wartete.

„Euer Gnaden", sagte der Knappe, „Seine Hoheit Prinz Theo bittet um Eure Anwesenheit in seinen Kammern."

„Ja, natürlich. Ich werde sofort da sein."

Sie schloss die Tür und ging zu ihrem Spiegel, da sie ihr Zimmer nicht mit zerzaustem Haar und zerknitterter Kleidung verlassen wollte. Nachdem sie sichergestellt hatte, dass alles in Ordnung war, verließ sie ihre Kammern und machte sich auf die Suche nach ihrem Bruder Theo.

Sie fand ihn auf dem Boden seines Zimmers, umgeben von Haufen alter Schmuckstücke und Gegenständen, die sie seit langer Zeit nicht mehr gesehen hatte. Obwohl Theo groß für einen Jungen von neun Jahren war, erschien er ziemlich klein unter dem Gerümpel von Schrott um ihn herum.

„Was ist das alles?" fragte Wrena.

„Ich habe etwas gefunden", sagte er und ignorierte ihre Frage. „Ich bin mir nicht sicher, was es ist."

Sie schlängelte sich um den Haufen der Dinge herum und sah genauer hin, was er in den Händen hielt. Ein trauriges Lächeln schlich sich auf ihr Gesicht, als sie erkannte, was es war.

„Es ist der Drachen von Mutter." Sie fuhr mit der Hand über das Material, welches die Form eines Phönix hatte. Die leuchtenden Farben des Drachens sahen aus wie Feuer. „Sie hat das gemacht."

„Sie hat das selbst gemacht?"

„Ja. Weißt du, Phönixe waren ihre Lieblingstiere, als sie aufwuchs." Sie bewegte ihre Finger entlang der Mitte, bis sie zu einem zersplitterten Holzstück kam. „Aber es ist kaputt und fliegt nicht mehr."

Für einen Moment starrte Theo nur auf den Drachen, die gemalten Augen des Phönix starrten auf ihn zurück. Dann wandte er sich plötzlich an Wrena.

„Warum kann ich nicht zu ihr gehen?"

„Was?"

„Sie lassen dich zu ihr. Ich bin jetzt älter als damals, als sie zum ersten Mal krank wurde und ich kann damit umgehen."

Wrena streckte die Hand aus und streichelte seine goldenen Haarsträhnen. „Ich weiß, dass du das kannst, mein lieber Bruder. Aber sie wissen nicht, wie klug du bist, also lassen sie nur mich zu ihr."

„Aber ich will sie auch sehen. Ich erinnere mich kaum an sie."

Sie kraulte seinen Kopf. „Ich weiß. Es ist ungerecht. Aber wenn du etwas über sie wissen willst, kannst du mich fragen. Ich erinnere mich noch immer an alles über sie. So wie sie früher war, jedenfalls."

„Wie war sie denn so?"

„Sie war wunderschön und gerecht. Willensstark. Und sie war sehr gut im Drachenbauen."

Seine Augen flogen entlang Wrenas Gesichtszügen und sie wartete, als er ihre Worte aufnahm. Mit einem Seufzer hob er den Drachen an und studierte ihn. „Ich würde gerne glauben, dass ich ihr Talent geerbt habe."

„Das hast du in der Tat. Nach dem, was ich von den kleinen Booten gesehen habe, die du zusammengesetzt hast, um auf dem See zu schwimmen, hast du in der Tat eine talentierte Hand."

„Ich würde gerne versuchen, einen Drachen zu bauen."

Sie nahm seine Hände in ihre und drückte sie. „Es wird der beste Drachen sein, den Avarell je gesehen hat."

Er schenkte ihr ein warmes Lächeln, das an ihrem Herzen zog. Sie lehnte sich zu ihm und umarmte ihn, wünschte, es hätte anders sein können. Wünschte sich, ihr kleiner Bruder müsste nicht ohne seine Mutter aufwachsen. Wünschte, sie wäre stark und gut genug, um sich um sie beide zu kümmern, anstatt sich ständig zu fragen, ob sie stark und gesund genug wäre, um zu leben.

KAPITEL 7

Khadulianer erwiesen sich als kompetent. Tori war sich nicht sicher, ob Goran alles schaffen konnte, was er sagte, aber bis jetzt hatte er sein Wort gehalten. Der erste Beweis für seine Ehrlichkeit fand statt, als er Tokunas heilige Transkriptionsbücher nach Sukoshi brachte, damit sie diese studieren konnte. Zusammen mit dieser Lieferung hatte er auch Medikamente mitgebracht. Nicht das Heilmittel für das Phönixfieber, sondern Kapseln, welche die Betroffenen zweimal am Tag – morgens und abends – einnehmen mussten, um die Symptome unter Kontrolle zu halten. Tori war skeptisch gewesen, aber schon am nächsten Morgen fand sie ihre Mutter in der Küche, beim Brotbacken, lebendig im Schritt und die Farbe kehrte in ihr Gesicht zurück. Es war ein bittersüßer Moment, denn Tori wusste, dass die Wirkung nur so lange anhalten würde, wie die Pillen es taten.

Tori stabilisierte ihren Stand auf dem Vorderteil von Gorans Schiff und fuhr mit der Hand über den Damast Umhang, der über ihre Schultern drapiert war, wobei die weite Kapuze ihren Rücken hinunterhing und der Saum fast den Boden berührte. Goran hatte die Farbe als leuchtendes Blau beschrieben, aber sie hatte diesen Farbton nur in der Dämmerung am Himmel gesehen, nachdem sich ein Sturm verzogen hatte. Der Stoff war so weich und glatt wie Kirschblütenblätter und sie musste sich zwingen, nicht weiter darüber zu streichen, um nicht wie ein besessener Narr auszusehen.

„Es ist sehr schön, nicht wahr? Das ist der traditionelle Umhang der Hohepriesterinnen von Tokuna", erklärte Goran, scheinbar stolz auf sich selbst. Tori fragte sich, ob er sich große Mühe gegeben hatte, ihn zu bekommen. Sie würde es ihm nicht verübeln, wenn er ihn gestohlen hätte.

„Ich habe darüber gelesen", sagte Tori, ihr Blick fiel auf das Land, dem sich das Schiff näherte. „Ich hatte nur noch nie einen aus der Nähe gesehen."

„Ihr werdet feststellen, dass die Truhe, die wir für Euch vorbereitet haben, mit ein paar Kleidern ausgestattet ist – die übliche Kleidung der Hohepriesterinnen – und in einem Geheimfach unter dem Hauptfach befindet sich ein ganz anderes Gewand."

Das brauchte er nicht zu erklären. Sie konnte nachts nicht so gut in ihrer Hohepriesterin-Kleidung durch Avarell schleichen. Sie würde etwas brauchen, das sie in den Schatten verbarg.

„Da ist auch noch das hier." Er löste einen Lederbeutel von seinem Gürtel und reichte ihn Tori. Sie löste die Verschnürung und schaute hinein, um festzustellen, dass sie über ein Dutzend Metall-Shuriken enthielt. Sie nahm eines heraus und studierte es. „Obwohl Eure Holzschnitzereien der Waffe beeindruckend sind, ist das Metall stabiler und stärker als Holz."

Tori drehte einen Shuriken in ihrer Hand, die glänzende Oberfläche fing die Sonne ein. Vorsichtig, um die scharfen Spitzen nicht zu berühren, rieb sie die Waffe zwischen ihren Fingern und bemerkte, wie fein sie geschmiedet worden war. Die Kanten sahen aus, als könnten sie durch Knochen schneiden. „Wie gefällt es Euch?"

Sie sah ihn an. „Sie sind großartig. Ich muss vielleicht üben, sie zu werfen, denn sie sind schwerer als das, was ich gewohnt bin"

„Ich bin sicher, Ihr habt die Fähigkeiten, sie in kürzester Zeit zu beherrschen. Es sind auch zwei Kunai in der Truhe mit Eurer versteckten Ausrüstung."

„Kunai?"

„Das sind aus Eisen geschmiedete Dolche mit scharfen, blattförmigen Klingen. Sie können geworfen werden, oder man kann sie als Handwaffe benutzen. Die meisten khadulanischen Soldaten schnallen sie sich an die Oberschenkel, um schnell danach greifen zu können. Ich habe auch Schutzhüllen in der Truhe bereitgestellt."

Tori nickte und fragte sich, ob sie alle Waffen, die Goran ihr gegeben hatte, benutzen müsste.

Takumi schlief auf dem Schiffsdeck und gab ein Schnurren von sich, eingelullt von der Bewegung der Wellen. Als Tori ihn mitbrachte, war Gorans erster Instinkt, zu protestieren. Aber Tori erklärte ihm, dass er an Stellen hinein- und herausklettern konnte, die sie nicht erreichen würde, und dass sie schon lange Partner waren.

Meerwasser spritzte auf das Deck, und das Schaukeln des Bootes ließ Toris Magen aufwirbeln. Während sie sich eine Hand auf den Bauch hielt, ging Goran zu einem nahe gelegenen Korb hinüber und zog einen grünen Apfel heraus.

„Das Meer ist heute unruhig", sagte er und gab ihr den Apfel. „Es hilft bei der Übelkeit."

Sie nahm ihn gerne an, biss hinein und schloss die Augen, während sie darauf wartete, dass die Frucht ihre Wirkung entfaltete.

Obwohl die Reise über die Bucht zu dem Hafen in der Nähe von Schloss Capehill in Avarell nicht sonderlich lang gewesen war, war Tori erleichtert, als die Matrosen begannen, sich gegenseitig zuzurufen, während sie sich darauf vorbereiteten, in den Hafen zu fahren. Während die Männer umherhuschten, drehte sich Goran zu ihr um. Obwohl sie den Mann nicht gut kannte, könnte sie schwören, dass es Besorgnis war, die sie in seinen Augen las.

„Ihr habt die Bücher studiert, die Euch über die Rituale der Hohepriesterinnen und die Geschichte von Tokuna gegeben wurden?"

„Ja. Gründlich." Ihre Schwester Taeyeon half ihr, sie zu jedem denkbaren Thema in den Büchern zu befragen und stellte sicher, dass sie sich so viel wie möglich eingeprägt hatte.

Der Gedanke an Taeyeon löste in Toris Herz eine Sehnsucht nach ihrer Familie aus. Es schmerzte sie, sie zurückzulassen, aber sie musste diese Mission durchführen, um sie alle zu retten. Sie hoffte, dass die Medikamente, die Goran ihnen gab, ihre Symptome weiterhin lindern würden. Sie wusste nicht, wie groß der Vorrat war, den er ihnen hinterlassen hatte und sie musste hoffen, dass er ausreichte, bis sie das Heilmittel besorgen konnte. Es gab zu viele Fragen und Ungewissheiten in ihrem Kopf, und sie hatte nur Gorans Wort, auf das sie sich verlassen konnte.

Als der Anker des Schiffes fiel, ging Toris Blick nach oben. Der hohe Turm von Schloss Capehill war von dort, wo sie stand, deutlich zu sehen. Die steinerne Festung war mit smaragdgrünen Bannern geschmückt, die im Wind wehten und auf denen jeweils das Brackensymbol eines knurrenden Bären abgebildet war. Im Hafen lagen nicht viele Schiffe, abgesehen von dem von Goran, da der bestehende Vertrag Khadulan als Avarells Hauptwarenquelle festlegte, aber Fischerboote schwammen in der Nähe.

Tori bückte sich und öffnete ihre große, robuste Segeltuchtasche. „Takumi", rief sie.

Er öffnete die Augen und gab ein Gähnen von sich.

„Zeit zu gehen", sagte sie und nickte ihm zu.

Daraufhin hüpfte er zu ihr, sprang in die Segeltuchtasche und rollte sich zu einem Ball zusammen. Vorsichtig legte sie sich den Gurt um die Schulter und war froh, dass Takumi beim Tragen ruhig blieb.

Ihre Beine wackelten praktisch unter ihr, als sie an Land ging, ihre Füße waren unruhig, nachdem sie so lange auf dem Wasser gewesen war. Die salzige Luft wirbelte ihr Haar und ihren Mantel im Wind herum, der starke Fischgeruch lag in der Luft. Sie wartete, während Goran sich bei den Hafenmeistern anmeldete. Die Schiffsleute begannen, die Ware auszuladen und Gorans Lakaien trugen Toris Truhen und andere Gegenstände auf eine Seite des Hafens.

Goran näherte sich ihr, als sein Geschäft erledigt war. Er holte einen glitzernden Gegenstand aus seiner Jackentasche und nahm Toris Hand. Das kleine Medaillon war kalt, als es ihre Handfläche berührte.

„Ihr müsst Hettie zuerst finden", sagte er, der Kummer über den Verlust seiner Tochter offensichtlich. „Das wird sie davon überzeugen, dass Ihr von mir geschickt wurdet, um sie zu retten, denn Hettie war nie jemand, der einer Seele einfach so vertraute. Es gehörte ihrer Großmutter Delores, die sich einen Monat lang um Hettie kümmerte, als ihre Mutter krank wurde. Ich bezweifle, dass sonst jemand davon weiß. Aber wenn Ihr ihr das erzählt, wird sie wissen, dass Ihr die Wahrheit sagt. Bitte findet sie."

Tori wagte nicht, es laut zu versprechen. Sie nickte einfach und steckte das Medaillon weg.

„Wir werden in einer Woche mit der nächsten Lieferung zurück sein. Ich werde ziemlich enttäuscht sein, wenn Ihr keine Lieferung für *mich* habt, wenn ich ankomme."

„Ich werde mein Bestes geben."

Einer seiner Männer ging zu Goran und gab ihm eine kleine Schachtel. „Ah, ja." Goran nahm einen Samtbeutel aus der Box. „Auf der Innenseite deines Umhangs befindet sich eine Tasche. Leg das rein."

„Was ist das?"

„Das ist für den Fall, wenn Euer Herz durch das Phönixfieber versagt."

„Wa… aber Ihr habt mir meine Medikamente gegeben."

„Ja. Achtet darauf, dass Ihr das jeden Morgen und Abend einnehmt. So wirksam sie auch sein mögen, es besteht immer noch die Möglichkeit, dass Euer Herz versagen könnte."

Tori widerstand dem Drang, eine Hand auf ihre Brust zu legen, als ob es ihr Herz schützen würde, wenn sie sie dort hin presste. „Was genau ist in dem Beutel?"

„Es ist eine Spritze. Im Inneren des Zylinders befindet sich eine starke Chemikalie, die Euer Herz wieder in Gang setzt, sollte das Phönixfieber Euren Körper in einen Schockzustand versetzen. Sollte Euer Herz zu versagen beginnen, muss die Nadel direkt in Euer Herz gestochen werden, und der Kolben wird die Behandlung in Euer Blut abgeben."

Während Tori mit offenem Mund dastand, richtete sich Gorans Aufmerksamkeit auf jemanden, der sich über ihre Schulter näherte. Tori drehte sich um und sah eine dünne, ältere Frau, etwa gleich groß, mit dunkler Haut.

„Guten Morgen, Goran", rief die Frau, ihre Stimme war ein rauer Tenor.

„Finja", sagte er schlicht zu ihr.

Tori erkannte den Namen. Goran hatte erklärt, dass Finja seine innere Person war, eine Khadulianerin wie er selbst. Ihre Aufgabe war es, Dienstmagd der Hohepriesterin zu sein. Sie hatte der letzten in dem Schloss gedient und sie war es, die die Priesterin erstochen aufgefunden hatte. Der Täter war jedoch nirgends zu sehen. Der Hof vertuschte es natürlich und behauptete, dass ihr Essen verdorben gewesen sein musste, was letztlich die Ursache für ihr Sterben war, ohne die Stichwunde in ihrer Brust zu erwähnen.

„Das ist Tori Kagari, von nun an bekannt als Ihre Heiligkeit Lady Tori."

Finja lächelte nicht, obwohl Tori das irgendwie auch nicht erwartet hatte. Als Finja ihren Kopf drehte, um sich Toris Gepäck anzusehen, bemerkte Tori eine Narbe an dem, was von Finjas linkem Ohr übrig geblieben war, wo die scharfe Spitze ihres khadulanischen Ohrs offenbar abgeschnitten worden war. Tori wandte ihre Augen ab und fragte sich, welche üble Schöpfung ihr das angetan hatte.

„Finja wird Euch von nun an über alles aufklären können." Goran klopfte Tori eine Hand auf die Schulter. „Vergesst nicht, weswegen ihr hierher gekommen seid. Viel Glück."

Während Finja die Lakaien anwies, Toris Sachen in die bereitstehende Kutsche zu laden, starrte Tori Goran hinterher, der sich bereits auf den Weg zurück aufs Schiff gemacht hatte. Sie rieb sich die Arme und spürte ein Gefühl des Verlustes. Abgesehen von Finja, die sie insgesamt nur zwei Minuten kannte, war Tori allein. Die Angst um den Tod ihrer Familie war das Einzige, was sie davon abhielt, von dem Vertrag zurückzutreten, den sie abgeschlossen hatte. Sie straffte ihren Kiefer, seufzte und wandte sich von Goran und seinem Schiff ab und machte sich auf den Weg, um zu tun, was sie tun musste.

KAPITEL 8

„Lasst uns zur Kutsche gehen, Lady Tori." Finja streckte die Hand aus, als wolle sie die über Toris Schulter hängende Leinentasche nehmen.

Tori packte den Gurt fester. „Ich behalte das bei mir, wenn es Euch nichts ausmacht."

„Wie Ihr wollt. Hier entlang." Sie gab Tori ein Zeichen, ihr zu folgen. „Achtet auf die Wache der Königin am Hafenausgang. Sie überwachen die Importe und Exporte und stellen sicher, dass alles in Ordnung ist. Nicht nur die Ladung, sondern auch die Menschen. Goran hat Ihnen eure Papiere gegeben, ja?"

„Ja."

„Dann lasst dies der erste Beweis eurer schauspielerischen Fähigkeiten sein."

Obwohl sie von den kastenförmig aussehenden Männern in ihrer

Rüstung eingeschüchtert war, richtete Tori ihren Rücken auf und legte ein selbstbewusstes Gesicht auf. Um sie glauben zu lassen, dass sie die Person war, die in den Papieren beschrieben wurde, die sie bei sich trug, würde sie es fast selbst glauben müssen.

„Papiere", sagte der Wächter, als er Tori eine Handfläche entgegenstreckte.

Sie übergab die Papiere und hielt ständigen Augenkontakt mit dem Wachmann, während er sie musterte.

„Ihr seid weit weg von Tokuna. Solltet Ihr nicht mit der Kutsche aus dem Norden kommen statt über das Meer aus dem Süden?"

Tori hielt ihr Kinn hoch, entschied sich aber, ein friedliches Lächeln zu zeigen. „Ich hatte auf den Kristallinseln etwas zu erledigen. Rituale für die Toten. Wenn Ihr meine Transkriptionsprotokolle sehen möchtet, stelle ich sie Euch gerne zur Verfügung."

Das Gesicht des Soldaten wurde eisern, als sie von den Kristallinseln sprach. „Nein, das wird nicht nötig sein."

„Möge die Heilige Mutter Euer Haus segnen", sagte Tori mit einer leichten Verbeugung.

„Danke, Eure Heiligkeit." sagte er und gab die Papierunterlagen zurück. „Und willkommen in Avarell."

Tori und Finja begaben sich weiter zur Kutsche, ohne auch nur eine Sekunde lang ihre Masche aufzugeben und erst als sie außer Hörweite waren, lehnte sich Finja näher zu ihr und sagte: „Beeindruckend".

Der Kutschenfahrer öffnete die Wagentür, als er sie näherkommen sah. Es war ein Kampf für sie, die Röcke ihres Kleides und die Länge ihres Umhangs zu sammeln, um durch die Tür zu passen, aber sie schaffte es, ohne ihre Leinentasche irgendwo anzustoßen – zu Takumis Vorteil. Finja kletterte hinter ihr her, immer noch ausdruckslos und hielt ihren Blick aus dem Fenster.

Als sie sich von dem Hafen zurückzogen, wurde die Fahrt ruhiger und das Klappern der Pferdehufe, die auf die Straße prallten, wurde lauter. Wo die Wege in Sukoshi mit Erde und kleinen Kieselsteinen ausgelegt waren, wurden die Straßen von Avarell aus hartem Stein gebaut. Die Kutsche fuhr durch den hoch aufragenden Torbogen des Stadteingangs. Tori nahm den Anblick in sich auf und war erstaunt, wie sehr sich Avarell von Drothidia – und sogar von Khadulan – unterschied. Die Stadt blühte und wenn man sich die vielen Menschen ansah, die sich an den Fischständen, in den Metzgereien, Tavernen und Gasthäusern versammelt hatten, florierte der Handel.

Überall gab es Menschenmassen. Tori konnte kaum glauben, dass es so viele Menschen auf der Welt gab. Die Farben der Kleidung, die sie trugen, deckten ein viel breiteres Spektrum ab, als sie es gewohnt war. Und die Geschäfte entlang der Straße verkauften Dinge, von denen sie noch nie gehört hatte.

„Lebt Ihr schon lange hier?" fragte Tori, während sie die Aussicht weiter bewunderte.

Zuerst antwortete Finja nicht, aber als Tori sich ihr zuwandte, ließ sie einen frustrierten Seufzer los. „Ich habe den letzten beiden Hohepriesterinnen gedient. Ursprünglich wurde ich von Königin Callista eingestellt, aber als Lady Maescia zur Regentin ernannt wurde, behielt man mich bei. Die erste Hohepriesterin nahm ihren Abschied, kurz nachdem Königin Callista erkrankte, aber niemand weiß genau, warum. Es heißt, dass sie nach der Königin sah, einen Segen sprach und dann zurück nach Tokuna ging. Die zweite Hohepriesterin, der ich diente, wurde getötet – wie Goran euch sicher erzählt hat –, aber bis heute wird es als versehentliche Vergiftung betrachtet."

„Habt Ihr keinem erzählt, was Ihr gesehen habt?"

„Ich bin kein Narr. Jemand hat die Frau getötet. Jemand, der nicht erwischt wurde. Wenn ich etwas sagen würde, könnte ich die Nächste sein."

Tori nickte und fing die Angst und den Abscheu in Finjas Augen ein.

„Verstanden."

„Stattdessen ging ich zu Goran. Ich begegnete seinem Schiff, als es das nächste Mal in den Hafen einfuhr und erzählte ihm von meinem Verdacht, dass die Königin Regentin hinter dem Mord an der Hohepriesterin steckte."

Tori schluckte den schalen Geschmack in ihrem Mund hinunter. „Warum sollte sie das tun?"

„Ich fürchte, ich war nicht bei jedem Treffen der Hohepriesterin mit Lady Maescia anwesend, aber ich weiß, dass ihr letztes Treffen nicht gut endete. Lady Lyandra war nach diesem Treffen ziemlich nervös und als ich sie das nächste Mal sah, war sie tot. Nicht, dass Lady Maescia selbst die Klinge gehoben hätte, aber sie hat genug Leute unter ihrer Kontrolle, um die Drecksarbeit zu erledigen."

„Das ist ein furchtbarer Gedanke."

„Es ist eine furchtbare Wahrheit." Finja kratzte an der Narbe neben ihrem Ohr. „Aber Goran und ich haben darüber diskutiert, wie wir Lady Lyandra und der Königin Gerechtigkeit bringen können. Und den Bürgern von Avarell."

„Ihr habt also die ganze Zeit die Königin nicht gesehen?"

„Nein. Sie steht unter ärztlicher Aufsicht von Lady Maescia und jedem Mediziner, den sie finden kann, um ihrer Schwester zu helfen."

„Aber wenn die Königin gefangen gehalten wird – oder tot ist, was höchst unwahrscheinlich erscheint –, warum machen sie sich dann all die Mühe, Mediziner zu holen?"

Finja kniff die Augen zusammen. „Das ist eine gute Frage unter vielen unbeantworteten."

Tori behielt ihren Blick auf Finja, aber ihr Kopf drehte sich vor Fragen. „Und was ist mit Hettie? Gorans Tochter? Habt Ihr sie nicht zu Gesicht bekommen?"

„Nein. Wir vermuten, dass derjenige, der sie festhält, ihr einen anderen Namen gibt, um Goran oder jedem, der ihn kennt, zu entgehen. Wenn sie noch eine Dienerin ist – und noch lebt –, muss sie abgeschirmt gehalten werden und ihrem Lord dienen, ohne sein Quartier zu verlassen."

„Wie eine Gefangene."

Finja nickte. „Genau."

Tori spielte mit dem Saum ihres Umhangs und sammelte die Entschlossenheit, Hettie zu finden. Sie wusste nicht, wie sie es machen sollte, aber Akihiro Shung hatte ihr immer beigebracht, ihren Kopf zu benutzen, bevor sie ihre Muskeln einsetzte. Sie würde einen Weg finden.

Sie näherten sich bald den riesigen Toren von Schloss Capehill, dessen Steinfassade im Sonnenlicht so hellgrau war, dass sie fast silbern wirkte. Hinter den Toren war das Schloss wie ein prächtiges Biest, fünf Blocktürme, die sich an ein Labyrinth aus überdachten Gängen schmiegten. Hohe Steinmauern, die auf die Stadt hinausblickten und auf der Westmauer der hohe Turm, der stolz im tanzenden Schatten der Brackenflagge stand.

Die Kutsche überquerte die steinerne Brücke, die über den

Capehill Bach führte und als sie vor dem Haupteingang zum Stehen kam, stieß Tori einen zitternden Atem aus. Sie ballte die Fäuste und zwang sich, leichter zu atmen, obwohl sie innerlich ein Gewirr aus verknoteten Nerven und Übelkeit war

„Der Diener wird Ihnen helfen", wies Finja an, öffnete die Tür und verschwand, bevor Tori reagieren konnte.

Tori klappte ihre Tasche auf. „Wir sind hier, Takumi. Sei ein guter Junge und bleib still und ruhig, bis ich dich rauslassen kann."

Takumi blinzelte und vergrub seinen Kopf in der Tasche, und sie nahm dies als ein Zeichen, dass er verstand.

Der Diener, der ihr aus der Kutsche half, machte keinen Augenkontakt und Tori fragte sich, ob der Status der Hohepriesterin eine Position war, die voraussetzte, dass sie respektiert wurde. In Wahrheit war der Diener ihr gleichwertig und es gab Tori ein seltsames Gefühl, so behandelt zu werden, als sei sie besser als alle anderen. Aber das gehörte zur List, also hielt sie ihren Kopf hoch und folgte dem Diener zu den Schlosstoren.

Das erste, was ihr auffiel, als sie das Atrium betrat, waren die Lichter. Elektrizität war immer noch etwas Neues für sie und es faszinierte sie, so viele Leuchten in einem Raum zu sehen. Über ihrem Kopf hing eine kreisförmige Vorrichtung, an der Hunderte von winzigen Glühbirnen angebracht waren, die den Anschein erweckten, dass das Atrium mit Sonnenlicht gefüllt war. An den Wänden beleuchteten Kristallleuchter den Weg durch die langen Korridore.

Unter ihren Füßen glänzte der Marmorboden wie frisch poliert. Eine große Eichentreppe schlängelte sich in einem Halbkreis am Ende des Atriums und führte zu einem höher liegenden Treppenabsatz, jede Stufe mit smaragdgrünem Teppichboden gepolstert. So viel Luxus hatte sie noch nie erlebt, und es fiel ihr schwer, nicht zu staunen.

Finja war plötzlich an ihrer Seite und stieß sie mit dem Ellbogen. „Pass auf. Hier kommt die Seneschallin."

Eine Frau in einem langen, grauen Kleid mit einer Haube aus hellem lavendelfarbenem Stoff, die ihr Haar bedeckte, kam aus einem der Korridore auf sie zu. „Willkommen, Eure Heiligkeit."

Tori verbeugte sich leicht, die Geste war ihr fremd, aber sie hoffte, dass sie authentisch erschien.

Aus den Augenwinkeln sah sie Diener, die ihre Truhen und andere Gegenstände in einen anderen Teil des Schlosses brachten. Einer der Diener streckte seine Hand aus, um ihre Leinentasche zu nehmen. Finja, die offenbar Toris Befürchtung spürte, die Tasche loszulassen, nickte ihr zu. „Keine Sorge, Eure Heiligkeit. Ich werde die Tasche persönlich in Euer Zimmer bringen."

Tori zwang einen entspannten Ausdruck auf ihr Gesicht und reichte Finja die Tasche, in der Hoffnung, dass Takumi sich ruhig verhalten würde, bis sie in ihrem Zimmer war. Sie beobachtete einen Moment lang, wie Finja sich den Dienern bei ihren Aufgaben zustellte, dann wandte sie ihre Aufmerksamkeit der Seneschallin zu.

„Ich bin Fräulein Geneva, die Seneschallin von Schloss Capehill", sagte die Frau. Sie schien freundlich genug zu sein, wodurch Tori sich ein wenig entspannen konnte. „Ich bin für die häuslichen Angelegenheiten und die Verwaltung der Bediensteten zuständig."

„Erfreut, euch kennenzulernen, Fräulein Geneva."

„Lady Maescia bat mich, euch zu empfangen. Sorgt euch nicht um eure persönlichen Sachen; die Dienerschaft wird sie sicher auf eure Gemächer bringen, wo ich sicher bin, dass eure Dienstmagd alles für Euch organisieren wird. Lady Maescias ursprünglicher Plan, sich mit Euch unter vier Augen zu treffen, wurde wegen einer unerwarteten Verhandlung verschoben, wenn Ihr mir also folgen würdet, kann ich Euch in den Innenhof begleiten."

„Ja, natürlich." Tori hatte ein seltsames Gefühl in der Magengrube. Einerseits hatte Tori das Gefühl, ein wenig mehr Zeit zu haben, um sich darauf vorzubereiten, die Königin Regentin persönlich zu treffen. Andererseits liefen ihre Pläne bereits aus dem Ruder, was sie unruhig machte.

Sie hielt Schritt mit Fräulein Geneva, wobei sie die großartigen Gemälde, die an den Wänden hingen und die luxuriösen, mit Samt gepolsterten Stühle auf dem Weg betrachtete.

„Lady Maescia wird euch natürlich direkt in ihrem Aufenthaltsraum zu einem privaten Gespräch treffen. Ich werde einen Knappen schicken, der euch begleitet, sobald die Verhandlung vorbei ist."

Tori wollte gerade etwas erwidern, aber Fräulein Geneva hielt kurz an und öffnete eine große Tür, die auf den Innenhof hinausführte. Vor der Tür stand ein großer Soldat mit widerspenstigem Haar und hielt Wache. Er stand mit dem Rücken zu ihnen, bis sie sich näherten, woraufhin er sich Tori zuwandte. Etwas in ihr flatterte, wie ein Adrenalinstoß, der durch ihren Körper kribbelte. Sein Gesicht war ihr so bekannt, aber Tori konnte nicht sagen, wo sie ihn schon einmal gesehen hatte.

„Herr Stormbolt, dies ist Lady Tori, die Hohepriesterin, die zu einem Gespräch mit Lady Maescia gekommen ist."

Herr Stormbolt verbeugte sich. „Eure Heiligkeit, ich fürchte, der Zeitpunkt Eurer Ankunft ist nicht optimal. Die Königin Regentin wird gleich ein Urteil in einem Strafprozess verkünden."

„Selbstverständlich", sagte Tori und konzentrierte sich mit aller Anstrengung darauf, ihre Fassade zu wahren. „Gerichtsangelegenheiten müssen geregelt werden. Ich verstehe."

Fräulein Geneva verbeugte sich vor Tori. „Wenn Ihr mich entschuldigen würdet, ich muss mich um das Küchenpersonal kümmern."

„Ich danke Euch, Fräulein Geneva", sagte Tori und erwiderte die Verbeugung.

„Wir haben einen Platz, an dem Ihr sitzen könnt", sagte Herr Stormbolt. „Leider nicht mit dem Rest des Hofes, denn die Sitzgelegenheiten füllten sich recht schnell. Aber es ist bequem und nicht zu überfüllt. Es dauert nur so lange, bis das Urteil verkündet wird."

„Natürlich. Vielen Dank, Herr Stormbolt."

Er führte sie zu einer Reihe von Stühlen, auf denen die Bürger saßen, ein Platz blieb für sie frei. Die Leute, die um sie herum saßen, waren in aufwändige Gewänder gekleidet und Tori vermutete, dass es sich um Fürsten und Damen des Reiches handelte. Jeder der Adligen hatte einen säuerlichen Gesichtsausdruck, als sie die junge Frau betrachteten, die vor der Königin Regentin stand. Herr Stormbolt gab Tori eine leichte Verbeugung und kehrte dann auf seinen Posten am Eingang des Hofes zurück. Als sie sein Profil studierte, wusste sie, dass sie ihn schon einmal gesehen hatte. Aber es war nicht so, dass sie in ihrem Leben viele Bürger von Avarell getroffen hatte. Tatsächlich war das letzte Mal, als sie mit einem Avarellianer in Berührung gekommen war …

Könnte er wirklich der Junge sein, den sie in der Kluft gerettet hatte? Er wäre ungefähr einundzwanzig, wenn sie richtig vermutet hatte, dass der Junge damals etwa sechzehn gewesen war. Sie würde

Herrn Stormbolt auf dieses Alter schätzen. Sie konnte sich zwar irren, aber es bestand die Möglichkeit, dass er es war. Natürlich änderte das nichts an ihrer Mission oder beeinflusste sie in irgendeiner Weise. Es gab keinen Grund, darüber zu grübeln, abgesehen von Nostalgie und dem Phänomen des Zufalls.

„Bitte nennen Sie Ihren Namen für den königlichen Gerichtshof." Die Stimme des Magistrats dröhnte durch den Hof, und der Bass der Stimme lenkte Toris Aufmerksamkeit auf die bevorstehende Verhandlung.

„Allwyn Mowbray", sagte die Frau. Sie hatte eine schlichte Schönheit an sich. Ihre Stimme hatte einen leichten Hauch, der ihren Worten einen seltsamen, näselnden Klang verlieh

Ihr gegenüber, auf eleganten Thronen sitzend, die auf einem Podest standen, studierten zwei Frauen Allwyn Mowbray. Auf dem größeren, aufwändigeren Thron saß eine Frau mit dunkelblondem Haar, das mit juwelenbesetzten Stecknadeln hochgesteckt war, ein dekoratives Nest für die goldene Krone auf ihrem Kopf. Tori nahm den Anblick von Lady Maescia, der Königin Regentin von Avarell, in sich auf. Ihr Mund saß in einer geraden Linie und der Blick in ihren Augen war eine Mischung aus Verachtung und Langeweile. Neben ihr saß eine jüngere Frau – ungefähr in Toris Alter – und hatte die Hände auf die Seidenröcke ihres Kleides gelegt, während sie knochenstarr auf dem kleineren Thron saß. Die zierliche Krone auf ihrem Kopf war nur etwas goldener als ihr Haar, das teilweise zu einem perfekten Zopf geflochten war, während der Rest ihrer prächtigen Locken bis unter ihre Schultern fiel. Während die Königin Regentin sich aufmerksam auf die Frau konzentrierte, die befragt wurde, wanderten Prinzessin Wrenas Augen woanders hin, als ob sie gewissenhaft alle Gesichter in der Menge in Augenschein nehmen wollte.

„Fräulein Mowbray”, fuhr der Magistrat fort und ging zwischen Allwyn Mowbray und den Königshäusern auf und ab. „Ihr werdet des Diebstahls von Eigentum eines Lords beschuldigt. Wie plädiert Ihr?”

Allwyn Mowbray rieb ihre Hände. „Ich wollte es nicht tun. Ich wurde gezwungen, es zu tun. Ich wurde gezwungen, alles zu tun.”

„Gezwungen?” Der Magistrat sah sie an.

„Von wem gezwungen?” Die Stimme war ziemlich schockierend zu hören und Tori lehnte sich ein wenig in ihrem Stuhl nach vorne, um genauer hinzuschauen. Die Königin Regentin, Lady Maescia selbst, hatte die Frage gestellt.

Allwyn Mowbray blickte in die Menge hinüber, ihr Blick landete auf einem Mann, der seine Kappe zwischen seinen stumpfen Fingern drehte.

„Die Königin Regentin hat Ihnen eine Frage gestellt, Fräulein Mowbray.” Der Magistrat verschränkte die Hände hinter seinem Rücken zusammen.

„Verweigert Ihr ihr eine Antwort?”

„Nein, Sir.” Sie schrubbte eine Hand über ihren Nacken. „Es… es war mein Vater.”

„Euer Vater hat Euch dazu gezwungen, von Lord Varcarry zu stehlen?”

„Nun, er …”

„Beantwortet die Frage, Fräulein Mowbray.” Die Stimme des Magistrats wurde deutlich lauter.

„Ja, Sir. Er hat mich gezwungen, es zu tun. Wisst Ihr, Lord Varcarry, er hat angedeutet, dass er nichts gegen eine gewisse Intimität zwischen uns hätte. Zuerst war ich nicht interessiert. Ich halte nicht allzu viel von älteren Männern. Aber dann bekam mein Vater Wind davon und er sagte mir, wenn ich täte, was der alte Mann wollte, bekäme ich Zugang zu seinen Reichtümern. Dass so ein alter Kerl wahrscheinlich wie ein Toter schlafen würde, nachdem die Tat vollbracht war und dass ich mit seinen Sachen schnell wie eine Peitsche weg sein würde."

Mehr als einmal stieß die Menge ein Keuchen und Murmeln aus. Tori war entsetzt. Nicht nur, weil die Frau wegen etwas Gold ihre Integrität aufgeben würde, sondern auch, weil ihr Vater sie dazu ermutigte.

„Fräulein Mowbray, habt Ihr noch etwas zu sagen, bevor Ihr eure Strafe von der Königin Regentin erhaltet?"

Allwyn Mowbray schluckte sichtbar, ihre Augen huschten zwischen dem Magistrat, der Königin Regentin und ihrem Vater in der Menge. „N-nein, Sir."

Die Königin Regentin bewegte sich in ihrem Stuhl, ohne den Blick von der Frau abzuwenden. Nach einem Moment sah sie zu ihrer Nichte, Prinzessin Wrena, hinüber und dann zu dem großen, brutal aussehenden Mann, der in der Nähe ihres Throns Wache stand. Tori nahm an, dass der Mann der Hauptmann der königlichen Wache, Herzog Grunmire, war. Obwohl er ihr Berater war, sagte der Mann nichts und wartete nur auf das Wort der Königin. Tori fragte sich, ob seine Augen die Botschaft lieferten, die Lady Maescia erwartet hatte. Nach einer Sekunde wandte sich der Herzog der Angeklagten zu, blieb aber wachsam an der Seite der Königin Regentin.

Allwyn Mowbray zuckte zusammen, als Lady Maescia ihren Blick auf sie fallen ließ. Der gesamte Innenhof war still.

„Fräulein Mowbray", sagte die Königin Regentin. „Für das

Verbrechen des Diebstahls eines Lords im Reich von Avarell werdet Ihr hiermit zur Kluft verurteilt."

„Nein!" Es war der Vater der Frau, der geschrien hatte. Allwyns Kopf fiel in ihre Hände, Schluchzer drangen durch ihre Finger heraus. „Nein, sie sollte nicht bestraft werden", brüllte ihr Vater. „Es war meine Schuld. Bestrafen Sie mich stattdessen. Es war meine Schuld. Ich flehe Euch an, Euer Gnaden!"

Als der Mann sich nach vorne drückte, zog Herzog Grunmire sein Schwert heraus und richtete es auf den Mann. „Ich würde an Eurer Stelle stehen bleiben", sagte der Herzog.

Der Mann blieb kurz stehen und hob die Hände. „Ich ergebe mich, Milord. Bitte." Mit einer zitternden Unterlippe stellte er sich der Königin Regentin und der Prinzessin. „Ich flehe Euch an. Nehmt mich stattdessen."

Lady Maescia hob eine Hand, ihr Gesicht blieb stoisch. „Schweigt."

Die Menge, die ihr Murmeln und Tuscheln wieder aufgenommen hatte, wurde leise.

„Herr Mowbray, was für eine Herrscherin wäre ich, wenn ich jeden Dieb, jeden Verbrecher in Avarell entscheiden lassen würde, welche Strafe sie für ihre Verbrechen erhalten?"

Der Mann stand einfach da und zitterte und wrang seinen Hut in den Händen.

„Mir gefällt Eure Idee jedoch", sagte Lady Maescia. Allwyns Kopf tauchte aus ihren Händen auf, ihre roten Augen weiteten sich. Der Kiefer ihres Vaters fiel, seine Unterlippe zitterte noch. „Herr Mowbray, Ihr werdet hiermit dazu verurteilt, in die Kluft geworfen zu werden."

„Vater!" schrie die Frau, als die Wache der Königin ihn ergriff.

„Und was Eure Tochter betrifft", fuhr Lady Maescia mit einer hochgezogenen Braue fort, „sie wird gehängt."

Allwyn brach praktisch zusammen, aber zwei der Wachen der Königin hoben sie schnell auf und schleppten sie weg zum Galgen. Die Männer, die ihren Vater hielten, schleppten ihn in die entgegengesetzte Richtung, sie hielten ihn trotz seines Schlagens und Tretens fest.

KAPITEL 9

Tori konnte kaum atmen, denn das Ergebnis des Prozesses schockierte sie so sehr. Goran hatte gesagt, dass die Königin Regentin seltsame und grausame Wege im Umgang mit Kriminellen hatte, aber so etwas hatte sie sich nie vorstellen können. Allerdings hatte sie keine Zeit, sich damit zu beschäftigen. Vor ihr stand Herr Stormbolt, der eine leichte Verbeugung machte.

„Eure Heiligkeit", sagte er. Seine Stimme wirkte nicht so stark wie vor der Sitzung. Vielleicht war er auch von dem Ergebnis überrascht.

Sie bot ihm ein kleines Lächeln an und stand auf.

„Wenn Ihr mir folgen würdet", sagte er. „Mir wurde gesagt, dass ein Knappe mich zum Aufenthaltsraum der Königin Regentin begleiten würde", sagte sie und folgte ihm aus dem Hof und zurück in die Burg.

„Ich kann Euch selbst begleiten, Eure Heiligkeit. Es ist kein Problem."

„Ich danke Euch. Und bitte, nennt mich Lady Tori."

„Lady Tori", wiederholte er und neigte leicht seinen Kopf. „Ihr seid aus Tokuna angekommen?"

„Eigentlich bin ich auf dem Seeweg gekommen", antwortete Tori und wusste, dass die Hafenaufzeichnungen zeigen würden, dass sie an dem Hafen ankam. Es würde nichts nützen, mit einer so leicht zu überprüfenden Lüge zu beginnen. „Ich wurde gebeten, einen Dienst auf den Kristallinseln zu leiten."

Tori bemerkte, wie sich die Augen von Herr Stormbolt weiteten. Die Kristallinseln waren dafür bekannt, dass sie von Piraten bewohnt waren und jeder, der sich sogar der berüchtigten Piratenkönigin Hira Kaliskan näherte, musste mutig sein.

„Von dort bin ich mit dem Schiff gekommen, mit der freundlichen Gunst der khadulanischen Schiffsgesellschaft."

„Dann seid Ihr sicher erschöpft. Das ist eine ziemlich lange Reise."

„Ja. Das war es. Aber ich bin an meine Pflichten gebunden und ich bin dankbar für die Möglichkeiten, die sich mir bieten."

„Wie lange seid Ihr schon eine Hohepriesterin?"

„Ich wurde nach Tokuna gebracht, als ich zwölf war." Sie wusste, dass er diese Lüge nicht überprüfen konnte. Tokuna führte keine Aufzeichnungen über die Studiendauer der Hohepriesterin, nur über die Bescheinigungen über den Abschluss des Studiums, um die sich Goran kümmerte.

„Zwölf? So jung. Und Ihr wusstet von diesem Alter, dass es Eure Bestimmung war?"

„Ja. Die Heilige Mutter rief mich in ihr Haus." Tori war auf diese Fragen vorbereitet, dank des von Goran gelieferten Buches und Taeyeons ständigem Quiz.

Er blieb vor weißen, mit Goldblättern verzierten Doppeltüren stehen. Er nickte den beiden Wachen zu, die an den Türen standen, und wandte sich dann an Tori

„Dies ist das königliche Aufenthaltszimmer. Die Königin Regentin wird sich drinnen mit Euch treffen"

„Ich danke Euch."

Die Wachen öffneten ihr die Doppeltüren und Tori trat ein. Das Zimmer war genauso luxuriös wie alles, was sie bisher von dem Schloss gesehen hatte. Wie konnte jemand so viele Reichtümer besitzen? Und woher kam das alles? Plüschige Liegestühle bildeten eine Sitzecke, in der die Hofdamen der Königin Regentin saßen. Tori fragte sich allerdings, ob es sich bei den Damen tatsächlich um die von Königin Callista handelte, die buchstäblich darauf warteten, dass sie wieder gesund wurde. Zwei von ihnen hörten einer mit dickem, seidigem, schwarzem Haar zu, wie sie über einen Soldaten schwärmte, auf den sie stand, während die drei an Wein aus goldenen Kelchen nippten.

Im größten und dekorativsten Sessel saß Lady Maescia. Aus der Nähe wirkte sie jünger, als Tori sie sich vorstellte, mit glatter Haut und vollen, breiten Lippen. Vielleicht waren es Reichtum und Machtpositionen, mit denen man sich die Geheimnisse der Jugend bewahren konnte. Zwei Dienstmägde kämmten und steckten Lady Maescias Haare hoch, während eine andere ein Puder auf ihr Gesicht auftrug. Die Prinzessin ruhte sich auf einem Stuhl in der Nähe aus und las in einem Buch

„Ah, Eure Heiligkeit", sagte Lady Maescia und saß etwas aufrechter, aber nicht stehend. Die Mägde setzten ihre Arbeit fort.

Auf Lady Maescias Gesicht tauchte kein wirkliches Lächeln auf, aber eine Seite ihres Mundes war unnatürlich nach oben gebogen. Vielleicht war der Mangel an Ausdruck, damit sie ihr Pudern nicht ruinierte, dachte Tori.

Die Hofdamen drehten sich alle um, um Tori eintreten zu sehen. Sie standen auf und knicksten, während sie Toris Kleid und Umhang studierten. Und vielleicht die Neigung ihrer Augen.

Tori legte ihre Hände zusammen, als ob sie beten würde, und verbeugte sich leicht. Als sie ein paar Schritte näher an die Königin Regentin herantrat, fiel sie in einen vollen Knicks.

„Eure Hoheit." Sie richtete sich auf und nickte einmal mit dem Kopf. „Bitte nennt mich Lady Tori."

„Ich danke Euch, Lady Tori. Und Ihr könnt mich mit Lady Maescia anreden. Ich fürchte, 'Eure Hoheit' ist für meine Schwester, die Königin, oder meine Nichte, die Prinzessin Wrena, vorbehalten." Sie wies auf die Prinzessin. Prinzessin Wrena blickte von ihrem Buch auf und schenkte Tori ein höfliches Nicken.

„Obwohl „Euer Gnaden" ist auch akzeptabel"

„Ja, Euer Gnaden."

„Welch ein Glück, dass wir mit Ihrer Anwesenheit beehrt werden dürfen. Unsere ehemalige Hohepriesterin ist leider aufgrund einer allergischen Reaktion gestorben. Etwas, das sie aufgenommen hat, laut des Gerichtsmediziner."

Ein Gerichtsmediziner, der höchstwahrscheinlich eine stattliche Summe von der Königin bezahlt bekommen hat. Goran hatte Tori erzählt, dass die letzte Hohepriesterin erstochen wurde. Bedeuteten die Lügen von Lady Maescia, dass sie beteiligt war? Oder versuchte sie einfach, den Ruf des Königsreichs makellos zu erhalten?

Die Hofdamen schüttelten langsam den Kopf, Mitleid zeichnete sich auf ihren perfekten Zügen ab.

„Wir waren sehr betrübt über ihren Tod", sagte Lady Maescia, als sie das Parfüm wegwedelte, das eine ihrer Mägde in ihre Richtung spritzte. „Lady Lyandra hielt äußerst feierliche Liturgien ab, und seit ihrem Tod fühlt sich der Hof ziemlich verloren. Die Menschen haben einen Ersatz für ihre heiligen Gebetsversammlungen erwartet. Ihre Verbindung zur Heiligen Mutter ist sehr wichtig und sie brauchen eine feste Bindung an sie. Und der Hof einer Königin ist nie vollständig ohne eine Hohepriesterin. Keine zu haben, ist, als würde man Dämonen ins Schloss einladen."

Tori nickte einmal. „Ich würde mich freuen, dieses Bündnis zu schließen, Euer Gnaden."

„Ihr müsst ein paar Tage hier bleiben, während ich mir ein Bild von Euch mache. Es wäre unklug von mir, Euch mit an den Hof zu nehmen, ohne mehr über Euch zu wissen. Versteht Ihr das?"

„Natürlich. Das ist sehr weise von Euch, Euer Gnaden."

Eine der Damen machte ein Geräusch und Tori drehte sich um, um zu sehen, dass die dunkelhaarige Hofdame Wein auf den Sessel verschüttet hatte, auf dem sie saß. Der Blick auf ihrem Gesicht, als sich die Königin Regentin in ihre Richtung drehte, war entsetzt. „Oh, du meine Güte, Euer Gnaden. Es tut mir furchtbar leid."

Lady Maescia verkrampfte den Kiefer und nahm einen langen Atemzug durch die Nase, wobei sie die junge Frau mit hochgezogenen Augenbrauen ansah. „Wäre es das erste Mal gewesen, dass du diesen Unfall hattest, hätte ich es verstanden. Aber nein, Raven, das ist das dritte Mal. Wenn man dir keinen Wein in der Nähe der königlichen Möbel anvertrauen kann, wirst du vielleicht gar nicht erst eingeladen, bei uns zu sitzen."

Prinzessin Wrena schaute wieder aus ihrem Buch auf.

„Raven, es ist in Ordnung."

„Ich denke, deine Mutter würde etwas anderes sagen", sagte Lady Maescia zur Prinzessin. „Ich war bei ihr, als sie sich die Mühe machte, den perfekten Stoff für diese Stühle auszusuchen."

Die Prinzessin verzog die Lippen, ob das aber davon stammte, dass sie wusste, dass ihre Tante recht hatte, oder ob es eine Reaktion darauf war, dass ihre Tante überdramatisierte, konnte Tori nicht sagen.

„Euer Gnaden", sagte Raven, schnappte sich eine Serviette von einem nahegelegenen Tisch und versuchte, den Wein abzutupfen. „Es tut mir schrecklich, schrecklich leid. Ich war zu erfreut, Ihre Heiligkeit am Hof willkommen zu heißen."

„Hör auf zu plappern, Raven. Es ist peinlich."

Raven schloss ihren Mund, stand auf und knickste. „Ich entschuldige mich, Lady Tori. Lady Maescia."

Lady Maescia rollte fast mit den Augen und wandte sich an Tori. „Ich entschuldige mich auch, Lady Tori. Ich habe gerade bemerkt, dass Ihr nach der Abendmahlzeit angekommen seid. Ihr müsst hungrig sein."

„Nein, Eure Hoheit." Was Tori mehr fühlte als Hunger, war Erschöpfung. „Die Heilige Mutter lässt uns oft fasten. Wir haben oft tagelang nichts gegessen, also habe ich mich daran gewöhnt, Mahlzeiten auszulassen. Aber ich weiß Eure rücksichtsvolle Art zu schätzen."

„Tagelanges Fasten? Wie tüchtig." Lady Maescia scheuchte ihre Mägde weg. „Wir werden morgen weiterreden. Aber jetzt seid Ihr sicher müde von Euren Reisen."

„Soll ich Ihre Heiligkeit zu ihren Zimmern begleiten, Euer Gnaden?" fragte Raven und versuchte offensichtlich, die Zerstörung der Möbel auszugleichen. „Ich glaube, Fräulein Geneva kümmert sich im Moment um das Nachtpersonal."

„Danke, Raven, aber ich möchte mir die Beine ein wenig vertreten. Eine schlechte Sache daran, Königin Regentin zu werden, ist, dass jeder automatisch denkt, dass ich plötzlich zu alt bin, um mich zu bewegen. Ich versichere Euch, ich habe noch viele Jahre in mir."

Raven errötete. „Es tut mir furchtbar leid, wenn ich Euch beleidigt habe, Euer Gnaden."

Sie winkte Raven mit abweisender Hand weg. „Ich werde sie selbst begleiten. Außerdem könnte ich die frische Luft gebrauchen."

„Natürlich, Milady."

Lady Maescia stand auf, ihre Röcke wehten um sie herum. Tori folgte ihr aus dem Zimmer und wurde die Halle hinuntergeführt. Überall, wo sie hinkamen, öffneten Diener die Türen für sie. Sie gingen einen überdachten Gang hinunter, der diesen Teil des Schlosses mit einem anderen Gebäude innerhalb der Schlossmauern verband. Das gesamte Schloss schien aus einer Reihe von steinernen Gebäuden zu bestehen, die sicher innerhalb der äußeren Mauer saßen und alle durch Gänge verbunden waren, die zum Innenhof hin offen waren. Über ihnen befanden sich die Mauern, gestützt von steinernen Arkaden. Eine Brise trug den süßen Geruch von Geißblatt durch die Luft. Tori schaute hinauf zum Sternenhimmel. Die Anzahl der Sterne war nicht so groß wie zu Hause, aber er war immer noch wunderschön, vor allem aus dem Komfort des Schlosses.

Während sie gingen, stellte Lady Maescia die gleichen Fragen, die Herr Stormbolt gestellt hatte, woraufhin Tori ihre einstudierten Antworten abspulte. Innerlich fragte sie sich, wie oft sie die

Geschichte wohl noch wiederholen müsste.

„Das ist die Tür, die zu euren Zimmern führt", sagte Lady Maescia, als sie am Ende des Ganges anhielt.

„Danke, Euer Gnaden."

„Wir sehen uns bei der Morgenmahlzeit." Lady Maescia tauchte ihren Kopf leicht und verließ Toris Seite.

Sie stieg eine Treppe hinauf und kam zu einer weiteren Tür, die nicht verschlossen war. Drinnen fand sie ein kleines Wohnzimmer mit einem Sofa vor einem Kamin. Hinter dem Zimmer befand sich eine Schlafkammer und eine Tür, die zu einem Waschraum führte. Es gab auch einen Durchgang, der zu einem kleinen Balkon führte, der den Hof überblickte. Sie hatte etwas Kleines erwartet, um eine Hohepriesterin zu beherbergen, aber die Wohnung war riesig im Vergleich zu Toris Zuhause in Sukoshi. Sie könnte ihre ganze Familie darin unterbringen und es wäre noch Platz übrig. Sie bemerkte einen Schalter an der Wand in der Nähe der Tür und als sie ihn umlegte, gingen in dem Raum die Glühbirnen an. Sie würde sich noch daran gewöhnen müssen, in der Nähe von Elektrizität zu sein, dachte sie sich. Es erinnerte sie an eine offene Flamme, und da sie in den Wäldern aufgewachsen war, hatte man sie gelehrt, sich immer vor offenen Flammen in Acht zu nehmen.

Plötzlich öffnete sich die Wohnungstür und Tori drehte sich herum, um zu sehen, wie Finja den Raum betrat.

„Ihr habt also euer erstes Treffen mit der Königin Regentin überlebt", sagte Finja, ihr Ausdruck war emotionslos.

„Ja. Sie war sogar nett zu mir."

Finja spottete. „Natürlich war sie das. Mal sehen, was der Morgen bringt. Sie wird Euch einer Prüfung unterziehen, also bleibt wachsam."

„Welche Art von Prüfung?"

„Hohepriesterinnen erhalten von der Heiligen Mutter das Geschenk des *Augenlichts*, und Lady Maescia wird erwarten, dass Ihr es habt."

Tori nickte. Es war etwas, das sie beunruhigt hatte, aber sie hatte gehofft, das Thema in Anwesenheit der Königin Regentin zu vermeiden.

„Macht Euch keine Sorgen", sagte Finja. „Goran und ich haben das besprochen. Ich werde Euch helfen."

„Wie genau? Habt ihr das *Augenlicht*?"

„Nicht wie bei Hohepriesterinnen, nein. Aber ich bekomme Visionen. Ich werde nah genug an die Königin herankommen müssen, um meine Hände auf sie zu legen. Wenn ich einen Blick auf etwas werfen kann, könnt Ihr es benutzen, um sie glauben zu lassen, Ihr hättet das Augenlicht."

„Eure Hände auf sie legen? Wie wollt Ihr das schaffen?"

Finja zuckte mit den Schultern. „Goran hat sich mit mir zusammengetan, weil ich so einfallsreich bin. Also lasse ich mir etwas einfallen."

Ein dumpfer Schlag ertönte in der Wohnung und Tori bemerkte eine Bewegung bei ihren Taschen auf dem Boden. Finja stieß einen Schrei aus, als Takumi auftauchte und durch den Raum huschte. Er machte ein klickendes Geräusch und legte seine Vorderpfoten auf Toris Kleid. Finja beeilte sich, einen Kaminschürhaken zu ergreifen und hob ihn, als wolle sie den Fuchs schlagen.

Tori stürzte vor und stellte sich zwischen Finja und den Fuchs.

„Nein, nicht!"

„Ihr wisst von diesem Biest?"

Tori hielt ihre Hände hoch, um Finja davon abzuhalten, ihn mit dem Schürhaken anzugreifen. „Das ist Takumi."

Finjas Stirn verzog sich. „Es hat einen Namen?"

„Das tut er. Er ist mein Fuchs."

Finja senkte den Schürhaken und kicherte. „Er wird in diesem Schloss keine Chance haben. Weißt du, dass die Königsjagd manchmal Füchse nach Hause bringt?"

Tori grinste und öffnete die Balkontür. Takumi rannte schnell hinaus, sprang auf das Geländer und verschwand in der Nacht. „Takumi ist kein gewöhnlicher Fuchs. Es wird ihm gut gehen."

„Seid Ihr sicher, dass er zurückkommt?"

„Er lässt mich nie im Stich."

Finja schürzte ihre Lippen. „Man sagte mir, Drothidianer seien eine seltsame Rasse. Jetzt verstehe ich, warum."

„Nicht seltsamer als Khadulaner."

Finja gab ein *hmm* von sich und brachte den Schürhaken wieder an den Kamin.

„Braucht Ihr Hilfe, um Euch fürs Bett vorzubereiten?"

„Nein, danke." Sie betrachtete Finja. „Ich weiß, dass Ihr unter dem *Vorwand* steht, meine Magd zu sein, also erwarte ich nicht, dass Ihr solche Pflichten erfüllt, wenn wir allein sind."

„Trotzdem", sagte Finja und krempelte die Ärmel hoch, „sollte ich tun, was ich kann, um die Illusion beizubehalten."

„Das ist in Ordnung." Tori hielt ein Gähnen zurück. „Aber wenn Ihr mich für heute Abend verlassen könntet, können wir unsere Scharade am Morgen fortsetzen."

Finja nickte, ihre Lippen aufeinandergepresst. Tori konnte an Finjas Augen erkennen, dass sie ihr Vertrauen noch nicht gewonnen hatte.

„Dann gute Nacht, Lady Tori."

„Gute Nacht."

Sobald Finja weg war, blickte Tori auf ihren Koffer. Sie war neugierig auf die Kleidung und die darin versteckten Waffen, aber die Erschöpfung hielt sie davon ab, einen Blick darauf zu werfen. Als der Schwindel anfing, ihre Sicht zu trüben, erinnerte sie sich, dass sie ihre Phönixfieber-Medikamente nehmen musste. Sie steckte sich die Kapsel in den Mund, schluckte sie trocken und ging dann auf den kleinen Balkon hinaus, der über den Innenhof blickte. In der Ferne strahlten die Stadtlichter hell. Die Sonne war gerade untergegangen, ein zartes Glühen säumte den Horizont über der Stadt. Anhand des Sonnenuntergangs berechnete Tori die Richtung, in der sich Drothidia befand und schloss die Augen.

KAPITEL 10

Eine Stunde des Parierens und Ausholens, des Vorrückens und Ablenkens, forderte seinen Tribut an Brams Muskeln. Er streckte seine Arme aus und beugte seinen Hals von Seite zu Seite. Eleazar, der Sohn des Herzogs, war sicherlich ein lobenswerter Gegner. Und er wusste es.

„Hast du genug?" fragte Eleazar, sein verspieltes Lächeln verhöhnte Bram.

„Ja, ich höre besser auf, während ich noch im Vorteil liege", antwortete Bram.

„Vorteil?" Eleazar stieß ein Lachen aus.

„Ja, nun, ich bin immer noch in der Lage, mich zu bewegen." Bram drehte sein Schwert ein und wischte sich den Schweiß von der Stirn.

„Um ehrlich zu sein, ich fand es viel schwieriger, es mit Azalea aufzunehmen."

Eleazar und Bram wandten sich Azalea zu, die sich mit Logan ein Duell leistete und gewann.

Scharfe Schritte hallten durch die Halle, als der Herzog sich ihnen näherte. „Versammelt euch, Truppen. Ich habe Neuigkeiten von Gadleigh."

Bei der Erwähnung des Reiches spannte sich Bram an. Er versuchte, den Gesichtsausdruck des Herzogs zu lesen und fragte sich, ob sie Bram gerufen hatten – oder ob vielleicht jemand den Brief gefunden hatte, der ihm geschickt worden war. Aber er konnte nichts aus dem allgegenwärtigen finsteren Blick des Herzogs entziffern.

„Die Sturmwächter sagen unschönes Wetter in den kommenden Wochen voraus", sagte der Herzog, als sich der Rest der Männer und Azalea um ihn versammelten. „Deshalb hat der königliche Hof von Gadleigh sein Ankunftsdatum vorverlegt. Sie sollen noch in dieser Woche eintreffen, um die endgültigen Verlobungsbedingungen zwischen Prinz Liam und Prinzessin Wrena zu besprechen. Ich werde die doppelte Anzahl an Wachen an allen Eingängen des Schlosses stationieren müssen. Wir werden auch eine Königsjagd organisieren müssen, um Wild für das Festmahl zu besorgen."

Brams Blick ging instinktiv zu Eleazar. Vielleicht bildete er sich das nur ein, aber der Sohn des Herzogs verkrampfte sich bei der Erwähnung von Prinz Liam. Obwohl Aurora leugnete, dass etwas zwischen ihnen war, spürte Bram, dass etwas verborgen wurde.

Als der Herzog damit fortfuhr, seine Armee zu instruieren, erkannte Bram, dass die Ankunft des königlichen Hofes von Gadleigh bedeutete, dass auch Hauptmann Thornwood anwesend sein würde. Bram hatte noch keine Antwort auf das Angebot des

Hauptmanns gegeben und Bram hatte das Gefühl, dass sich ihre schriftliche Korrespondenz in ein persönliches Treffen verwandeln würde.

Der Herzog entließ seine Wachen und Bram schritt mit Logan und ein paar anderen in Richtung Kaserne.

„Eine Woche zu früh", sagte Logan. „Ich wette, das kam bei Lady Maescia nicht gut an. Du weißt, wie sie erwartet, dass ihre Begrüßungsbankette perfekt sind."

Tiberius, der stämmigste der Gruppe, klatschte Eleazar auf die Schulter. „Ganz zu schweigen davon, wie nervös Prinzessin Wrena sein muss, weil ihr Verlobter so bald eintrifft."

Eleazar warf Tiberius einen schnellen Blick zu.

„Prinzessin Wrena ist eine würdevolle Dame. So nervös sie auch sein mag, ich bin sicher, sie wird sich mit Charme und Gelassenheit halten"

„Ist sie denn nervös?" fragte Bram. „Hat sie das gesagt?"

„Warum fragst du mich das?" Eleazar stellte keinen Augenkontakt zu Bram her… oder zu sonst jemandem.

„Ihr seid schon lange Freunde", sagte Bram. „Ihr scheint viel Zeit miteinander zu verbringen."

„Ja, wir sind enge Freunde."

„So sehr, dass dieser Besuch von Prinz Liam dich… verärgern würde?" Bram drängte.

„Im Gegenteil."

Bram wusste, dass es besser war, das Thema nicht fortzusetzen, aber seine Neugier nagte an ihm. „Weißt du etwas, was du dem Rest von uns nicht sagst, Eleazar?"

Eleazar blieb stehen und sah Bram endlich in die Augen. „Wenn ich es wüsste, gäbe es keinen Grund, es hier und jetzt preiszugeben.

Warum wartest du nicht bis nach dem Besuch von Gadleigh?"

„Nun, jetzt bin ich neugierig", sagte Logan.

„Hat das etwas mit der Verlobung der Prinzessin zu tun?" fragte Bram.

„Bramwell, du stellst viele Fragen. Du solltest vielleicht noch einmal überdenken, wie du mit mir sprichst. Man weiß nie, wie hoch ich eines Tages aufsteigen kann."

Bram rieb sich an die Schramme an seinem Kinn. „Ich habe das Gefühl, dass du nicht nur darauf anspielst, eines Tages Hauptmann der königlichen Wache zu werden."

„Von einfachen Männern kommen die Tugenden von Königen", sagte Logan, sein Kopf hochgehalten spöttisch hoch erhoben.

Eleazar schüttelte den Kopf und schob Logan beiseite.

„Wenn ich es nicht besser wüsste", sagte Bram, „würde ich denken, dass du vorhast, Prinz Liam die Prinzessin wegzustehlen."

„Und warum nicht?" sagte Tiberius und klatschte Eleazar wieder auf den Rücken. „Sie wäre ein Narr, sich nicht in ihn zu verlieben. Wie konnte sie seinem Charme widerstehen?"

„Das reicht", sagte Eleazar und klang mehr müde als verärgert. „Wir sollten keine Vermutungen über die Prinzessin anstellen. Was sie tut und wie sie fühlt, ist ihre Sache, nicht unsere."

„Nun, vielleicht geht es uns etwas an", scherzte Tiberius, als er sich von der Gruppe löste und zu seinen Gemächern ging. „Vielleicht einige mehr als andere."

„Idiot", murmelte Eleazar.

„Kümmere dich nicht um ihn", gab Logan Eleazar ein Grinsen. „Er hält sich für witzig, aber niemand bringt es übers Herz, ihm das Gegenteil zu sagen."

Bram musterte Eleazar und fühlte sich schuldig, weil er ihn

angestachelt hatte. Er ließ sich von seiner Neugier überwältigen, obwohl es in Wahrheit keine Rolle spielte, ob Eleazar eine Beziehung mit Prinzessin Wrena hatte oder nicht. Sobald sie mit Prinz Liam verheiratet war, würde alles, was sie vielleicht zusammen hatten, zu Ende sein. „Eleazar, ich entschuldige mich. Ich wollte dich nicht beleidigen."

Eleazar klopfte ihm auf die Schulter und nickte. „Nichts für ungut, Bramwell."

„Bitte verzeih mir."

„Es sei dir verziehen. Und ich wünsche dir eine gute Nacht."

„Ich wünsche dir eine gute Erholung, mein Freund", sagte Logan zu Bram und nickte ihm zu, als er mit Eleazar ging.

Als Bram ihm beim Weggehen zusah, hörte er schwere Schritte, die vom anderen Ende des Ganges kamen. Er drehte sich um und sah den Herzog in seine Richtung kommen, den Kopf gesenkt und die Augen woanders. Der Zeitpunkt war so gut wie jeder andere, um mit ihm zu sprechen und es war niemand da, der sie hätte unterbrechen können. Bram trat vor und straffte die Schultern. „Herzog Grunmire", sagte Bram, „könnte ich mit Euch sprechen?"

Der Herzog verlangsamte seinen Schritt und betrachtete Bramwell. „Was gibt es, Korporal?"

„Milord, ich wollte mit Euch über einen Antrag zur Beförderung sprechen."

„Haben wir Euch nicht erst vor ein paar Monaten zum Korporal befördert?"

„Nein, Sir. Es ist jetzt schon zwei Jahre her."

„Oh, ich verstehe." Der Herzog räusperte sich und verschränkte die Hände hinter dem Rücken. „Ja, ich habe eine Verbesserung Euch Form bemerkt. Natürlich müsst ihr die Prüfungsverfahren überstehen, bevor eine Beförderung zum Leutnant ausgesprochen werden kann"

„Natürlich, Sir."

„Ich habe aber den Eindruck, dass Ihr in letzter Zeit ein wenig unkonzentriert seid. Könnte es einen Grund für dieses Verhalten geben??"

„Nein, Sir", Bram bekämpfte die Hitze, die seinen Hals und seine Wangen errötete. „Nichts, Sir. Wenn überhaupt, dann fühle ich mich fokussierter als je zuvor." Bram hoffte, dass der Herzog nicht erkennen konnte, dass es eine Lüge war. In letzter Zeit waren so viele Dinge in seinem Kopf, dass er selten eine ganze Nacht lang schlief.

„Nun gut, dann." Der Herzog nickte, seine Hände lösten sich hinter ihm. „Wir sollten in der Lage sein, bald eine Prüfung zu planen."

„Danke, Herzog Grunmire."

Der Herzog bot ihm ein höfliches Lächeln, als er auf seinem Weg weiterging, aber Bram fragte sich, ob er seinem Wort treu bleiben würde. Es wäre nicht das erste Mal, dass seine Anfrage durch die Maschen gerutscht wäre. Vielleicht müsste er diesmal einfach hartnäckiger in seinen Bemühungen sein.

Als er den Hof in Richtung seines Quartiers passierte, richtete sich seine Aufmerksamkeit auf den Nachthimmel. Es waren nicht der Mond oder die Sterne, die seinen Blick fesselten, sondern eine schöne Frau, die auf ihrem Balkon stand. Ihm stockte der Atem, als er den Anblick von Lady Tori aufnahm, die über die Stadt starrte. Ihre Umhanghaube saß nicht mehr auf ihrem Kopf. Ihr dunkles Haar wehte frei im Wind. Wie schön sie aussah. Und Bramwell Stormbolt hätte schwören können, dass er sie schon einmal gesehen hatte.

KAPITEL 11

Das Sonnenlicht strahlte durch die Gazevorhänge in ihr Schlafgemach und warf einen goldenen Glanz auf alles, was es berührte. Tori spürte, wie etwas Kaltes ihren Arm berührte und öffnete ihre Augen weiter, um zu sehen, wie Takumi sie mit seiner Nase anstupste. Sie hatte fast vergessen, wo sie war. Sie dehnte sich aus und genoss das Gefühl der weichen Laken auf ihrer Haut. Noch nie in ihrem Leben hatte sie so gut geschlafen.

„Dein Fuchs ist lustig", sagte eine kleine Stimme vom Fußende ihres Bettes.

Tori setzte sich aufrecht und presste ihre Decke an ihren Körper, dann entspannte sie ihr Gesicht, als sie das kleine Gesicht eines blonden Jungen im Alter von etwa neun oder zehn Jahren aufnahm. Selbst wenn er nicht so jung gewesen war, wusste Tori, dass er keine Bedrohung darstellte, denn Takumi hatte nichts unternommen.

Stattdessen schien Takumi genauso an dem Jungen interessiert zu sein wie der Junge an ihm. Sie konnte an seinen fein strukturierten Kleidern erkennen, dass er nicht zum Dienstpersonal gehörte. Als sie seinen goldenen Ring sah, der das Wappen von Avarell trug, erkannte sie, dass sie in Anwesenheit einer königlichen Person war.

„Ich bin Tori", sagte sie. „Wie ist Euer Name?"

„Ich bin Theo." Seine Stimme war klein, aber selbstbewusst.

Die Art und Weise, wie Prinz Theo auf den Ballen seiner Füße hin und her schwankte, erinnerte Tori an ihre Schwester. Takumi schritt im Kreis auf der Oberseite der Bettdecke, setzte sich dann hin und starrte den Prinzen an. Theo stieß ein kleines Lachen aus und streckte die Hand aus, um ihn zu streicheln. Ein kleines Schnurren dröhnte aus Takumis Hals, als der Prinz seinen Kopf streichelte.

„Sein Name ist Takumi."

„Das ist ein lustiger Name."

„Es bedeutet *klug* in der alten Sprache."

„Was ist die alte Sprache?"

„Etwas, das die Menschen vor langer, langer Zeit gesprochen haben." Ihre Augen gingen zum Fenster. Die Höhe der Sonne machte ihr Sorgen; sie musste sich für die Morgenmahlzeit vorbereiten. „Solltest du nicht im Bankettsaal sein?"

Er machte einen Schmollmund und Tori nahm an, dass er enttäuscht war gehen zu müssen. „Ja. Werdet Ihr dort sein?"

„Ja, sobald ich bereit bin."

„Und Takumi?"

„Ich fürchte, er ist im Bankettsaal nicht willkommen."

Theo neigte seinen Kopf. „Bleibt Ihr von jetzt an hier?"

„Das entscheidet die Königin Regentin."

Er lächelte sie an und streichelte Takumi immer noch. „Ich lege ein gutes Wort für Euch ein."

„Das ist sehr freundlich von Euch, Eure Hoheit. Ich danke Euch."

„Woher wusstet Ihr, dass ich der Prinz bin?"

„Ihr habt eine sehr fürstliche Art an Euch", antwortete Tori mit einem Lächeln.

„In Ordnung. Ich nehme an, ich sollte jetzt *wirklich* gehen." Er zögerte und starrte liebevoll auf den Fuchs.

„Theo, bevor Ihr geht, muss ich Euch um einen großen Gefallen bitten."

„Was denn?"

„Magst du Takumi?"

„Ja. Er ist weich, und seine Schnurrhaare kitzeln meine Hände."

„Nun, Ihr könnt mit ihm spielen, wann immer Ihr wollt. Aber ich weiß nicht, ob er überhaupt bleiben darf." Tori gab ihm einen falschen Schmollmund.

„Ich bin der Prinz. Ich kann ihm erlauben zu bleiben."

„Eure Tante oder Schwester haben vielleicht eine andere Meinung. Also, vielleicht sollten wir sein Bleiben hier geheim halten? Nur zwischen uns."

Theos Lächeln war breit. „In Ordnung. Ich werde es niemanden verraten."

„Danke, Eure Hoheit. Ich sehe Euch im Bankettsaal, sobald ich fertig bin."

Theo richtete sich auf und führte dann eine richtige Verbeugung aus, was Tori zum Kichern brachte. Er hatte einen Sprung in seinem Schritt, als er ihre Gemächer verließ. Wenn sie raten müsste, würde sie sagen, dass Taeyeon wahrscheinlich ein paar Jahre älter war als der Prinz, aber ihr Temperament war praktisch das gleiche.

Ein schweres Gefühl lastete auf Toris Brust, als sie an ihre Schwester dachte. Sie vermisste ihre Familie so sehr. Sie hoffte, dass Goran sein Versprechen hielt, sie mit genügend Medikamenten zu versorgen, um ihre Symptome in Schach zu halten. Sie würde tun, was sie tun musste, um ihnen das Heilmittel zu besorgen, aber es würde nichts nützen, wenn sie sterben würden, bevor sie zurückkam.

Finja öffnete die Tür zu ihrer Wohnung mit solchen Schwung, dass Takumi sich unter dem Bett versteckte. Als Finja ihn bemerkte, murmelte sie etwas unter ihrem Atem. Sie trug riesige Eimer mit dampfendem Wasser in ihren Waschraum. Eine weitere Magd folgte mit zwei weiteren Eimern und Tori hörte, wie sie die Wanne füllten.

„Nehmt unbedingt Eure Medikamente", sagte Finja zu Tori, als die andere Magd die Wohnung verließ. Tori stand auf und streckte sich in ihrem dünnen Nachthemden. „Ich kann nicht zulassen, dass Ihr vor Fieber ohnmächtig werdet. Was würdet Ihr als Klumpen auf dem Boden nützen?"

„Ich würde gerne denken, dass ich einen ziemlich schönen Teppich abgeben würde", scherzte Tori.

Finja rang sich nicht einmal ein Lächeln ab. „Denkt daran, Euch wie eine Hohepriesterin zu verhalten", sagte sie, als sie Toris Kleid für den Tag auslegte. „Und achtet auf Eure Worte."

„Ja, ja. Ich weiß."

Tori folgte Finja zur Wanne und ließ ihre Nachtwäsche auf den Boden fallen. Finja wandte ihre Augen ab, bis Tori in das schäumende Wasser eingetaucht war. Ein Seufzer des Staunens entkam Toris Mund, als sie sich in die Wanne setzte. Sie war überrascht, dass das Wasser so warm sein konnte und wie gut die Seife roch. Zu Hause machte sie Seife aus Blumen, die in Drothidia wuchsen, aber diese Düfte waren neu für sie und die Aromen waren fast berauschend. Köstlich, sogar.

„Habt Ihr noch nie ein heißes Bad genommen?" Finja starrte sie mit einer gerunzelten Stirn an.

„Nicht so wie das hier. Das ist… nun, himmlisch."

„Ja, ja, aber bitte, Ihr müsst Euch konzentrieren."

Obwohl ihr Ton rau war, war Tori durch das belebende heiße Wasser zu entspannt, um sich davon stören zu lassen. Nachdem sie ihren Körper und ihr Haar geschrubbt hatte, wollte sie das Bad nur ungern verlassen, aber Finjas missbilligender Blick veranlasste sie dazu.

Als sie sich abtrocknete, kam Takumi unter dem Bett hervor und schnupperte an der Luft. Er kam auf sie zu und fuhr mit seiner Nase auf ihrer Haut herum. Tori lachte darüber, wie seine Schnurrhaare ihr Bein kitzelten.

„Ich bin es immer noch, Takumi. Nur ein bisschen sauberer."

Tori konnte sich endlich konzentrieren, während Finja ihr mit dem Kleid half, indem sie Knöpfe am Rücken schloss und das Korsett enger zog. Dann wurde der blaue Umhang zum Kleid hinzugefügt und Toris Haare wurden zu einem lockeren Flechtzopf zurückgebunden. Um ihre Taille geschnallt, aber durch den Rock ihres Kleides verdeckt, befand sich ein Lederbeutel mit einigen der Shuriken, die Goran ihr gegeben hatte. Sie glaubte zwar nicht, dass sie sie brauchen würde, aber sie fühlte sich in diesem fremden Land besser, wenn sie den Beutel am Körper trug, vor allem, weil sie die wahren Absichten der Königin Regentin nicht kannte.

Sie wanderte hinunter in den Festsaal, wobei Finja ihr folgte und den Kopf senkte, als sei sie eine treue Dienerin. Finja wies sie diskret an, wohin sie gehen sollte. Zum Glück war ihr Quartier nicht weit vom Festsaal entfernt, denn Tori hatte festgestellt, dass ihr Appetit über Nacht gewachsen war. Und selbst in den Fluren wehte ihr der einladende Geruch von frisch gebackenem Brot entgegen.

Das Sonnenlicht erhellte die inneren Gänge. Diener eilten umher, putzten Böden und trugen Dinge von einem Teil des Schlosses zum anderen. Ein Diener mit einem großen Tablett eilte an ihr vorbei und betrat den Festsaal. Tori war immer noch erstaunt, wie viele Menschen hier arbeiteten.

Als sie den Festsaal betrat, war sie erstaunt. Es gab so viele Tische und an jedem saßen so viele Menschen. Sie fragte sich, ob sie alle in Quartieren auf dem Schlossgelände wohnten, oder ob sie aus der Stadt anreisen mussten, um dorthin zu gelangen. Die Decke war hoch und mit Wandgemälden von Seraphim und Cherubim bemalt, die so schön waren, dass es Tori schwer fiel, den Blick abzuwenden.

Als sie die überfüllten Teller mit Essen auf den Tischen entdeckte, unterdrückte sie ein Schnaufen. Sie war es nicht gewohnt, so viel Essen an einem Ort zu sehen, geschweige denn, eine solche Mahlzeit essen zu können. Allein die Vielfalt der Brotsorten verursachte ihr Kopfzerbrechen. Es gab so viele verschiedene Fleischsorten, Gemüse und Früchte, dass sie gar nicht wusste, wo sie anfangen sollte. Und das Gebäck ließ ihr das Wasser im Mund zusammenlaufen.

„Lady Tori", eine Stimme kam von der Vorderseite des Raumes.

Tori drehte sich um und sah Raven, die dunkelhaarige Hofdame, die ihre zierliche Hand hob, um sie zu sich zu rufen. Sie und die anderen Hofdamen saßen an einem Tisch nicht weit vom Tisch der Königin Regentin entfernt.

Tori schenkte ihr ein kleines Lächeln und ging auf den Tisch zu, wobei sie einen Blick auf die Königin Regentin warf, die fast finster auf ihr Essen starrte und auf die Prinzessin, die eine Stoffserviette aufhob, die ihr Bruder, Prinz Theo, auf den Boden hatte fallen lassen. Theos Augen weiteten sich vor Freude beim Anblick von Tori und er winkte ihr begeistert zu, während er sich ein Brötchen in den Mund steckte.

Tori nickte ihm zur Begrüßung zu, während sie zu Ravens Tisch weiterging.

„Eure Heiligkeit", sagte eine der anderen Hofdamen und neigte ihren Kopf. Sie hatte kastanienbraunes Haar mit einer lilafarbenen Brosche, die zwei verdrehte Strähnen an ihrem Platz hielt. „Es wäre uns eine Ehre, wenn Ihr Euch uns anschließen würdet."

„Vielen Dank", sagte Tori. „Das wäre wunderbar."

„Ich weiß, dass wir nicht richtig vorgestellt wurden", sagte Raven, als Tori sich auf ihren Stuhl setzte. „Ich bin Raven. Das ist Aurora-" Raven wies auf die kastanienbraune Brünette. „Das ist Jasmine-" Sie zeigte auf die silberne Blondine. „Und das ist Azalea-" Die letzte, auf die sie zeigte, war eine Frau mit Kettenhemd. „Sie ist keine der Hofdamen, sondern eine Soldatin."

„Wie revolutionär", sagte Tori, angenehm überrascht. „Das erklärt die Uniform."

„Ich habe eine Vorliebe für Schwerter und Schilde, statt für Unterröcke und Haarnadeln", sagte Azalea.

„Ich will natürlich niemanden verurteilen, der etwas anderes wählt. Ich meine es nicht böse."

„Schon gut, Azalea", sagte Raven und wedelte mit einer abweisenden Hand.

„Ich sitze auch lieber bei den Hofdamen als bei den Soldaten, weil Männer beim Essen Schweine sein können."

Raven ließ ein hochmütiges Lachen aus, während Azalea sachlich mit den Schultern zuckte.

„Erzählt uns von Euch, Eure Heiligkeit", sagte Aurora.

„Bitte, nennt mich Lady Tori." Tori nahm ein Gebäck aus der Servierplatte in der Mitte des Tisches. Sie konnte nicht widerstehen, einen Bissen zu nehmen, bevor sie fortfuhr. Der köstliche Geschmack überwältigte ihre Geschmacksnerven, und sie musste kämpfen, um nicht ein Stöhnen der Begeisterung auszulassen. Sie bewahrte ihre Ruhe und wischte sich die klebrigen Finger an ihrer Serviette ab. „Meine Geschichte unterscheidet sich nicht von den anderen von Tokuna. Seit meinem zwölften Lebensjahr habe ich im Heiligen Tempel studiert. In den letzten Jahren begann ich, die Welt zu bereisen, um meine Dienste anzubieten. Viel mehr gibt es nicht zu erzählen, fürchte ich."

Tori drehte ihren Kopf und studierte den Haupttisch. Prinzessin Wrena aß langsam ihr Essen. In ihren Augen lag eine Traurigkeit, die nicht zu übersehen war.

„Die Prinzessin ist ein ziemlich ruhiger Mensch, nicht wahr?" fragte Tori, darauf bedacht, nicht laut zu sprechen.

„Prinzessin Wrena hat sich lange Zeit zurückgezogen, als die Königin krank wurde. Langsam kommt sie aber heraus und interagiert mehr und mehr mit dem Hof, aber wir alle vermuten, dass sie in Sorge um ihre Mutter schmollt."

„Was völlig verständlich ist", fügte Aurora hinzu.

„Hat jemand die Königin gesehen, seit ihre Krankheit sie ins Bett gezwungen hat?", fragte Tori.

„Niemand hat sie gesehen, außer der Prinzessin und Lady Maescia", antwortete Raven.

„Was ist mit Prinz Theo?"

„Nein." Raven lehnte sich in ihrem Stuhl nach vorne. „Er war nur ein Kleinkind, als seine Mutter krank wurde. Die Königin

Regentin glaubt nicht, dass er alt genug ist, um die Schwere der Krankheit seiner Mutter zu erfassen. Dass sie vielleicht …"

„Raven!" sagte Aurora, ihre Hand schnell, um Ravens zu greifen. Azalea schüttelte langsam den Kopf, als sie Ravens Worte missbilligte. Es war verpönt, über den möglichen Tod eines Königshauses zu sprechen. Es könnte sogar als Verrat betrachtet werden.

Raven presste ihre Lippen zusammen und schaute ihr über die Schulter, um sicherzustellen, dass sie niemand gehört hatte.

„Er kennt sie kaum, das arme Kind", sagte Aurora.

Tori blickte wieder zu Theo und erinnerte sich daran, wie süß er war, als er Takumi gestreichelt hatte. Neben der Königin Regentin nippte der Herzog aus seinem Kelch und rührte kaum sein Essen an. Strenge Brauen saßen tief über seinen Augen, während sein Blick über die vielen Tische im Festsaal schweifte, als ob er die Szene überblicken und nach jeder Gefahr Ausschau halten würde.

„Was ist mit dem Herzog?" fragte Tori. „Ist er nicht mit dem verstorbenen König verwandt?"

„Ja, Herzog Grunmire ist ein entfernter Cousin", erklärte Azalea. „Er ist der Hauptmann der königlichen Wache und verantwortlich für alle Soldaten." Sie wies auf den Tisch der Männer in Uniform zu.

Toris Augen gingen an den Tisch, an dem eine Reihe von Männern saßen, darunter Herr Stormbolt, der sein Fleisch so kräftig schnitt, dass sein Brötchen von seinem Teller flog. Er schaute sich um, die Wangen röteten sich vor Verlegenheit, während er das Brötchen zurückholte.

„Was für ein Tölpel, dieser Bramwell ist", sagte Raven und lachte über die Szene. „Aber ein bezaubernder."

Bramwell, dachte Tori. Das war also sein Vorname. Sie

versuchte, sich an den Tag in der Kluft zu erinnern, als die anderen Männer auf der Jagd ihn herausholten. Hatten sie ihn bei diesem Namen genannt?

„Ich dachte, du sagtest, er sei ein Vieh", sagte Jasmine, grinste und drehte eine Haarsträhne um ihren Finger.

„Er kann auch ein Vieh sein." Raven starrte ihn verträumt an. „Manchmal charmant und dann wieder kalt und abweisend." Sie wandte sich wieder an Tori. „Habt Ihr solche Männer auf Eurer Reise getroffen, Lady Tori?"

„Ich kann leider nicht beurteilen, welchen Charakter die Männer haben, die ich bei meinem Dienst getroffen habe."

„Oh, das stimmt", sagte Raven, ihre Hand flog zu ihrer Brust. „Wie respektlos von mir. Ich hatte vergessen, dass Hohepriesterinnen der Keuschheit verpflichtet sind."

Jasmines Augenbrauen hoben sich. „Also überhaupt keine Beziehungen?"

„Wir haben einen heiligen Stand und müssen unser Versprechen gegenüber der Heiligen Mutter aufrechterhalten."

„Wie schade, nie lieben zu dürfen." Raven lehnte sich an ihre Hand und runzelte die Stirn. „Hattet Ihr nie die Gelegenheit dazu?"

„Nein." Es war keine Lüge. Sie hatte noch nie romantische Gefühle für einen der Jungen in ihrem Dorf gehabt. Der einzige Junge, an den sie jemals dachte, war aus einer kurzen Begegnung vor Jahren. Ein Junge, den sie aus der Kluft gerettet hatte. Ihre Augen gingen zu Bramwell, überzeugt, je mehr sie ihn ansah, dass er derselbe Junge war.

„Nun, andererseits", fuhr Raven fort und hob ihre Gabel hoch, „Ihr wisst nicht, was Ihr verpasst, also gibt es keine Qual."

„Vertraut mir." Jasmine packte ihren Kelch und nahm einen

Schluck. „Manchmal denke ich, dass Männer es nicht wert sind. Sie können mehr Ärger bedeuten, als sie wert sind."

„Ich stimme dem nur zu", sagte Aurora.

Raven lachte. „Ich kann nicht widersprechen, aber ich werde Männer noch nicht gänzlich abschwören" Ihre Augen gingen zurück zu Bramwell.

„Ich fürchte, das kann ich auch nicht", fügte Azalea hinzu. „Logan Rathmore hat mich um seinen Finger gewickelt."

„Ich habe euch beide beim Training gesehen", grinste Aurora. „Du kannst ihn im Handumdrehen entwaffnen."

„Ja, aber ich glaube, es gefällt ihm", flüsterte Azalea.

Die Hofdamen lachten gemeinsam. Sie ernüchterten sich und fuhren fort, ihr Essen zu genießen, wofür Tori äußerst dankbar war.

„Lady Tori", sagte Aurora, als sie fast fertig waren. „Wir sollen später mit der Königin Regentin einen Spaziergang durch die Gärten machen. Werdet Ihr Euch uns anschließen?"

„Wenn die Königin Regentin es wünscht, dann werde ich es tun." Tori nickte ihr feierlich zu. „Andernfalls muss ich mich um meine Gebete und Studien kümmern."

„Welche Studien müsst Ihr absolvieren, Lady Tori?" fragte Jasmine.

„Der Orden der Hohepriesterinnen muss in vielen Bereichen gebildet bleiben. Sagt, gibt es hier eine Bibliothek?"

„Nur die größte Bibliothek in den neun Reichen", sagte Raven. „Es ist nicht weit von der Kapelle entfernt."

„Das ist perfekt", sagte Tori. „Ich muss die Königin Regentin fragen, ob ich Zugang dazu haben darf."

KAPITEL 12

Die Aussicht von ihrem Balkon war atemberaubend, aber Toris Fokus lag auf dem hohen Turm, der majestätisch auf dem Schlossgelände stand. Tori hielt Takumi in den Armen und zweifelte nicht daran, dass Takumi in der Lage sein würde, das zu tun, was sie verlangte; es gab einen Grund, warum sein Name "klug" bedeutet.

„Das ist unser Ziel", sagte sie zu ihm und zeigte auf die Struktur. „Du musst herausfinden, wie du da hoch kommst. Und wenn du das tust, musst du mir den Weg zeigen."

Finja spottete von der Balkontür aus. „Du kannst nicht ernsthaft glauben, dass dieses Tier deine Anweisungen verstehen wird."

„Er versteht mich." Tori streichelte seinen Kopf und platzierte einen Kuss zwischen seine Ohren. „Er hat schon kompliziertere Anweisungen befolgt und sie einwandfrei ausgeführt."

Finja warf ihr einen skeptischen Blick zu.

„Du glaubst mir nicht." Tori grinste und setzte Takumi ab. „Ich schätze, wir müssen dir einfach das Gegenteil beweisen."

Finja seufzte und faltete das Laken in ihrer Hand zu Ende. „Wie ich schon sagte, beenden die Wachen ihre letzte Trainingsrunde zwei Stunden nach dem Abendmahl. Die meisten von ihnen gehen danach schlafen, so dass nur noch die Nachtwache rund um das Schloss und auf den Straßen der Stadt übrig bleibt."

Tori nickte, kam vom Balkon herein und setzte sich in einen der Plüschsessel in ihren Gemächern. „Verstanden."

„Die Generatoren gehen um Mitternacht für vier Stunden aus, also habt ihr die Dunkelheit auf eurer Seite. Wenn Ihr Euch im Schatten haltet, solltet Ihr in der Lage sein, zu dem Hafen und zurück zum Schloss zu gelangen, ohne gesehen zu werden. Besonders in der Kleidung, die Goran Ihnen zur Verfügung gestellt hat."

„Das Problem ist, herauszufinden, wo Hettie ist", sagte Tori. „Wenigstens habe ich mit dem Buch, das Goran braucht, eine Idee, wo ich suchen muss. Ich sollte bald Zugang zur Schlossbibliothek haben."

„Ich bezweifle, dass die Bücher an einem so offensichtlichen Ort stehen würden."

„Zumindest gibt es einen Ort, an dem man anfangen kann."

Ein Klopfen an der Tür ließ Takumi unter das Bett huschen.

Finja eilte zur Tür und öffnete sie, um Bramwell dort vorzufinden.

„Herr Stormbolt", nickte Finja respektvoll mit dem Kopf.

„Ich wurde angewiesen, Lady Tori zu den Gärten zu führen, um die Hofdamen der Regentin bei ihrem Spaziergang zu begleiten."

Tori schlang sich ihren Umhang um die Schultern und befestigte ihn am Hals, während sie zur Tür ging.

„Danke, Herr Stormbolt." Tori blickte auf Finja. „Das wäre dann alles, Finja."

„Natürlich, Milady", Finja machte eine leichte Verbeugung, aber Tori konnte sehen, dass sie immer noch einen finsteren Blick aufsetzte.

Tori rückte ihre Kopfhaube zurecht, als sie sich Bramwell in der Halle anschloss.

„Es war lieb von Ihnen, mich abzuholen. Lady Maescia hätte einfach einen Knappen schicken können, um mir zu sagen, wohin ich gehen soll."

Er bewegte sich, damit sie mit ihm gehen konnte. „Lady Maescia weiß, dass der Grundriss des Schlosses gewöhnungsbedürftig ist und wollte nicht, dass Ihr Euch verirrt."

„Es ist ein großes Schloss und der Grundriss ist nicht ganz einfach."

„Ich könnte Euch gerne herumführen." Bramwell zeigte ihr ein kleines Lächeln. „Ich bin hier aufgewachsen und kenne das Schloss in- und auswendig."

„Wirklich? Sogar die geheimen Gänge?"

Er runzelte seine Stirn. „Woher wusstest Ihr davon?"

„Ich wusste nichts, bis jetzt." Sie lachte, als sein Kiefer leicht nachgab. „Aber haben nicht alle Schlösser so etwas?"

„Ich nehme es an."

„Und Ihr wisst, wo sie in diesem Schloss sind." Es war keine Frage.

„Vielleicht solltet Ihr vergessen, dass ich Euch das erzählt habe. Ich könnte meine Chance auf eine Beförderung verpassen, wenn jemand wüsste, dass ich solch geheime Informationen an eine Dame weitergebe, die noch nicht einmal ihre Position am Hof der Königin gesichert hat."

„Ihr habt mein Wort: Ich werde es nicht erwähnen."

„Hohepriesterinnen dürfen nicht lügen, oder?" Sein seitlicher Blick war reizend.

„Nein", antwortete sie.

„Gut. Dann vertraue ich Eurem Wort, Eure Heiligkeit."

Er begleitete sie zu einem Torbogen, der auf den schönen Innenhof hinausführte. Es war nicht der gleiche Bereich, in dem die Verhandlung stattfand und Tori war plötzlich froh, dass Bramwell sie hierher geführt hatte. Sie hätte sich wahrscheinlich verlaufen, wenn sie versucht hätte, dieses Gebiet auf eigene Faust zu finden. Sie folgten einem kopfsteingepflasterten Weg, der von Büscheln aus einzigartigem Blattwerk umsäumt war. Sie war zwar im Wald aufgewachsen, aber solche Bäume und Blumen hatte sie noch nie gesehen. Waren das einheimische Pflanzen in Avarell, oder hatten der König oder die Königin Arbeiter beauftragt, die Welt zu bereisen und sie für ihren Garten zu holen? Tori und Bramwell kamen zu einer Reihe von Steinstufen, die zu einer unteren Ebene der Gärten führten. Hier gab es einen Teich voller Koi Fische, in dessen Mitte ein Springbrunnen Wasser sprudelte. Der Nebel des Springbrunnens warf die Illusion eines Regenbogens über den Weg.

„Von welcher Beförderung sprecht Ihr?" fragte Tori.

„Verzeihung, Milady?"

„Ihr habt erwähnt, dass Ihr eine Chance auf eine Beförderung verpassen würdet."

„Oh. Nun, es ist nichts. Ich bin jetzt schon eine ganze Weile in der Wache der Königin und versuche, die Ränge bis zum Leutnant zu erklimmen. Mein bester Freund Logan hat die Position des

Kommandanten erreicht und er lässt mich das nie vergessen. Ich weiß, es ist albern, das zu sagen, aber ich war immer zwei Schritte hinter Logan, äh, Herr Rathmore. Es wäre toll, wenn ich zur Abwechslung mal aufholen könnte."

„Dann werde ich dafür beten", Tori legte eine Hand auf seinen Arm. Als er auf ihre Hand an seinem Ärmel hinunterblickte, zog sie ihre Hand weg und duckte den Kopf.

„Danke", sagte Bramwell.

Als der Weg eine Kurve machte, kamen die Gruppe der Hofdamen und die Königin Regentin in Sicht. Raven war die erste, die Tori und Bramwell entdeckte und Tori bemerkte, dass sie ihren Rücken aufrichtete und einen weiten Blick auf ihr Dekolleté freigab, als sie auf sie zu schlenderte.

„Lady Tori." Ravens Lächeln war breit und ihre Wimpern flatterten, wann immer ihr Blick auf Bramwell fiel. Es erinnerte sie daran, wie die Mädchen in Sukoshi mit ihrem Bruder Masumi flirten würden. „Wir sind so froh, dass Ihr Euch uns anschließen konntet."

„Ist mir ein Vergnügen, Lady Raven", antwortete Tori.

„Bram, ich hoffe, du hast nicht getrödelt, als du sie hergeführt hast. Du weißt, dass Lady Maescia es hasst zu warten."

Brams höfliches Lächeln war nicht so enthusiastisch wie das von Raven. „Natürlich nicht. Ich habe Ihre Heiligkeit sofort hergebracht."

„Ich dachte, dass dein Ego vielleicht die Oberhand gewonnen hätte", fuhr Raven fort, „und du dir die Zeit genommen hättest, Lady Tori zu zeigen, was für ein fähiger Krieger du bist."

„Natürlich nicht, Lady Raven. Ich bin sicher, Lady Tori hat kein Interesse an Kämpfen."

„Trotzdem wäre sie vielleicht von deiner Form beeindruckt gewesen, so wie ich es bin, wie du weißt."

„Wenn Ihr mich entschuldigen würdet", sagte Bram, der sich unwohl zu fühlen schien, „ich muss in die Trainingshalle zurück."

„Natürlich, Bramwell. Ich bin sicher, wir sehen uns später."

Bram machte eine Verbeugung, dann drehte er sich um und machte sich auf den Weg zurück auf den Pfad.

„Und das", flüsterte Raven, ihr Blick landete auf Bramwells Hintern „ist der einzige Grund, warum es mir nichts ausmacht, dass er weggeht." Sie legte ihre Hände auf die Hüften und zwinkerte Tori zu.

Tori fühlte, wie Hitze ihre Wangen spülte, als sie erkannte, dass sich ihre Aufmerksamkeit auf das konzentriert hatte, worauf sich Raven bezog. Sie wandte schnell ihren Blick ab.

Raven lachte und verschränkte die Arme mit Tori. „Gut, dass Ihr zölibatär lebt, Eure Heiligkeit. Sonst wäre ich eifersüchtig gewesen, euch beide zusammen zu sehen."

Tori kämpfte eine weitere Welle des Errötens zurück. „Es gäbe keinen Grund, eifersüchtig zu sein."

Raven schlug sich mit einer zarten Hand auf die Brust. „Ich entschuldige mich dafür, dass ich so ein albernes Thema angesprochen habe. Natürlich habt Ihr Recht."

Sie wanderten näher zu Lady Maescia und den anderen Hofdamen. Tori bemerkte, dass der Gruppe eine Dame zu fehlen schien – Aurora, die mit dem kastanienbraunen Haar. Schade, dachte sie, denn Aurora schien die netteste der Gruppe zu sein.

„Lady Tori", sagte Lady Maescia und drehte den Stiel einer Blume zwischen ihren Fingern. „Wie lange, sagtet Ihr, habt Ihr in Tokuna studiert?"

„Seit ich zwölf war, Euer Gnaden." Tori wusste, dass diese Fragen kommen würden und sie fand, dass sie in der Lage war, sie leicht zu beantworten.

„Wer war Ihr Ausbilder?"

„Ich lernte unter der Leitung von Lady Selina. Wenn Euer Gnaden ein Empfehlungsschreiben von ihr erhalten möchte, kann ich mich gerne mit ihr in Verbindung setzen." Allerdings würde ein solcher Brief von einem der geschicktesten Fälschungsexperten Gorans gefälscht werden.

Der plötzliche Ausbruch eines Schimpfwortes, das aus Jasmines Mund flog, ließ sie ihre Köpfe drehen. Jasmine umklammerte ihren Arm oberhalb des Handgelenks, ihr Gesicht verzog sich vor Schmerz.

„Was ist los?" fragte Lady Maescia. „Was ist passiert?"

„Etwas hat mich gebissen!" Jasmine biss die Zähne zusammen und krümmte sich, die Innenseite ihres Handgelenks war bereits rot und bildete Blasen.

„Lasst mich sehen", sagte Tori und packte ihre Hand.

Sie untersuchte die betroffene Haut und bemerkte einen winzigen schwarzen Stachel.

„Ihr wurdet nicht gebissen. Ihr wurdet von einem Samtkäfer gestochen."

„Ein was?" fragte Raven und krümmte ihren Hals hinter Tori, um Jasmines Handgelenk zu sehen.

„Es ist nichts Ernstes", erklärte Tori und holte mit ihren Fingernägeln den Stachel heraus, „aber es wird stark jucken und anschwellen, wenn es nicht sofort behandelt wird."

„Wie behandelt?" fragte Jasmine.

„Moment." Tori ließ ihre Hand los und huschte durch den

Garten. Sie riss ein großes Blatt von einem der Büsche ab und schnappte sich eine kegelförmige Blume aus einem anderen Teil des Gartens, dann eilte sie zurück zu Jasmine und tat so, als würde sie die Augen der Regentin nicht bemerken.

Sie brach das große Blatt in der Mitte ab, wo ein durchsichtiger Saft heraussickerte. Tori hielt das zerbrochene Blatt über Jasmines Verletzung.

„Igitt", sagte Raven. Die Königin Regentin brachte sie sofort zum Schweigen.

Als die Stelle bedeckt war, nahm Tori die kegelförmige Blüte zwischen ihre Hände und begann zu reiben. Die winzigen, mit Pollen bedeckten Blütenblätter zerfielen zu einer pulverförmigen Substanz, die sich im Saft festsetzte. Dann nahm Tori den Stiel der Blume und mischte den Saft und das Pulver zusammen, bis es sich milchig-lila färbte.

„Was ist das?" fragte Raven.

„Varello-Saft und Chenskit-Pollen. Der Saft lindert den Juckreiz und der Pollen hilft bei der Reduzierung der Schwellung."

Lady Maescia schaute genauer hin. „Das ist faszinierend. Woher wusstest Ihr, was zu tun ist?"

„Ich bin in Drothidia geboren und aufgewachsen. Die Verwendung von Pflanzen und Kräutern für alle Zwecke ist etwas, das wir alle von klein auf gelernt haben. Nicht nur zum Heilen. Ich kann auch ein Pulver aus zerkleinerten Weizenwurzeln herstellen, das die Haut von jedem so weich wie die eines Kindes machen kann."

Mit dieser Bemerkung war das Interesse der Damen offensichtlich.

„Es kribbelt ein bisschen", sagte Jasmine. „Auf jeden Fall juckt es weniger. Ich danke Euch vielmals, Lady Tori."

„Es ist mir eine Ehre, Euch zu dienen."

Die Königin Regentin faltete ihre Hände vor ihren Röcken zusammen und betrachtete Tori. Es war, als würde sie ein Kunstwerk begutachten und entscheiden, ob sie es kaufen würde oder nicht.

„Lady Tori, ein Wort bitte?" Sie ging ein paar Schritte von den anderen weg und gab ein Handzeichen, ihr zu folgen.

Die Hofdamen gaben der Königin gehorsam Platz. „Ja, Euer Gnaden?"

Eine von Lady Maescias Augenbrauen erhob sich, als sich ihre eisblauen Augen mit denen von Tori trafen.

„Das war eine ziemlich geschickte Art, die Gunst meiner Damen zu gewinnen."

„Ich habe nicht versucht, zu manipulieren, Euer Gnaden. Ich entschuldige mich, falls es so aussah."

„Hmm." Lady Maescias Augen überflogen ihr Gesicht. Tori fragte sich, ob dies derselbe Ausdruck war, den Lady Maescia hatte, als sie ihre ehemalige Hohepriesterin tötete. „Sagt mir. Wie ist Ihr Standpunkt bezüglich des *Augenlichts*? Was mich besonders interessiert, ist der Grundsatz, der besagt, dass es nur Könige und Königinnen erlaubt ist, von Hohepriesterinnen Offenbarungen des Augenlichts zu erbitten. Einige könnten sagen, dass eine Regentin nicht offiziell königlich ist und nicht an dieser Tradition teilhaben sollte. Was denkt Ihr?"

Das schien ein Trick zu sein und Tori wusste, wenn sie nicht die richtige Antwort gab, würde die Regentin sie nicht einstellen. Wollte Lady Maescia ihren Hochmut testen, oder versuchte sie, aus der Situation einen Vorteil zu ziehen? Tori holte tief Luft, bevor sie antwortete. „Ich glaube, als Regentin habt Ihr ein Recht darauf, zu erfahren, was in Eurer Zukunft sein könnte. Immerhin seid Ihr in einer Position der Macht und alle Entscheidungen, die Ihr trefft, würden das Königtum stark beeinflussen."

Einen Moment lang dachte Tori, dass sie falsch geantwortet hatte, denn die Königin Regentin starrte sie nur mit leicht zusammengekniffenen Augen an. Doch dann erschien langsam ein kleines Lächeln auf ihrem Gesicht. „Ja, das stimmt. Eine weise Perspektive. Ich würde gerne noch einmal mit Euch sprechen, allein, bevor ich meine Entscheidung über Eure Anstellung treffe. Aber nicht hier in den Gärten, natürlich. Könntet Ihr vor dem Abendmahl in mein Aufenthaltszimmer kommen, damit wir unter vier Augen sprechen können?"

Tori verbiss ein triumphierendes Lächeln. „Natürlich, Euer Gnaden."

KAPITEL 13

Mit einer Spur von Irritation schleppte sich Bram durch den Innenhof auf dem Weg zurück zur Trainingshalle des Schlosses. Er wusste, dass Raven ihn nicht in Verlegenheit bringen wollte – und es war sicher nicht das erste Mal, dass sie ihn auf so eine raue, schmeichelnde Art ansprach -, aber er wünschte, sie hätte es nicht vor Lady Tori getan. Logan hatte ihn oft gedrängt, Raven als seine Geliebte zu nehmen, aber etwas hielt ihn immer zurück. Es war nicht so, dass Raven nicht schön war; sie hatte viele Bewunderer sowohl für ihre Schönheit als auch für ihre Anmut. Sie war ein nettes Mädchen, intelligent sogar. Er hatte auch schon einige Zeit allein mit ihr verbracht, bei Spaziergängen am See oder beim Tanzen mit ihr auf einem Festmahl. Aber er konnte sich nie dazu bringen, ihr mehr als einen Kuss auf die Hand anzubieten. Es gab keinen entscheidenden Funken zwischen ihnen – zumindest von seiner Seite aus.

Und jetzt, da Lady Tori in das Schloss eingezogen war, schienen seine Gedanken zu ihr zu wandern.

Der Anblick von ihr auf ihrem Balkon verfolgte ihn in der Nacht zuvor und er schlief kaum. Aber am Ende schimpfte er mit sich selbst, denn es war ein Sakrileg, an eine heilige Frau auf romantische Weise zu denken. Es war nicht nur so, dass sie ihn faszinierte; er konnte sich des Gedankens nicht erwehren, wie sehr sie dem Mädchen ähnelte, das ihn in der Kluft gerettet hatte, als er sechzehn war.

Er fuhr sich mit der Hand durch die Haare und schüttelte den Kopf. Sie konnte nicht dieselbe Person sein. Sie war seit ihrem zwölften Lebensjahr in Tokuna gewesen und das Mädchen, das ihn gerettet hatte, musste vierzehn oder fünfzehn gewesen sein. Vielleicht projizierte er einfach seine lang zurückliegenden Gefühle für dieses Mädchen auf Tori, weil sie beide aus Drothidia stammten.

Er machte sich jedenfalls lächerlich. Sie war eine Priesterin, die sich zu einem Leben im Zölibat verpflichtet hatte. Es war unheilig, mit ihr etwas anderes zu tun, als zu beten.

Vielleicht sollte er in Betracht ziehen, Raven zu hofieren. Denn wenn er wirklich in Avarell bleiben wollte, würde er sich bald Gedanken über seine Zukunft machen müssen. Wenn er eines Tages eine Familie haben wollte, musste er eine richtige Frau finden. Und Raven passte ins Bild. Sie war eine Hofdame und sie würde ihm ohne Zweifel treu bleiben. Vielleicht würde der Funke später überspringen. Vielleicht sollte er sie bitten, seine Begleitung für das Begrüßungsbankett zu sein, wenn der Hof von Gadleigh zu Besuch kam.

Als er sich dem Schloss näherte, hörte er Flüstern und leises Lachen. Er blieb stehen und hörte zu. Als er die Richtung änderte, umrundete er eine Hecke aus Rosenbüschen und fand Prinzessin Wrena und Aurora auf einer Steinbank sitzen.

„Es ist mir egal“, sagte Aurora zu der Prinzessin. „Es ist mir egal, was andere denken.”

„Aurora?” rief Bram und kam ganz um die Rosenbüsche herum.

Aurora richtete sich auf. „Oh, lieber Cousin, ich habe dich gar nicht bemerkt.”

„Eure Hoheit.” Bram verbeugte sich vor der Prinzessin. „Aurora, die Hofdamen machen einen Spaziergang mit der Königin Regentin. Vielleicht hast du es vergessen? Solltest du nicht bei den anderen Hofdamen sein?”

„Mir ging es nicht gut.”

„Dann solltest du dich ausruhen.”

„Sie brauchte etwas frische Luft”, sagte die Prinzessin mit einem Lächeln. „Also nahm ich es auf mich, sie in den Garten zu begleiten. Es wirkt Wunder, wenn man den Kopf frei bekommt.”

„Ich verstehe.” Er neigte seinen Kopf vor ihr. „Das ist sehr gnädig von Euch, Eure Hoheit. Ich bin sicher, Aurora ist sehr dankbar.”

„Das bin ich”, sagte Aurora und schenkte der Prinzessin ein kleines Lächeln.

„Soll ich dich dann zurück in dein Zimmer begleiten? Ich bin auf dem Weg dorthin.”

Aurora blickte auf die Prinzessin und dann wieder auf Bram. „Ja, natürlich. Wenn die Prinzessin mich nicht mehr braucht.”

„Wir werden unser Gespräch zu einer späteren Stunde fortsetzen, Aurora.” Die Prinzessin stand auf und Aurora folgte dem Beispiel.

„Ja, natürlich, Wrena, ich meine, Eure Hoheit."

„Genießt die frische Luft, Eure Hoheit", fügte Bram hinzu und verbeugte sich erneut.

Aurora gesellte sich zu ihm, ihr Gesicht leuchtete. Bram konnte nicht anders, als sie mit Interesse zu beobachten. Sie schien besonders glücklich zu sein.

„Was?" fragte sie und sah, wie er sie anstarrte.

„Nichts." Er blinzelte. „Überhaupt nichts."

KAPITEL 14

„Wie habt ihr das geschafft?" fragte Tori Finja, als sie ihr Korsett enger zog. Es hatte sich während ihres Spaziergangs gelockert und begann, an ihrem winzigen Rahmen zu hängen.

„Es hat mich etwas Gold gekostet", sagte Finja. „Ich konnte eine Magd dafür bezahlen, dass sie heute Morgen einen kleinen Riss in die Robe der Königin Regentin gemacht hat. Sie hatte sich viel Mühe gegeben, die vielen Kleidungsschichten anzuziehen, deshalb war sie nicht in der Stimmung, etwas davon zu entfernen. Ich wusste, dass das passieren würde, und ich war verfügbar, um hereinzukommen und den Riss zu nähen, während sie ihn noch anhatte."

„Und das gab Euch die Gelegenheit, Hand an Lady Maescia zu legen?"

„Ja."

„Habt Ihr etwas gesehen?", fragte Tori. Irgendwo tief in ihrem Inneren hatte sie Angst, es zu erfahren. Sie fragte sich, ob Finja tatsächlich sehen könnte, ob Lady Maescia ihre letzte Hohepriesterin getötet hatte.

„Es war sehr unklar, aber ich denke, es hat gereicht, um sie davon zu überzeugen, dass Ihr das *Augenlicht* habt, wenn Ihr es ihr sagt."

Nachdem sie ihr Korsett angelegt hatte, richtete Tori ihren Umhang und konzentrierte sich darauf, sich einzuprägen, was Finja ihr zu sagen hatte. Finja setzte sie auf das Sofa in ihrer Sitzecke und schaute ihr in die Augen. Noch bevor sie sprach, bekam Tori einen Schauer.

Ihre Nerven lagen blank, als sie den Flur zum Aufenthaltsraum der Königin Regentin betrat. Dieser Akt der Täuschung würde eine Menge Konzentration erfordern. Tori hoffte nur, dass ihre Hände lange genug aufhören würden zu zittern, um den Plan auszuführen.

Und denkt daran, Eure Augen, hatte Finja ihr gesagt. *Eure Augen müssen auch überzeugend sein, sonst wird sie Euch nicht glauben. Seit wachsam. Wir glauben, sie hat die letzte Hohepriesterin getötet. Sie könnte gefährlich sein.*

Die Angst, überzeugend zu sein, machte ihr schon ein mulmiges Gefühl, ohne dass Finjas beängstigende Worte hinzukamen. Betrat sie das Zimmer einer Mörderin? Tori konnte immer noch nicht verstehen, warum Lady Maescia die letzte Hohepriesterin getötet haben sollte. Finjas Theorie war, dass sie Geheimnisse über die

Königin Regentin aufgedeckt hatte. Geheimnisse, die Lady Maescia geheim halten wollte.

Es erschreckte Tori, wenn sie daran dachte, was für Geheimnisse das waren.

Auf halber Strecke des Flurs bemerkte sie jemanden, der auf sie zukam. Erst als er ins Licht trat, erkannte sie, dass es Herzog Grunmire war.

„Ah, Lady Tori", sagte er, hielt an und verbeugte sich leicht. „Ich hoffe, Eure Heiligkeit hat unsere Unterkünfte passend gefunden."

„Herzog Grunmire, wie schön, Euch zu sehen. Und ja, ich danke Euch. Alles ist sehr angenehm."

„Ich hörte, Ihr seid auf dem Seeweg über ein khadulanisches Schiff gekommen."

Tori spannte sich an. Der Herzog bedachte sie mit einem prüfenden Blick, trotz des offensichtlich unechten Grinsens. Er war der königliche Berater der Königin Regentin, der mit Sicherheit jede Situation analysierte, die auch nur im Entferntesten mit der Königin Regentin zu tun hatte. Es war seine Aufgabe, Akte des Verrats aufzuspüren und zu unterbinden – und der Krone Gerechtigkeit zu verschaffen.

„Ja. Ich musste ein Ritual auf den Kristallinseln durchführen." Tori zwang sich, ihren Rücken gerade zu halten.

„Das ist ein ziemlich gefährliches Gebiet für eine junge Frau wie Euch."

„Es ist meine Pflicht, dort zu dienen, wo ich gerufen werde. Eine Familie musste ihre junge Tochter zur letzten Ruhe legen. Ich wurde gerufen, um den Leichnam zu segnen."

„Wie schrecklich für die Familie."

„Es ist erschütternd, jemanden so jung zu verlieren", sagte Tori leise, ihre Gedanken wanderten kurz zu Miki.

„Ich kenne tatsächlich jemanden in Tokuna."

Tori zuckte fast zusammen. „Wart Ihr schon mal dort?"

„Nein, nein." Seine Hand fuhr zum Griff seines Schwertes. „Meine Pflichten haben mich vom Besuch abgehalten."

„Nun, um ehrlich zu sein, Tokuna ist größer, als alle denken. Der Tempel, in dem ich studierte, lag weit im Norden, fernab von den anderen Tempeln. Es wäre nicht ungewöhnlich, wenn zwei Menschen, die ihr ganzes Leben in Tokuna verbracht haben, sich nie gesehen hätten."

Er sah skeptisch aus, aber Tori sorgte dafür, dass das höfliche Lächeln auf ihrem Gesicht blieb, in der Hoffnung, dass er überzeugt sein würde.

„Wenn Ihr mich entschuldigen würdet, Lady Maescia erwartet mich in ihrem Aufenthaltsraum."

„Ja, natürlich. Es war mir ein Vergnügen, Euch endlich persönlich kennenzulernen, Lady Tori. Ich bin sicher, wir werden uns im Schloss wiedersehen."

Sie fiel in einen Knicks, ihr Blick ging zu Boden. „Milord."

Sie drehte sich um, mit klopfendem Herzen und feuchten Händen und setzte einen Fuß vor den anderen, bis sie den Aufenthaltsraum der Königin Regentin erreichte. Sie war es nicht gewohnt, so viel zu lügen. Würde sie sich jemals daran gewöhnen?

Obwohl sie keinen Blickkontakt herzustellen schienen, öffneten die Wachen an der Tür diese für sie, als ob sie ihre Ankunft erwarteten. Sie nickte dankend, trotz ihrer abschätzigen Blicke, und trat in den großen Raum vor.

Die Königin Regentin blickte von ihrem Liegestuhl auf und setzte sich noch gerader hin, als sie Tori entdeckte „Ah, Eure

Heiligkeit."

„Euer Gnaden", Tori knickste. „Ihr wolltet mich sehen."

„Ja, ja." Lady Maescia klatschte zweimal in die Hände, ihr Fokus verlagerte sich vorübergehend auf ihre Hofdamen. „Meine Damen, würdet Ihr uns bitte etwas Privatsphäre gewähren? Ich habe wichtige Dinge mit Lady Tori zu besprechen."

Raven, Aurora und Jasmine standen auf, um zu gehen, die Röcke ihrer Kleider schwangen um sie herum. Die Königin Regentin wartete geduldig, bis sie den Raum verließen, und dann atmete sie tief durch und schenkte Tori ein höfliches Lächeln. „Wir haben heute Morgen etwas besprochen. Erinnert Ihr euch?"

„Ja, Milady. Das *Augenlicht.*"

„Wärt Ihr jetzt bereit, Euch zu mir zu setzen?"

„Ich stehe Euch zu Diensten, Milady."

Lady Maescia gab Tori mit einer Handbewegung das Zeichen, sich neben sie zu setzen. Toris Herz schlug schneller, ihre Handflächen wurden noch feuchter, als sie mit den Händen über ihren Rock strich, das Bild der Klinge, die an ihren Oberschenkel geschnallt war, klar vor Augen. Es gab keinen Grund für Lady Maescia, sie zu töten. Noch nicht. Sie würde vorsichtig mit ihren Worten sein müssen, daran denken, was Finja ihr gesagt hatte und sie davon überzeugen, dass sie das *Augenlicht* hatte. Sie kämpfte gegen eine Welle der Übelkeit an und zwang sich zu einem freundlichen Lächeln.

„Man sagt, eine Beichte ist gut für die Seele", sagte Lady Maescia und richtete den Schmuck an ihrem Handgelenk aus. „Vielleicht brauche ich eine Hohepriesterin, die meine Beichten ohne irgendein Urteil anhört."

Tori erbleichte. War Lady Maescia dabei, den Mord zu gestehen?

Sie kämpfte, um ihre Stimme vom Zittern abzuhalten. „Natürlich, Euer Gnaden."

„Wenn die Zeit für Geständnisse kommt, werde ich das im Hinterkopf behalten." Lady Maescia studierte Toris Gesicht. „Wie funktioniert das?"

„Verzeihung, Euer Gnaden?"

„Was ich sagen will, ist… wenn es Bereiche in meinem Leben gibt, die ich aus dem einen oder anderen Grund privat halten möchte." Tori bemerkte ein leichtes Zögern in Lady Maescias Stimme. Ihre Lippen zitterten, als ob sie versuchte zu lächeln, es aber nicht ganz schaffte. Sie blinzelte schnell und wartete auf Toris Antwort. Es gab definitiv etwas in ihrer Vergangenheit, das sie verbergen wollte, und für einen Moment wünschte sich Tori, sie hätte wirklich das *Augenlicht*, damit sie sehen könnte, was es war.

Tori bot ihr ein kleines Lächeln an. „Keine Sorge, Milady. Was Ihr verbergen wollt, bleibt verborgen, denn ich kann nur Ihre offenen Erinnerungen und – bei Gelegenheit – die Möglichkeiten Ihrer Zukunft sehen."

Obwohl die Königin Regentin ein ruhiges Gesicht bewahrte, blieb der erleichterte Atem, den sie freigab, nicht unbemerkt. Tori bot ihr ihre Hände an. Lady Maescia zögerte nur einen Moment, bevor sie sie nahm, ihr Halt war stark. Tori schloss die Augen und war dankbar, dass sie die Hände der Königin Regentin im Griff behalten konnte, damit sie nicht befürchten musste, dass sie nach einer Waffe greifen würde.

Sie erinnerte sich an das Szenario, von dem Finja ihr erzählte und hörte der Königin Regentin zu, die in Erwartung schwer atmete.

Eure Augen müssen überzeugend sein, hatte Finja gesagt. Tori öffnete ihre Augen und fixierte sie mit denen von Lady Maescia.

„Etwas ist in Eurer Vergangenheit passiert. Etwas Beängstigendes."

Lady Maescias Gesicht wurde blass, und sie drückte Toris Hände fester. „Ich sehe ein kleines Mädchen. Neben ihr ein anderes Mädchen, das kaum einen Zentimeter größer ist. Und ein Junge."

Lady Maescia schien sich etwas zu entspannen. „Ich glaube, was Ihr seht, sind meine Schwester Callista und ich. Der Junge ist unser Bruder Rainer. Er regiert jetzt auf Schloss Pathdown in Creoca als König, verheiratet mit Königin Emiliana."

„Ah, ja. Ich habe von ihm gehört."

Lady Maescia blinzelte, der Hauch eines durchbrechenden Lächelns auf ihrem Gesicht. „Was seht Ihr?"

„Ihr spielt auf einer winzigen Brücke über einem Bach. Aber Callista und Rainer sind größer als Ihr. Schneller und stärker. Ihr wollt beweisen, dass ihr genau so groß seid wie sie, also klettert ihr auf das Geländer. Sie schreien Euch an, runterzukommen, aber Ihr seid zu stolz. Und …"

„Und ich bin gefallen." Der Blick in Lady Maescias Augen sagte Tori, dass sie ihr Interesse hatte. Sie glaubte ihr.

„Euer Bruder und Eure Schwester sprangen hinein, um Euch aus dem Fluss zu holen. Er war nicht tief, aber Ihr habt Euch den Knöchel verletzt. Rainer hat Euch aus dem Wasser getragen. Sie brachten Euch sicher nach Hause und verbanden Euren Knöchel, aber Ihr erkältetet Euch. Callista kümmerte sich um Euch, brachte heiße Brühe und Tee, um Euch zu wärmen, bis das Zittern aufhörte und das Fieber wegging."

Tori achtete darauf, jedes Wort zu wiederholen, das Finja ihr gesagt hatte. Es musste überzeugend sein. Und Tori wusste, dass es das war. Es gab keine Möglichkeit, dass irgendjemand außerhalb ihrer Familie diese Geschichte kannte. Und die Erinnerung daran glühte in Lady Maescias Augen.

Lady Maescia drückte Toris Hände. „Ja. Es ist wahr."

„Da ist noch etwas anderes", sagte Tori. Das war der Teil, den sie und Finja sich ausgedacht hatten. Es war ein Risiko, eine solche Masche durchzuziehen, aber es könnte sich herausstellen, dass Tori dadurch einen Hinweis auf die Königin bekam. „Etwas, das in diesem Schloss passiert ist."

Lady Maescia zitterte, das Blut floss aus ihrem Gesicht. „Was seht Ihr?"

„Etwas beunruhigt Euch. Etwas Dunkles. Etwas, das Ihr getan habt. Aber es ist dem Augenlicht verborgen, versteckt in den dunklen Nischen Eures Verstandes."

„Ihr könnt es nicht sehen?" Lady Maescias Stimme war ein verzweifeltes Flüstern.

„Nein. Ich sehe nur einen Scheideweg und eine Entscheidung, die Ihr weise treffen müsst."

Die Königin Regentin nickte, ihr Mund in gerader Linie. „Ich verstehe."

Sie ließ Toris Hände los und stand auf, ihre Augen weit weg, als sie langsam durch den Raum schritt. Unsicher, was sie tun sollte, erhob sich Tori vom Sitz und faltete die Hände vor sich, während sie darauf wartete, dass die Königin Regentin sprach. Lady Maescia rieb sich die Hände, und dann musste sie bemerkt haben, dass Tori sie beobachtete, denn sie sah mit einem Schreck auf.

„Es tut mir furchtbar leid. Ich war so in Gedanken versunken, dass ich… Ach, nicht so wichtig. Lady Tori, Ihr habt bewiesen, dass Ihr eine Bereicherung des Thrones seid. Ihr habt wahrlich die Gabe und Ihr seid eine wahre Verehrerin der Heiligen Mutter. Ich glaube, dass *wir alle* davon profitieren würden, wenn Ihr die Position der königlichen Hohepriesterin einnehmt."

„Ich danke Euch, Euer Gnaden." Tori knickste, die Erleichterung durchströmte sie. Sie richtete sich auf wackeligen Knien auf und neigte trotz ihres Schwindelgefühls den Kopf aus Respekt. „Es wäre mir eine Ehre, an Eurer Seite zu stehen."

KAPITEL 15

Es war ein Kampf, sich vom Morgenmahl wegzureißen, aber Tori hatte eine Bibliothek zu finden. Aurora war so freundlich gewesen, ihr die Anweisungen zu geben, aber als sie ihr anbot, Tori den Weg zu zeigen, musste Tori höflich ablehnen. Sie konnte nicht sicher sein, ob Aurora in der Nähe bleiben und die Art von Büchern sehen würde, nach denen Tori suchte. Was Aurora und die anderen Hofdamen wussten, war, dass sie ihre heiligen Studien fortsetzte.

Sie ging Auroras Anweisungen noch einmal durch, aber sie schien immer wieder zu einer Abzweigung zu kommen, die es nicht geben sollte, oder zu einer zusätzlichen Halle, die nach rechts abbog. Durch Wald und Laub zu navigieren hatte sich noch nie als Problem erwiesen. Sie war leicht in der Lage, Baumgruppen und andere Orientierungspunkte zu erkennen, aber im Schloss sah jeder

Korridor gleich aus. Es war leicht, im Kreis zu gehen und sich zu verlaufen. Irgendwo in dem wunderschön dekorierten Labyrinth, das Schloss Capehill war, wartete die große Bibliothek auf sie.

Das Echo von Schritten erfüllte die Halle. Obwohl sie keinen Grund hatte, Angst zu haben, beschleunigte sich ihr Herz. Sie ging weiter voran, obwohl sie wusste, dass sie bald rechts abbiegen musste. Als sie um die Ecke bog, entdeckte sie Bramwell zusammen mit vier weiteren Soldaten der königlichen Wache, die auf sie zukamen.

„Lady Tori", sagte Bramwell mit einem Nicken.

„Herr Stormbolt. Was für eine angenehme Überraschung."

„Ich glaube nicht, dass Ihr Logan, Eleazar, Tiberius und Oscar schon kennengelernt habt."

Sie neigte den Kopf und nahm sich nicht die Zeit, die Namen zu merken, aus Angst, dass sie die Wegbeschreibung zur Bibliothek vergessen würde. „Seid ihr auf dem Weg zum Training?"

„Ja, das sind wir", antwortete Bramwell.

„Ihr scheint ziemlich oft zu trainieren."

Der Große – Logan, so glaubte sie, war sein Name – schien zu grinsen. „Perfektion kann nur mit Fleiß und Hingabe erreicht werden."

„Wir sind nicht auf diese Welt gebracht worden, um perfekt zu sein", sagte Tori und straffte ihre Schultern. „Die Heilige Mutter möchte uns etwas lehren, bevor wir zur nächsten Ebene übergehen."

Bramwell stieß ein Glucksen aus und klopfte Logan auf den Rücken. „Ja, das ist wahr. Hast du das vergessen, Logan? Wurde dein Verstand von Stolz und Ehrgeiz getrübt?"

„Verzeiht mir, Eure Heiligkeit", sagte Logan. „Was ich sagen wollte, ist, dass unsere Disziplin uns stärkt. Ich glaube, dass die

Heilige Mutter die Disziplin fördert."

„Und Bescheidenheit", sagte Tori und neigte ihren Kopf.

Logan räusperte sich, sichtlich ratlos nach Worten. Bramwell stupste Logan mit dem Arm an und kämpfte offensichtlich gegen ein Lachen.

„Wo wollt Ihr hin, Lady Tori?", fragte Bramwell.

„Es ist mir peinlich zu sagen, dass es mir nicht gelungen ist, die königliche Bibliothek zu finden."

„Ich hasse es, der Überbringer schlechter Nachrichten zu sein", sagte Bramwell und hielt seine Stimme leise, „aber Ihr seid im falschen Teil des Schlosses."

Tori streichelte eine Hand über ihre Wange, als sich eine heiße Röte darüber ausbreitete.

„Wenn Ihr es mir erlaubt, kann ich Euch dorthin begleiten."

„Aber Euer Training."

„Ich bin sicher, dass die Männer ohne mich zur Trainingshalle kommen." Er wandte sich an Logan. „Geh schon vor und wenn der Herzog fragt, wo ich bin, sag ihm, dass ich im Namen der Heiligen Mutter einen Dienst der Güte erbringe."

„Bleib nicht zu lange weg", sagte Eleazar, der Sohn des Herzogs, den Tori in Erinnerung hatte.

Als die anderen Männer wegmarschierten, schloss sich Tori Bramwell an seiner Seite an, als er sie den Flur entlang führte. Eine Gruppe von drei Dienstmägden wanderte vorbei, jede von ihnen verneigte sich vor Tori, als sie vorbeigingen.

Tori neigte ihren Kopf im Gegenzug, obwohl sie sicher war, dass sie es nicht gesehen hatten. „Es gibt so viele Mägde und Diener in Avarell", sagte sie, als sie außer Hörweite waren. „Leben sie alle im Schloss?"

„Die meisten schon. Allerdings wäre es bei der Größe des Schlosses fast unmöglich, sie alle zu erfassen. Zum Glück hat Fräulein Geneva ein Auge auf alle Haushaltsangelegenheiten. Ich schwöre Euch, die Seneschallin schläft nie."

„Wie könnte sie auch?" scherzte Tori. „Es ist immer so viel los."

„Das ist es."

„Sagt, üben sich die Diener und Mägde und Knappen in der gemeinsamen Anbetung?"

Bramwell schien durch die Frage verwirrt zu sein und sammelte seine Gedanken, bevor er antwortete. „Ich glaube, sie beten in der Stadtkapelle oder privat vor ihren eigenen provisorischen Altären, aber ich kann es nicht mit Sicherheit sagen."

„Ich verstehe. Aber die Liturgie der Stadtkapelle wird nicht von einer Hohepriesterin durchgeführt, oder?"

„Nein. Ein Kleriker hält dort Gebete an die Heilige Mutter."

„Laut meiner Ausbildung ist es üblich, dass ich mindestens eine Liturgie der gemeinschaftlichen Anbetung für die Helfer – die Mägde, Diener und Pagen – abhalte, um eine engere und heiligere Verbindung zur Heiligen Mutter herzustellen. Ich weiß, dass sie normalerweise nicht zusammen mit den Königen oder den Adligen an der Liturgie in der Schlosskapelle teilnehmen und ich weiß nicht, wie Lady Maescia dazu stehen würde, dass das Personal die Kapelle benutzt, aber ich würde es trotzdem gerne anbieten."

„Vielleicht kann ich kurz mit einer der Hofdamen sprechen – Lady Aurora ist meine Cousine."

„Oh, das wusste ich nicht."

„Ja. Ihr Vater – mein Onkel – nahm mich auf, als mein Vater starb und meine Mutter krank wurde."

„Wie wohltätig von ihm."

Bram nickte einmal. „Und als meine Mutter starb, übernahm er die Rolle, mich großzuziehen."

„In der Tat ein guter Mann."

„Ich werde mit Aurora sprechen und sehen, ob sie die Königin Regentin überreden kann, Euch den Sonderdienst für das Schlosspersonal zu erlauben."

„Ich wäre Euch ewig dankbar. Ich danke Euch."

Er schenkte ihr ein Lächeln,und seine Augen blieben auf ihr.

„Was ist los?", fragte sie.

„Verzeiht mir bitte, aber Ihr kommt mir sehr bekannt vor."

Tori wehrte sich gegen eine Errötung, ein Kribbeln durchfuhr sie bei dem Gedanken, dass er sich an sie aus der Kluft erinnerte. „Ich wüsste nicht, wie das möglich sein könnte."

„Ich wurde einmal von einer Drothidianerin gerettet. Einem Mädchen. Mit den gleichen Augen wie Eure."

„Drothidianer sind bekannt für ihre Augen. Sie sind alle sehr ähnlich."

„Natürlich." Er schaute nach vorne, sein Blick war weit weg „Sie war jung, so wie ich. Ich war auf meiner ersten Jagd mit der königlichen Wache und ich befand mich in der Kluft."

„Wie schrecklich."

„Ich wurde verletzt. Und die Untoten fanden mich bald. Aber dieses Mädchen – sie muss vierzehn oder so gewesen sein – hat mich gerettet. Sie kämpfte gegen die Untoten, als würde sie keine Angst kennen und schleppte mich in eine Höhle, um meine Verletzungen zu versorgen."

„Ein so junges Mädchen in der Kluft? Sie klingt entweder extrem mutig oder extrem dumm."

„Das eine schließt das andere nicht aus. Aber in meinen Augen war sie immer mutig."

„Dann hattet Ihr großes Glück, dass sie auf Euch gestoßen ist."

Er studierte ihre Gesichtszüge noch einmal. „Seid Ihr sicher, dass Ihr es nicht gewesen sein könntet?"

Sie täuschte Überraschung vor und hielt eine Hand an ihrer Brust. „Wie könnte das denn sein? Seit meinem zwölften Lebensjahr trainiere ich in Tokuna zur Hohepriesterin. Und der Gedanke an die Kluft macht mir Angst."

„Ah, ja. Natürlich." Er sah enttäuscht aus. „Dann nur eine starke Ähnlichkeit. Hier sind wir."

Bram hielt an einer Reihe von Eichendoppeltüren an. Kurz bevor er sie öffnete, schoss eine Hitzewelle über Toris Haut und ihr Magen fühlte sich an, als ob er mit Säure gefüllt wäre. Sie hatte an diesem Morgen ihre Medikamente gegen das Phönixfieber genommen; es hätte ihr gut gehen müssen, bis es dunkel wurde. Vielleicht war die Dosis in der Kapsel, die sie genommen hatte, falsch gewesen. Sie musste einen Moment finden, um eine weitere Pille zu schlucken.

Die Türen öffneten sich zu dem größten Raum, den sie je außerhalb des Festsaals gesehen hatte. Zwei Stockwerke hoch, prahlte er mit fein gearbeiteten Bücherregalen, die sich von Ecke zu Ecke erstreckten, jedes von ihnen reichlich mit Büchern gefüllt. Tori musste den Atem anhalten, als sie die Schönheit des Raumes auf sich wirken ließ. Es ließ sie fast vergessen, wie krank sie sich fühlte, aber als sie einen Schritt nach vorne machte, begannen ihre Beine nachzugeben.

Bramwell war schnell dabei, sie zu fangen, als sie fast zusammenbrach. „Eure Heiligkeit, geht es Euch gut?"

Sie blinzelte schnell und fand es schwer zu atmen. „Ich muss heute nicht genug Wasser gehabt haben. Wenn ich dehydriert bin, wird mir schwindelig."

Er führte sie zu einer Liege in der Bibliothek. „Ich lasse etwas Wasser holen."

Sie konnte kaum nicken. Als Bramwell zurück in den Flur eilte, griff Tori nach dem kleinen Beutel mit Pillen, der an der Innenseite ihres Rockes befestigt war. Sie schob schnell eine Kapsel heraus und schluckte sie trocken. Es war rau und bitter ohne Wasser, und sie musste sich an die Kehle fassen, als sie darum kämpfte, die Pille herunterzubekommen.

Bramwell kehrte zurück, ein schockierter Gesichtsausdruck beim Anblick von ihr. „Lady Tori!"

Sie konnte nicht antworten. Er lief zu ihrer Seite und legte eine Hand auf ihren Rücken, die andere auf ihren Arm. Sie drückte seine Hand, als sie nach Luft schnappte. Eine Dienstmagd eilte mit einem Tablett in den Raum. Bramwell schnappte sich den Krug und den Kelch vom Tablett und goss schnell Wasser für sie ein.

Tori trank, ihre Kehle wurde durch die Flüssigkeit sofort erleichtert, aber ihr Körper kämpfte immer noch mit dem Fieber, bis das Medikament aufgenommen werden konnte. Bramwell nahm den Kelch und Tori lehnte sich zurück auf die Liege und konzentrierte sich auf ihre Atmung.

„Lady Tori, geht es Euch gut?"

Sie zwang sich zu einem kleinen Lächeln und nickte. „Ja. Vielen Dank. Nur ein bisschen schwindelig, aber das Wasser hilft."

„Vielleicht eine Ablenkung?" Er goss einen weiteren Schluck Wasser und gab es ihr. Als sie trank, fuhr er fort. „An diesem Tag, als ich in die Kluft fiel, sah ich meinen allerersten Phönix."

Ihre Muskeln wurden steif, eine Angst durchzuckte sie, dass er von ihrer Krankheit wusste. „Oh?"

„Nun, der erste, den ich aus der Nähe gesehen hatte, jedenfalls. Es war wunderschön. Das schönste Tier, das ich je gesehen hatte. Es stürzte auf mich zu, und – wahrscheinlich bildete ich mir das nur ein, aber ich hätte schwören können, dass es mir den Kopf abreißen wollte." Er kicherte, was Tori zum Lächeln brachte. „Oder es wollte mir einfach nur zeigen, dass ich mich nicht mit ihm anlegen soll. Es ist eine Schande, dass eine so faszinierende Kreatur erkrankt ist."

„Sie tragen nur die Krankheit", sagte Tori und spürte, wie ihre Kraft zurückkehrte. „Die Vögel selbst werden nicht krank und sterben auch nicht an der Krankheit."

„Ja, Ihr habt Recht. Ich habe mich falsch ausgedrückt. Ich entschuldige mich. Vielleicht werden sie eines Tages frei von der Krankheit sein."

„Vielleicht."

Als er sie anstarrte, war die Hitze, die in ihren Wangen brannte, nicht vom Fieber, sondern von seinem Blick. Sie wandte schnell ihre Augen ab und wünschte, sie müsste es nicht tun. Sie erinnerte sich daran, wie sie den Schnitt an seinem Bein nähte, wie er sich wand und stöhnte, sogar in seinem unbewussten Zustand. Sie blickte zu ihm zurück und sehnte sich danach, ihn zu fragen, ob die Wunde eine Narbe hinterlassen hatte. Aber das zu tun, hieße zuzugeben, dass sie gelogen hatte.

Stattdessen stand sie auf und richtete ihr Kleid. „Ich schätze, ich sollte jetzt mit meinen Studien beginnen."

Er stand auch auf und senkte den Kopf. „Ja, natürlich. Seid Ihr sicher, dass es Euch gut geht?"

„Ich bin mir sicher. Vielen Dank für Eure Hilfe, Herr Stormbolt. Ich stehe in Eurer Schuld."

„Es war mir ein Vergnügen."

Er verbeugte sich noch einmal, bevor er den Raum verließ und die Türen hinter sich schloss. Die Dienstmagd war irgendwann vorher verschwunden, aber Tori muss zu abgelenkt gewesen sein, um es bemerkt zu haben.

Sie wandte sich der Vielzahl der Regale zu, atmete tief durch und fragte sich, wie sie beginnen sollte.

„Schön, dass Ihr Euch uns anschließt, Bramwell." Die Stimme von Herzog Grunmire war wie ein Dröhnen in der Trainingshalle.

Bram versteifte sich, als der Herzog auf ihn zuschritt, dessen hoch aufragende Gestalt wie ein dunkler, drohender Sturm war.

Der Herzog verschränkte die Hände hinter dem Rücken, seine Schultern waren gekrümmt, als er mit urteilenden Augen auf Bram herabblickte. „Kaum das erwartete Verhalten von jemandem, der erst kürzlich eine Überprüfung seiner Beförderung verlangt hat."

„Ich entschuldige mich, Herzog Grunmire. Lady Tori brauchte Hilfe beim Finden der Bibliothek."

„Ist die Position eines Knappen dann Ihre angestrebte Berufsstufe? Ich kämpfe darum, die Schwierigkeit darin zu finden, einen Diener zu finden, der Ihrer Heiligkeit das Schloss zeigt."

„Ich wollte nur freundlich sein, Milord. Sie fühlte sich unwohl …"

„Ah, ja." Der Herzog drückte seine Zunge gegen einen oberen Zahn, als ob er versuchte, etwas zu entfernen. „Freundlichkeit. Das ist es, was ich von meinen Wachen erwarte."

Als sich der Herzog abwandte, trat Bram ohne nachzudenken vor und packte seinen Arm. In den Augen des Herzogs lag ein wilder Ausdruck, sein eiskalter Blick landete auf Brams Hand. Bram wich zurück, als er sich seiner Aggressivität bewusst wurde, aber er wich nicht von seinen Worten zurück.

„Ich glaube kaum, dass die Assistenz einer Hofdame ein Grund für eine Herabwürdigung ist, Herzog Grunmire."

Der Herzog atmete tief durch seine Nasenlöcher ein und hob sein Kinn an. „Ihr wart zu spät zum Training – eine klare Missachtung der Regeln. Und wenn man Euch wegen dieser Verspätung zur Rede stellt, wagt Ihr es, mit Frechheit zu antworten. Vielleicht ist die Beförderung zum Leutnant nicht so wichtig für Euch, wie Ihr mir glauben machen wolltet."

Bram hielt sich zurück, um die Wut, die sich in ihm aufbaute, nicht zu zeigen. „Natürlich ist es das, Milord."

„Es gibt nichts, was mich davon überzeugen könnte, Herr Stormbolt", sagte der Herzog. „Vielleicht muss ich mir etwas Zeit nehmen, um Euren Antrag zu überdenken."

„Ich bitte um Verzeihung, Herzog, aber ich habe doppelt so oft trainiert, wie nötig. Ich führe mehr Jagd-Exkursionen durch als die meisten Korporale der Wache und darf ich Euch daran erinnern, dass ich auf Euren Befehl den Artillerietransport mit den Spezialwaffen organisiert habe, die Gadleigh zugeteilt werden sollten."

„Sie meinen den Transport, der in diesem Moment nach Schloss Capehill zurückkehrt? Voll beladen, muss ich hinzufügen."

Bram blinzelte verwirrt. „Zurückkehrt?"

„Ja." Der Herzog schnippte Staub von seinem Ärmel. „Es gab einige Änderungen in den Verhandlungen. Lady Maescia hat einige Aspekte des Vertrages überdacht und beschlossen, den

Artillerietransport zurückzuziehen."

„Aber das Bündnis erfordert einen Ausgleich der Armeen."

„Das Bündnis wird noch verhandelt."

„Wie kann sie so kurzfristig aus dem Vertrag aussteigen? Königin Callista hat den Bedingungen zugestimmt."

„Könige und Berater müssen abwägen, was das Beste für das Königreich ist. Ich stehe voll und ganz hinter der Königin Regentin in all ihren Entscheidungen. Ich habe die politischen Entscheidungen, die sie getroffen hat, miterlebt und ich halte ihre Methode der Vernunft für einen Gewinn für das Königreich, vielleicht sogar für strategischer als Callistas Taktik, meiner Meinung nach."

Bram war erstaunt darüber, wie der Herzog die Königin einfach mit ihrem Vornamen nannte und dass er sie so kritisierte.

„Verzeiht mir, Herzog Grunmire, aber vielleicht ist es nicht klug, so über die Königin zu sprechen. Manche mögen es als Blasphemie bezeichnen. Manche könnten es verräterisch nennen."

„Ich bin der Hauptmann der königlichen Wache, Korporal Stormbolt. Glaubt mir, ich weiß alles, was es über Verräter zu wissen gibt."

Das Klopfen an der Tür beschleunigte ihren Herzschlag. Sie eilte zu ihr, ein Lächeln tauchte auf ihrem Gesicht auf, als sie Aurora im Flur entdeckte. Prinzessin Wrena machte einen Schritt nach vorne, um den Flur auf und ab zu überprüfen, und fühlte ein Flattern in ihr. Im Flur war keine Seele zu sehen.

Die Prinzessin nahm Auroras Hände und zog sie in ihr Zimmer, wobei sie die Tür hinter sich schloss und ein Kichern ihre Lippen verließ. Obwohl die Prinzessin sich freute, sie zu sehen, konnte Aurora den Ausdruck der Sorge nicht ganz aus ihrem Gesicht weichen lassen.

„Wir wurden gestern fast im Garten erwischt", erinnerte Aurora Wrena. „Wenn Bram einen Moment früher aufgetaucht wäre …"

Wrena legte eine sanfte Hand auf Auroras Wange. „Sshh"

Aurora lehnte sich in ihre Hand, ihre Augen schlossen sich für einen Moment. „Was machen wir hier? Das ist Wahnsinn."

„Ich kann nichts dafür, was ich für dich empfinde."

„Aber du bist die Prinzessin von Avarell. Das kommt nicht ohne Bindungen. Es wird erwartet, dass du Prinz Liam heiratest."

„Kann ich nicht bestimmen, ob ich meine Tage mit dem Mädchen verbringe, das ich liebe?"

Auroras Augenbrauen zogen sich zusammen. Mit einem Stirnrunzeln ging sie auf das Fenster zu und biss auf ihren Daumennagel.

„Möchtest du nicht mehr bei mir sein?", fragte Wrena.

„Das ist es nicht, Wrena." Sie drehte sich um und lehnte sich auf die Fensterbank. „Ich bin einfach besorgt."

„Was die Leute denken könnten?"

„Darüber, was mit dir passieren könnte."

Wrena ging auf Aurora zu und nahm ihre Hand in ihre beiden Hände, wobei sie ihren Finger über ihre geschmeidige Haut führte. „Du bist jedes Risiko wert."

Aurora blinzelte, der Hauch eines durchbrechenden Lächelns, und dann drehte sie sich ganz in Wrena und legte ihre Arme um sie. Wrena drückte sie fest an sich und atmete den blumigen Duft ihrer Haare ein.

Aurora legte ihren Kopf auf Wrenas Schulter. „Was sollen wir tun?"

Wrena wirbelte eine Haarsträhne von Aurora um ihren Finger. „Der Herzog will, dass ich seinen Sohn heirate. Und meine Tante stimmt ihm aus irgendeinem Grund zu."

Aurora zog sich zurück, Verwirrung herrschte in ihrem Gesicht. „Ich verstehe nicht. Du wirst Prinz Liam heiraten. Was bewirkt eine Ehe mit Eleazar für das Königreich?"

Sie schüttelte den Kopf und ließ einen sanften Seufzer los. „Ich weiß es nicht. Ich verstehe es selbst nicht."

Aurora rieb sich die Hände, den Blick auf den Boden gerichtet.

„Vielleicht musst du das tun."

„Was genau muss ich tun?"

„Heiraten. Heiraten, wen auch immer sie verlangen. Nur damit niemand Verdacht schöpft."

Wrena sah nachdenklich aus, ihre Augen suchten Auroras Gesicht. „Ich will mich nicht verstellen. Ich will dich."

Auroras Schultern fielen, als sie näher kam und in Wrenas Arme fiel. Wrena zog sie näher heran und umfasste ihre Wange, bis sich ihre Lippen trafen. Der Kuss war weich und langsam und als Aurora ihre Fingerspitzen über den Hals der Prinzessin fuhr, wusste Wrena, dass sie nicht mit jemand anderem zusammen sein wollte.

KAPITEL 16

Der Shuriken machte einen schallenden Knall, als er in die Wand eindrang. Ein weiterer folgte und landete nur wenige Zentimeter vom ersten entfernt. Tori ließ ihre Finger über das feine Metall des dritten Shurikens in ihrer Hand gleiten, um ein Gefühl für das Gewicht zu bekommen und ihre Technik anzupassen.

Als sie den dritten Shuriken losließ, stolperte Finja mit einem kleinen Korb mit frischen Handtüchern durch die Tür. Sie erschrak beim Anblick von Tori und den Klingen in der Wand und schloss schnell die Tür hinter sich. „Bei den Monden, was macht Ihr da?"

Tori zuckte mit den Schultern und schleuderte einen weiteren Wurfstern in die Wand. Seine Metallklinge blieb mit Leichtigkeit in der harten Oberfläche stecken. „Ich trainiere."

„Ihr habt die Wand ruiniert."

„Die Wand hat einen Wandteppich, der sie normalerweise

bedeckt. Ich habe ihn einfach zur Seite geschoben, während ich trainierte, und ich werde ihn ersetzen, wenn ich fertig bin. Keiner wird etwas merken."

„Dummes Mädchen", murmelte Finja und legte hastig die Handtücher beiseite. Sie schaute über ihre Schulter und nahm Toris Kleidung zur Kenntnis. „Warum tragt Ihr das? Was ist, wenn jemand zur Tür kommt?"

„Ich wollte sehen, ob es passt." Tori strich den feinen schwarzen Stoff glatt, er fühlte sich bequem und doch robust an. „Wenn jemand an die Tür käme, würde ich diesen Bademantel anziehen." Tori deutete auf den Bademantel auf dem Sofa."

Finja sah sie an. „Nun, es scheint perfekt zu passen. Vielleicht solltet Ihr Euch umziehen, bevor Euch jemand sieht."

Mit einem Klackern erschien Takumi plötzlich auf dem Balkon und rannte hinein. Er hüpfte um Toris Füße herum und machte dabei ein fast zwitscherndes Geräusch. Tori wusste, dass dies bedeutete, dass er ihr etwas zeigen wollte.

„Was ist los, Takumi?"

Der Fuchs flitzte in Richtung ihres Schlafzimmers. Tori und Finja folgten schnell. Tori hockte sich hin und runzelte die Stirn, als Takumi an der Wand hinter dem Wandteppich des Schlafzimmers kratzte. Er duckte seinen Kopf darunter, was Tori dazu veranlasste, ihn anzuheben und zur Seite zu schieben. Takumi kratzte an einer Lücke zwischen zwei Ziegeln. Tori tastete an der Kante der Ziegelsteine entlang, und ihre Augen weiteten sich.

„Ich spüre Luft."

Sie fuhr mit den Fingern nach oben und folgte dem Spalt, fast bis zu der Stelle, wo er auf den oberen Rand des Wandteppichs traf. An dieser Stelle war mehr Platz, so viel, dass sie die Spitze ihres

Fingers dazwischen stecken konnte. Etwas in dem Raum bewegte sich, wie ein Schalter, und mit einem Klicken schob sich die Wand von ihr weg.

Sie und Finja tauschten Blicke.

„Wusstest Ihr, dass das hier ist?" fragte Tori.

„Nein." Finja schürzte ihre Lippen. „Überlass es einem Fuchs, es zu finden. Ich hole Euch eine Kerze."

Während Finja eine Kerze holte, um sie anzuzünden, drückte Tori kräftiger gegen die Wand, sie schwenkte weiter zurück in einen dunklen, feuchten Raum. Takumi hüpfte vorwärts in den Geheimgang und blieb stehen, um Tori anzusehen, als würde er sie einladen, ihm zu folgen.

„Ich glaube, er hat den Weg zum hohen Turm gefunden", flüsterte Tori zu Finja und nahm ihr die Kerze ab.

„Seit vorsichtig. Lasst Euch nicht erwischen. Ihr habt noch keine einzige Aufgabe bewältigt. Goran wird wütend sein, wenn ihr nach nicht einmal einer Woche Eure Mission vermasselt."

Tori nickte. „Verstanden."

Im Kerzenlicht blinzelte Tori und bewegte sich vorwärts, vorsichtig, wo sie hintrat, trotz der Tatsache, dass sie von Takumi geführt wurde. Staub schwebte unachtsam in der Luft, was Tori dazu veranlasste, sich Nase und Mund zuzuhalten. Das flackernde Licht ließ Spinnweben in Bewegung erscheinen und Takumis Schatten tanzte an der Wand wie in einem makabren Theater.

Vor ihr verlangsamte sich Takumi und gab ihr einen warnenden Blick. Als sie sich näherte, bemerkte sie den schnellen Abstieg der Steintreppe vor ihr. Es schien kein Geländer zu geben, an dem sie sich festhalten konnte, also stützte sie sich widerwillig mit der Hand an der feuchten Granitwand ab. Sie erreichten einen weiteren

Korridor, der schmaler war als der erste, und sie musste fast seitwärts gehen, um hindurch zu passen. Sie war dankbar, dass sie ihr weites Kleid nicht anhatte, denn sie hätte es sicher an den dreckigen Wänden beschmutzt.

Alle paar Meter kamen sie an den Umrissen einer Tür vorbei, und Tori fragte sich, wie viele Räume wohl mit dem Tunnel verbunden waren. Takumi blieb kurz vor ihr stehen und Tori atmete vor Erwartung tief ein. Er kratzte an den Umrissen einer Tür, ein winziges Wimmern entwich seiner Schnauze. Tori tastete den Rand der Türöffnung ab und presste ihr Ohr dagegen, um zu lauschen, ob sich jemand auf der anderen Seite befinden könnte. Der Spalt der Tür war gerade breit genug, dass sie Licht sehen konnte, aber keine Bewegung. Sie ertastete einen kleinen Metallgriff auf ihrer Seite der Tür und wickelte ihre Finger darum. Sie biss die Zähne zusammen und hoffte, dass sie nicht in Chaos hineinlief, und zog daran.

Sie fand sich in einem eleganten Korridor wieder, der den anderen im Schloss sehr ähnlich war, aber hier gab es keine Fenster und die Beleuchtungskörper waren in einem verblichenen Gelb gehalten, statt in dem makellosen Weiß, das sie bisher gewohnt war. Es war still und Tori fragte sich, ob dies ein Flügel des Schlosses war, der verlassen worden war.

Takumi sprang vorwärts, der Seelenruhe bewusst, und Tori musste sich beeilen, um ihn einzuholen. Er bog nach rechts ab und blieb vor einem Wandteppich stehen. Er setzte sich auf seine Hinterbeine und streckte sich nach oben, um an dem Stoff zu kratzen. Das Abbild darauf ähnelte der Königin, stellte Tori fest, als sie den Stoff zur Seite schob. Sie hatte ein Gefühl, was sie hier erwarten würde. Und tatsächlich, als sie an der entsprechenden Stelle ansetzte, gab die Wand nach. Sie glitt durch den Eingang, der

Wandteppich fiel zurück an seinen Platz, bevor sie die Tür hinter sich schloss.

Das Kerzenlicht beleuchtete einen weiteren engen Gang, der noch enger war als der letzte. Aber dieser endete abrupt am Fuß einer Treppe. Takumi rannte sie schnell hinauf und wieder war Tori froh, dass sie nicht ihr schweres Kleid trug. Oben an der Treppe angekommen, schritt Takumi vor einer Steinwand entlang. Ein Lichtstrahl beleuchtete den Raum zwischen der Wand und der Geheimtür. Tori presste ihr Ohr an den Spalt. Ferne Stimmen und Schritte waren zu hören. Sie drehte ihren Kopf und schaute durch den Spalt.

Als die Stimmen lauter wurden, verkrampfte Tori. Sie wusste, dass sie nicht gesehen werden konnte, aber sie war immer noch nervös. Eine Wache in Uniform ging vorbei, und hinter ihm Lady Maescia und ein Mann in langen braunen Gewändern. Sie blieben vor einer Tür stehen, die schräg gegenüber von Tori lag.

„Glaubt Ihr wirklich, dass das funktionieren wird?" fragte Lady Maescia den Mann in den Roben.

„Ich habe hervorragende Ergebnisse mit diesem Trank erzielt. Mindestens zwei Menschen, die an der Schwelle des Todes standen, haben sich mit dieser Behandlung vollständig erholt. Ich habe sehr große Hoffnungen."

„Große Hoffnungen", murmelte Lady Maescia. „Nun, einen Versuch ist es wert."

Tori hielt ihn für einen Mediziner, nachdem sie das Tablett mit den Fläschchen gesehen hatte, welches der Mann trug.

Lady Maescia hob das Ende ihrer Halskette aus ihrem Dekolleté. Tori drückte ihr Gesicht näher an die Spalte, um zu sehen, was sich am Ende befand. An der Stelle eines Anhängers befand sich ein

Schlüssel. Er schien aus Eisen geschmiedet zu sein und war viel länger als ein normaler Schlüssel. Die Königin Regentin beugte sich vor und schloss die Tür auf.

Lady Maescia wies die Wache an, außerhalb des Raumes zu warten, während sie und der Mediziner im Inneren verschwanden.

Tori stieß einen leisen Atemzug aus, wagte es aber nicht, zu gehen. Als sie schnell zu Takumi hinunterblickte, fand sie ihn in einem Ball zusammengerollt, um mit ihr zu warten. Die Wache stand unbeweglich da und ob er während der langen Minuten, die zu vergehen schienen, irgendeine Spur von Langeweile verspürte, konnte Tori nicht sagen.

Endlich traten Lady Maescia und der Mediziner aus dem Raum. „Es kann einige Zeit dauern, bis es wirkt", sagte er, als Lady Maescia die Tür wieder verschloss.

Sie richtete sich auf und sah niedergeschlagen aus. „Wie lange hat es bei den anderen gedauert?" „Für eine vollständige Genesung brauchte es einige Zeit. Aber wir konnten am nächsten Tag eine deutliche Verbesserung feststellen."

Lady Maescia nickte und steckte ihren Schlüssel zurück in ihr Kleid. „Dann werde ich morgen nachsehen, ob es einen Unterschied gemacht hat."

Sie gab der Wache ein Zeichen, sie zurück in den Korridor zu führen. Tori wartete, bis ihre Schritte nicht mehr zu hören waren. Takumi stand auf und streckte sich, seine Nase schnüffelte an dem Riss in der Wand. Als er erwartungsvoll zu ihr aufsah, wusste sie, dass sie in Sicherheit waren.

Tori öffnete die Tür und schaute den Korridor auf und ab, während Takumi zur Tür des Zimmers trabte, in dem Lady Maescia gewesen war. Er schnüffelte unter der Tür und stieß dann einen

Nieser aus.

„Die Königin muss da drin sein", flüsterte sie. Zuerst drückte sie ihr Ohr an die Tür, um zu lauschen, aber es war kein Ton zu hören. Tori wusste, dass es albern war, zu hoffen, die Tür würde sich öffnen, nachdem sie mit eigenen Augen gesehen hatte, dass Lady Maescia sie verschlossen hatte. Trotzdem musste sie es versuchen. Der Griff ließ sich nicht drehen. Sie bückte sich und versuchte, durch das Schlüsselloch zu schauen, aber es war zu dunkel. Vielleicht schlief die Königin. Wenn sie wirklich krank war, dann wäre es nicht ausgeschlossen, dass sie ihre Tage ausschlief. Und die Tatsache, dass ein Mediziner herbeigerufen wurde, um zu helfen, ließ Tori glauben, dass Lady Maescia die Wahrheit über die Krankheit der Königin sagte. Trotzdem war es seltsam, dass sie niemandem erlaubte, sie zu sehen.

Tori studierte wieder das Schlüsselloch. Sie biss sich auf die Lippe und griff in eine kleine Tasche, die sie an ihrem Gürtel trug. Sie zog einen dünnen Metallstift mit Nieten an der Spitze heraus und schob ihn in das Schlüsselloch, aber als sie ihn umdrehte, merkte sie bereits, dass das Werkzeug nicht lang genug war. Ohne diesen Schlüssel gab es keine Möglichkeit, in den Raum zu gelangen.

Takumi gab einen kurzen, aber verzweifelten Laut von sich und Tori wich von der Tür zurück.

„Wir müssen eine Kopie machen", sagte sie und steckte ihren Werkzeugbeutel weg. „Ich werde es organisieren müssen, aber wenn ich es sage, werden wir den Schlüssel stehlen."

KAPITEL 17

Bram hatte es geschafft, Toris Wünsche an Aurora weiterzugeben, die wiederum die Königin Regentin überzeugen konnte, eine gemeinsame Liturgie für das Schlosspersonal zu erlauben. Tori hielt fest, dass sie Bram danken wollte, wenn sie ihn das nächste Mal sah. Sie wusste, dass es lächerlich von ihr war, aber einen Grund zu haben, wieder mit ihm zu sprechen, zauberte ein Lächeln auf ihr Gesicht.

Die Schlosskapelle war voll. Sie war sich nicht sicher, was sie von den Dienern zu erwarten hatte, aber deren Bedürfnis, sich mit der Heiligen Mutter zu verbinden, war in ihrer Anzahl offensichtlich. Es tat ihr nur leid, dass die Anbetung, die sie bot, eine Farce war. Allerdings war es nicht nötig, dass sie sich dieser Tatsache bewusst waren.

Tori schaute hinauf zum Zwischengeschoss der Kapelle, wo die

Prinzessin mit den Hofdamen saß. Tori fragte sich, ob die Prinzessin dort sein wollte oder ob es ein Zeichen der Unterstützung für die neue königliche Hohepriesterin sein sollte. Die Königin Regentin war nirgendwo zu sehen.

All ihre Übung zahlte sich aus, als sie das Gebet rezitierte, das sie mühsam auswendig gelernt hatte. Ein unerwarteter Nervenkitzel durchfuhr sie, als sie die Gemeinde aufforderte, ihre Köpfe zum Gebet zu neigen und sie es taten. Sie fühlte sich fast wie ein Puppenspieler. Sie hob die Hände zur Decke und schloss die Augen, verkündete das Vertrauen und den Glauben, den sie alle an die Heilige Mutter hatten, dankte für die vielen Segnungen, die ihnen gewährt wurden und wies dann alle an, in stille Besinnung zu fallen. Sie hatte das alles auswendig gelernt, aber sie hatte es bisher nur für Taeyeon aufgeführt.

Sie musste sich ein Grinsen verkneifen, als sie sich daran erinnerte, wie Taeyeon über ihre Überbetonung der heiligen Worte gelacht hatte.

Aus den Augenwinkeln sah sie, wie der Herzog sie beobachtete. Er saß nicht im Gebet, sondern lauerte im Türrahmen. Hatte er ein Auge auf sie geworfen, weil er nicht glaubte, dass sie diejenige war, die sie behauptete zu sein?

Finja trat vor, um die Ewigkeitskerze anzuzünden, mit der Tori dann den Salbeiweihrauch entzündete. Als sie die Kerze langsam über ihrem Kopf in der Luft schwenkte und dabei von einer Seite des Altars zur anderen schritt, verneigten sich die Diener, Mägde und Pagen respektvoll. Tori brachte den Weihrauch zurück zum Altar und verbeugte sich dann ebenfalls.

„Die Heilige Mutter ist dankbar für eure Hingabe und wünscht euch Frieden." Das war das Signal für die Gemeinde, dass die

Liturgie vorbei war. Es gab ein gedämpftes Stimmengemurmel, als die Mitarbeiter die Kapelle verließen. Finja blies die Kerze aus und begann, die Bücher und Kelche wegzuräumen.

Als die Menge sich entfernte, behielt Tori eines der Dienerinnen mit spitzen Ohren im Auge. Obwohl es eine Reihe von Dienern mit khadulanischen Ohren gab, hatte diese die Gesichtszüge von Goran. Tori warf einen Blick auf Finja, bevor sie vom Altar herunterkam.

„Verzeihung", sagte Tori zu der jungen Frau und hielt ihre Stimme leise.

Der Blick des Mädchens huschte zum Kapelleneingang, als würde sie nach jemandem Ausschau halten. Mit einem höflichen Lächeln wandte sie sich wieder an Tori. „Ja, Eure Heiligkeit."

„Ich konnte nicht anders, als den Schal zu bemerken, den Ihr tragt. Dieser besondere Blauton ist wunderschön."

„Vielen Dank, Eure Heiligkeit. Ich habe ihn selbst gemacht."

„Wie eifrig."

„Nun, mein Lohn reicht nicht für viel, also muss ich manchmal meine eigene Kleidung herstellen. Aber es ist schwer, die Zeit dafür zu finden, wenn mein Lord mich so beschäftigt."

„Dein Lord muss jemand Wichtiges sein, wenn er so viel für dich zu tun hat."

„Ja." Ihr Blick fiel für einen Moment auf den Boden. „Er ist der Hauptmann der Wache, also hat er viel um die Ohren."

Hettie ist die Magd des Herzogs, stellte Tori fest. „Nun, es ist ein wunderschönes Tuch, und ich bete, dass Ihr die Zeit findet, noch mehr schöne Sachen zu machen."

„Danke, Eure Heiligkeit."

„Bitte sagt mir Euren Namen, damit ich die Heilige Mutter bitten kann, Euch Segen zu schicken."

„Es ist… es ist Hettie, Milady."

„Hettie." Sie lächelte über die Bestätigung. „Möge die Heilige Mutter Euch segnen. Ich hoffe, wir sehen uns bald wieder."

Hettie knickste mit einem bescheidenen Lächeln, dann wandte sie sich zum Gehen.

Tori sah ihr hinterher und in ihrem Kopf drehten sich die Zahnräder. Jetzt, da sie herausgefunden hatte, welches Mädchen Gorans Tochter war, musste sie herausfinden, wo ihre Zimmer waren und sich überlegen, wie sie Hettie aus dem Schloss bringen konnte.

Ihre Gedanken wurden unterbrochen, als die Prinzessin mit den Hofdamen im Schlepptau das Erdgeschoss der Kapelle betrat. Hinter ihnen, am Eingang Wache stehend, war Bramwell. Tori hatte den Drang, mit ihm zu sprechen, um ihm wenigstens für die Organisation der Liturgie zu danken, aber die Prinzessin und ihre Damen kamen zielstrebig auf sie zu.

Die Prinzessin senkte den Kopf. „Es war eine sehr bewegende Liturgie, Lady Tori."

„Es war der Wille der Heiligen Mutter, Eure Hoheit."

„Wie rücksichtsvoll und großzügig", bemerkte Jasmine und wedelte einen Seidenfächer vor ihrem eigenen Gesicht.

„Ich tue, was die Heilige Mutter wollen würde."

„Dann freue ich mich, dass Lady Aurora mich auf Euren Vorschlag aufmerksam gemacht hat."

„Oh, mir war nicht bewusst, dass Ihr es wart, die die Liturgie genehmigt hatte. Ich bin Euch ewig dankbar, Eure Hoheit."

Sie fragte sich, ob die Königin Regentin ein Mitspracherecht gehabt hatte.

„Das Vergnügen war ganz meinerseits." Prinzessin Wrena

schenkte ihr ein Lächeln. „Euch noch einen schönen Tag."

„Schönen Tag noch, Eure Hoheit. Und vielen Dank, Lady Aurora."

Aurora schenkte Tori ein Lächeln, als sie den Kopf senkte, und drehte sich dann um, um sich der Prinzessin anzuschließen, als sie die Kapelle verließ. „Lady Tori." Raven schaute über ihre Schulter auf die Gruppe, die hinausging. Tori war sich sicher, dass sie ihr folgen sollte, aber Raven hatte offensichtlich etwas mit ihr zu besprechen. Ihre Handflächen waren zusammengepresst, als würde sie immer noch beten, und sie räusperte sich, bevor sie weitersprach. „Ich fand die Anbetung außerordentlich interessant."

„Sicherlich habt Ihr schon einmal an Gebetsversammlungen teilgenommen, Lady Raven."

„Mit den Königshäusern, ja. Aber heute Abend lag etwas anderes in der Luft. Vielleicht war es die Energie der Dienerschaft. Sie war so rein und... voller Hoffnung."

„Die Heilige Mutter wünscht Hoffnung und Frieden für uns alle."

„Ja, ja." Sie rieb sich die Hände und schaute wieder über ihre Schulter. „Ich habe eine Frage zu einer der Gaben, die die Heilige Mutter an Hohepriesterinnen verleiht."

„Ja?"

„Ich habe mich nur gefragt... habt Ihr wirklich das *Augenlicht*?"

Tori blinzelte, unsicher, warum Raven fragte. „Die Heilige Mutter ist großzügig mit ihrem Geschenk an die Hohepriesterinnen, die ihre Botschaft weitergeben. Aber, Lady Raven, die Gabe darf nur mit Königen geteilt werden, um den Frieden der neun Reiche zu sichern."

Eine Röte überzog Ravens Wangen. „Ja, natürlich. Verzeiht

mir."

„Was beunruhigt Euch denn?", fragte Tori. „Ich bin nicht nur wegen meiner Visionen hier. Ich bin auch wegen meines Rates hier. Vielleicht kann ich helfen."

„Es ist albern, wirklich. Es geht um meine Zukunft. Vor allem, *wer* in meiner Zukunft sein wird." Raven blickte auf die Türöffnung. Bramwell war nicht mehr da, aber Tori wusste, dass sie nach ihm fragen wollte.

„Ihr habt einen Verehrer und wollt wissen, ob Ihr ihn heiraten sollt?", fragte Tori.

Ravens Erröten wurde dunkler und sie presste ihre Hände zusammen, so hart, dass ihre Finger weiß wurden. „Ja."

In Toris Innerem brodelte ein Konflikt. Irgendetwas in ihr wollte sagen, dass Raven irre war, zu glauben, Bramwell würde sie heiraten, aber dieses Gefühl hatte sich an einem Ort manifestiert, den Tori nicht anzusprechen wagte. Konnte sie wirklich eifersüchtig auf Ravens Beziehung zu Bramwell sein? Während sie sich innerlich beschimpfte, behielt Tori eine passive Miene bei. „Selbst wenn es mir erlaubt wäre, das *Augenlicht* mit Euch zu teilen, ist nichts in Stein gemeißelt. Es gibt ein Sprichwort in Tokuna: Wenn du es in deinem Herzen trägst und daran glaubst, dass es wahr ist, wird es wahr sein."

Ravens Gesicht leuchtete auf, ihre Augen und ihr Lächeln waren breit. Sie nahm Toris Hände und verbeugte sich tief. „Ich glaube, dass es wahr ist, Lady Tori. Ich danke Euch." Sie hielt immer noch ihre Hände, küsste sie, dann knickste sie, bevor sie aus der Kapelle eilte.

Sie wusste, dass sie sich nicht darum kümmern sollte, ob Bramwell Raven bevorzugte oder nicht. Es kam ohnehin nicht in

Frage. Nicht nur, dass sie niemals zusammen sein konnten, solange sie unter dem Deckmantel der Hohepriesterin lebte, sie war auch nicht in Avarell, um eine Beziehung zu führen. Sie hatte eine Mission zu erfüllen.

Als hätte sie ihre Gedanken gelesen, starrte Finja sie von hinter dem Altar aus an, die Brauen nach unten gezogen und den Mund in einer geraden Linie.

Tori zuckte fast zusammen bei dem Blick, den sie ihr zuwarf.

„Was ist? Stimmt etwas nicht?"

„Damit Ihr es nicht vergesst", sagte Finja, „das Schiff kommt in zwei Tagen."

KAPITEL 18

Wrena unterdrückte ein Kichern, als die Garnele, die Theo aufgabeln wollte, über den Tisch flog. Ihre Tante, die Königin Regentin, war zu sehr damit beschäftigt, sich mit dem Herzog zu unterhalten, um sie zu beachten. Theo ließ ein Kichern hinter seiner Hand hervor und Wrena legte die flüchtige Garnele heimlich zurück auf den Imbissteller und zwinkerte ihrem Bruder heimlich zu.

Der Herzog hob seinen Wein und stand am Fenster des Aufenthaltsraums, in dem Lady Maescia, Prinzessin Wrena und Prinz Theo an einer privaten Mahlzeit teilnahmen.

„Aber ist es notwendig, das Begrüßungsbankett zu haben?" fragte Lady Maescia ihn. „Ich glaube nicht, dass sich der Hof von Gadleigh sehr willkommen fühlen wird, wenn wir die geänderten Bedingungen der Verhandlungen darlegen."

„Begrüßungsbankette haben Tradition", sagte Herzog Grunmire, nachdem er seinen Wein genippt hatte. „Und die Verhandlungen werden erst am nächsten Tag stattfinden. Ich würde Euch sehr empfehlen, sich als Königin Regentin an die Traditionen zu halten, die es in Avarell bereits gibt. Es sendet sonst eine falsche Botschaft."

„Geänderte Bedingungen?", fragte Wrena, plötzlich interessiert an ihrem Gespräch. Normalerweise würde sie sich nicht einmischen, aber ihre Verlobung zu Prinz Liam war für sie von besonderem Interesse.

„Ja, meine Liebe", sagte Maescia und wandte sich ihr zu. In ihren Augen lag eine gewisse Müdigkeit, und sie hielt ihre Schultern nicht so hoch, wie sie es in der Öffentlichkeit tat. Der Stress, den ihre Tante empfand, war fast greifbar. „Die Bedingungen des Bündnisses waren nie eine feste Vereinbarung. Bis zur Unterzeichnung der endgültigen Dokumente können von beiden Seiten noch Änderungen vorgenommen werden."

„Wir reden hier über die Verlobung." Wrena stand von dem kleinen Tisch auf und näherte sich ihrer Tante und dem Herzog. „Meine Verlobung. Wenn ihr die Bedingungen geändert habt, möchte ich davon informiert werden."

Maescia trat vor und nahm ihre Hände. „Meine liebe Nichte, *willst* du Prinz Liam von Gadleigh heiraten? Sei ehrlich."

Wrenas Blick ging zum Herzog und dann zu Theo. Ihr Bruder blickte zu ihr auf und neigte seinen Kopf. Sie ging einen Moment in sich und dachte daran, wie sie sich fühlte, als sie mit Aurora zusammen war. „Nein, das tue ich nicht."

„Dann ist diese Änderung zu deinem Vorteil. Die Verbindung zwischen dir und Prinz Liam ist für die Fortsetzung der Verhandlungen unnötig. Und auf diese Weise bist du frei, Eleazar zu heiraten"

Sie zog sanft ihre Hände von Maescias. „Warum Eleazar?" Sie wusste, dass ihre Tante und ihr Herzog sie zur Heirat drängen würden, aber sie konnte immer noch nicht verstehen, warum.

„Eleazar hat einen Titel, und er ist der nächste in der Rangfolge des Hauptmanns der königlichen Wache. Eine Verbindung zwischen euch beiden wäre ein Zeichen der Solidarität und würde die Loyalität der Soldaten garantieren, die deiner Mutter die Treue geschworen haben, sodass du eine starke Herrschaft über die Armee haben wirst."

„Sollte ich das nicht sowieso, wenn ich Königin werde??"

„Ja, natürlich. Aber diese Vereinigung würde es noch verstärken. Außerdem liebst du Eleazar. Ihr seid schon seit Ewigkeiten eng befreundet." Maescia nahm einen Schluck von ihrem Wein, ihr Blick woanders. „Was wir besprechen müssen, ist, wie wir pragmatisch mit der Ankunft des Hofes von Gadleigh umgehen. Sie sind weit gereist und erwarten keine schlechten Nachrichten. Es wird nicht nur ein Schock sein, sondern eine große Enttäuschung."

„Ich bin selbst ziemlich verwirrt über die Wendung der Ereignisse", sagte Wrena.

Es waren Momente wie diese, in denen sie sich wünschte, sie könnte ihre Mutter sehen und mit ihr sprechen. Es war nicht so, dass sie undankbar dafür war, dass ihre Tante einsprang, nicht nur um die Herrschaft zu übernehmen, sondern auch, um auf sie und Theo aufzupassen. Aber sie vermisste die Gespräche mit ihrer Mutter, die immer das Richtige zu sagen hatte, die Trost spendete, wenn sie es am meisten brauchte. Und tief in ihrem Herzen spürte sie, dass ihre Mutter ihre Gefühle für Aurora verstehen würde.

Aber sie hatte ihre Mutter nur ein paar Mal gesehen, und nie allein. Ihre Tante war immer bei ihr, und ihre Mutter war nie wach. Ihre Mutter wohnte in einem Quarantänezimmer im hohen Turm, immer im Bett, zugedeckt mit schweren Bettdecken. Das Licht wurde aus dem Zimmer ausgesperrt, weil die Krankheit die Augen ihrer Mutter empfindlich machte. Obwohl der Mangel an Licht Wrena verbot, das Gesicht ihrer Mutter richtig zu sehen, sah sie nicht mehr so aus wie früher. Als würde sie absterben, ihre Wangenknochen ragten viel zu sehr aus ihrem blassen Gesicht heraus, ihr Atem war rau und voller Flüssigkeit.

Sie wusste nicht, ob ihre Mutter jemals wirklich wieder gesund werden würde, aber ihre Tante versprach, dass sie mit den besten Medizinern zusammenarbeitete, um ein Heilmittel für ihre Krankheit zu finden.

„Der Hof von Gadleigh wird wahrscheinlich wütend über die neuen Bedingungen sein", sagte Wrena und nahm auf dem Stuhl neben dem ihrer Tante Platz. „Sie werden wahrscheinlich ihren Teil der Abmachung zurückziehen und sich nicht mit uns gegen die drohenden Truppen aus dem Königreich Nostidour verbünden"

„Ich zweifle nicht daran, dass sie mit den Bedingungen nicht zufrieden sein werden", sagte der Herzog, „aber ein Bündnis der Armeen mit Gadleigh ist nicht unbedingt notwendig gegen die Streitkräfte von Nostidour."

„Was macht Euch da so sicher?", fragte Wrena den Herzog.

„Es ist nicht eure Angelegenheit, euch darüber Gedanken zu machen."

„Als Prinzessin denke ich, dass es das ist."

Ein Klopfen an der Tür unterbrach sie. Der Herzog wirbelte den Wein in seinem Kelch, sein Gesicht war stoisch.

Die Tür öffnete sich und Aurora trat ein. Hinter ihr eilte eines der Kindermädchen herein.

„In Ordnung, Prinz Theo, Zeit, sich zu waschen und bettfertig zu machen, Eure Hoheit." Das Kindermädchen schnappte sich ein paar seiner Spielsachen und winkte ihn zu sich herüber. „Wir haben Euer Bad und Eure Öle vorbereitet. Und ich glaube, Mazie hat die blubbernde Seife gefunden, die Ihr mögt."

Theo verschlang schnell das restliche Essen und stand vom Tisch auf.

„Komm, gib deiner Tante zuerst einen Kuss", rief Maescia zu ihm.

Theo wechselte die Richtung und lief hinüber, um seiner Tante einen Kuss auf die Wange zu geben. „Gute Nacht", sagte er, als er sich sein Spielzeug schnappte und das Zimmer verließ.

Aurora lächelte ihn an, als er an ihr vorbei lief, und dann trafen ihre Augen auf die von Wrena. „Ich dachte, Ihr könntet eine Begleitung zu Euren Zimmern gebrauchen, Eure Hoheit."

Wrena stand auf, erleichtert, nicht mehr über das Bündnis mit Gadleigh diskutieren zu müssen. „Wie fürsorglich, Lady Aurora. Ich danke Euch."

„Prinzessin Wrena", rief der Herzog. „Würde es Euch etwas ausmachen, einen Moment zu warten. Ich verspreche, es wird nicht lange dauern."

Sie erstarrte auf der Stelle. Hatte der Herzog den zärtlichen Blick gesehen, den sie und Aurora tauschten? In diesem Moment wünschte sie sich nichts sehnlicher, als mit Aurora zu fliehen, aber sie schenkte ihm ein vorgetäuschtes Lächeln. „Ja, natürlich."

„Ich vermute, Eleazar freut sich darauf, Euch an dem Abend des Begrüßungsbanketts zum Ball zu begleiten. Ich hoffe, Ihr werdet ihm die Ehre erweisen, bei dem Anlass an seiner Seite zu sein."

Maescia hob eine Augenbraue und wartete auf Wrenas Antwort.

„Es wäre mir ein Vergnügen", sagte Wrena. „Oh, da ist noch eine Sache, die ich Euch fragen wollte." Der Herzog schritt näher heran und studierte den Wein in seinem Kelch. „Kennt Ihr den Stallburschen, ich glaube, er heißt Rudy."

Zuerst war sie verwundert. Doch dann dämmerte ihr die Erkenntnis. Wrena wusste genau, von wem der Herzog sprach. Und der Grund, warum er Rudys Namen erwähnen könnte, machte Wrena nervös. „Ich glaube schon. Er kümmert sich um mein Pferd."

„Wisst Ihr auch von dem Gerücht, dass er in einer intimen Situation mit einer der Bediensteten gesehen worden ist?"

Wrena kämpfte, um nicht zu zittern. „Ich weiß nichts von solchen Gerüchten, aber mir war auch nicht bekannt, dass es Stallburschen verboten ist, sich auf Beziehungen einzulassen?"

„Der Diener, mit dem er gesehen wurde, war männlich."

Wrena wollte schreien. Sie wollte den Herzog schubsen und ihn fragen, warum das einen Unterschied machte. Aber die Art, wie ihre Tante sie ansah, ließ sie umdenken. Sie konnte nicht antworten, also sah sie einfach zu dem Herzog auf, die Lippen fest aufeinander gepresst, um ihre Zunge im Zaum zu halten.

„Wie Ihr wisst, sind Männer, die mit Männern schlafen – und solche Beziehungen – im Königreich verpönt."

„Ich weiß, dass es vor Jahrhunderten verpönt war, ja."

„Jahrhunderte der guten Sitten sind das Rückgrat eines starken Königreiches. Aber dieser Junge und seine Missachtung der Moral, sein Mangel an Ethik… Das lässt mich an der Zuverlässigkeit eines solchen Charakters zweifeln – eines Charakters, der herumschleicht, um fragwürdige Dinge zu tun, die im Königreich verpönt sind, eines unmoralischen Wesens, das keinen Sinn für Tradition oder

Prinzipien hat."

Ihr Blick fiel für eine Sekunde auf den Boden, aber sie zwang sich, ihm wieder ins Gesicht zu sehen. Innerlich schrie sie auf. Nichts würde sie lieber tun, als dem Herzog die Augen auszukratzen. Sie konnte Auroras Blicke hinter sich an der Tür spüren. Trotzdem sprach sie nicht. Sie fürchtete, der Herzog könnte Aurora etwas Schreckliches antun.

„Wrena", sagte Maescia und richtete die Röcke ihres Kleides auf, „das sind Taten gegen die Autorität der Krone. Unrein. Unsauber."

Der Herzog trat vor. „Wenn Ihr von solchen abscheulichen Handlungen wisst, werdet Ihr es mir doch sicher sagen, nicht wahr, Eure Hoheit?"

Wrena schluckte hart, hielt aber ihr Kinn hoch. „Ja, natürlich", brachte sie gerade noch heraus.

„Ich danke Euch. Ich wünsche Euch eine gute Nacht."

Sie drehte sich um und nahm Auroras blasses, entsetztes Gesicht auf, das zu ihrem eigenen passen musste.

KAPITEL 19

Takumi saß zusammengerollt am Kamin, während Tori ihre schwarze Maske zurechtrückte. Es war längst nach Mitternacht und sie musste sicherstellen, dass niemand sie als Hohepriesterin erkennen würde. Das schwarze Gewand, das Goran ihr zur Verfügung gestellt hatte, lag eng an ihrem Körper an und der schwarze, hüftlange Umhang wehte hinter ihr. Es gab einen Bereich an ihrer Hose, in den sie ihre Shuriken stecken konnte, und einen weiteren Bereich für ihre Kunai.

Sie studierte die blattförmigen Klingen, jede mit einem Ring am Knauf. Nachdem sie ihre Waffen an den entsprechenden Stellen versteckt hatte, zog sie sich die Kapuze ihres Umhangs über den Kopf und betrachtete sich selbst im Spiegel. Die robuste, aber weiche Maske bedeckte den oberen Teil ihres Gesichts, ein kompliziertes Muster aus geschwungenen Nähten kennzeichnete das Material. Da es leicht sein würde, sie zu identifizieren, wenn jemand ihre Augen sehen würde, prüfte sie, ob die Augenlöcher klein genug waren, um die Schräge ihrer Augen zu verbergen, aber groß genug, um hindurchzusehen. Das musste sie den Khadulianern lassen: Sie waren Experten im Design.

Sie schlüpfte auf ihren Balkon und ließ das Seil, das Goran ebenfalls besorgt hatte, über ihr Geländer hinunter. Es war fest verknotet, um nicht zu verrutschen. Ihre Erfahrung beim Klettern auf Bäumen gab ihr die Kraft und das Wissen, um sich in den Schlosshof hinabzulassen. Zu dieser Stunde war der Hauptgenerator für Elektrizität ausgeschaltet, so dass nur die Wassermühlen die Außenbeleuchtung aufrechterhielten. Hier im Innenhof war es dunkel.

Finja war hilfreich gewesen, um herauszufinden, in welchem Gebäude Hettie wohnte und sie hatte sich auch die Mühe gemacht, ihr Zimmer ausfindig zu machen und ein dünnes, dunkles Band an ihre Türklinke zu binden, damit Tori es finden konnte. Solange niemand das Band entfernt hatte, würde sie Hettie finden können. Es war einfach genug, sich einen Weg durch das Labyrinth aus Büschen, Säulen und Pavillons im Innenhof zu suchen, aber als sie bei Hetties Gebäude ankam, musste sie einfallsreicher werden. Als eine der persönlichen Mägde des Herzogs befanden sich Hetties Räume in der Nähe des Teils des Schlosses, den der Herzog bewohnte, und es musste mindestens eine Wache in diesem Teil des Schlosses sein.

Sie verhielt sich still, als sie sich näherte, kauerte sich hinter ein paar Büschen zusammen und beobachtete, wie der diensthabende Wächter seine Runde machte. Die Wache schritt den gewölbten Gang entlang und Tori wartete, bis er außer Sichtweite war, um ihr

Versteck zu verlassen. Sie machte sich auf den Weg zur Tür des Gebäudes und holte ihre kleine Werkzeugtasche heraus. Das Schloss war leicht zu überwinden und Tori schlich sich schnell ins Innere des Gebäudes, leise und unbemerkt.

Ihre nächste Herausforderung war es, die Zimmer der Diener zu finden. Sie schlich sich die Treppe hinauf, vorsichtig bei jedem Schritt, den sie machte, und fand sich am Ende eines Flurs voller Türen wieder. Sie ging an jeder Tür vorbei, studierte die Knäufe, so still wie die Nacht. Auf halbem Weg durch den Flur fand sie Finjas Band. Ihre Hand schloss sich um den Türknauf und sie drehte ihn.

Schnell schlüpfte sie ins Innere des Zimmers und fand drei Betten, die auf engem Raum angeordnet waren. Tori erkannte den Schal am Fußende eines der Betten und vermutete, dass es der von Hettie war. Bei näherer Betrachtung stellte sie fest, dass sie recht hatte. Tori streckte die Hand aus und legte sie auf Hetties Schulter.

Hettie richtete sich auf und griff nach ihrem Laken. Die anderen Personen im Zimmer wurden geweckt, eine von ihnen wimmerte vor Angst. Hettie griff schnell nach ihren Stricknadeln und richtete sie auf Toris Gesicht. Tori duckte sich schnell aus dem Weg und packte dann Hetties Arm, um sie davon abzuhalten, sie zu schlagen.

Eine ihrer Mitbewohnerinnen sprang vom Bett, aber Tori zog schnell einen Shuriken heraus und schleuderte es in die Richtung des Mädchens, wobei sie ihr Nachthemd erwischte, so dass sie am Holzrahmen ihres Bettes verankert war. Hettie öffnete den Mund, als ob sie schreien wollte. Tori presste ihre Hand auf Hetties Mund, sie wollte ihr nicht wehtun, aber sie musste still sein.

„Leise", flüsterte Tori. „Ich bin hier, um zu helfen."

„Lass mich gehen", sagte Hettie durch Toris Finger.

„Ich wurde von deinem Vater beauftragt."

Hettie hörte auf, sich zu winden und ihre Mitbewohnerinnen betrachteten sich gegenseitig, wobei die schüchterne ihre Decke bis zum Kinn zog.

„Sie lügt", sagte das Mädchen, das von den Shuriken gefangen war. Sie riss an ihrem Nachthemd, um sich zu befreien und rannte zur Tür. Tori packte einen Kunai, warf ihn an die Tür und durchbohrte ihn mit einem dumpfen Schlag in das Holz. Die Magd blieb wie versteinert stehen.

Hetties Augen waren weit aufgerissen und sie zitterte vor Angst.

„Wer seid Ihr?"

„Ich wurde geschickt, um zu helfen." Tori war dankbar für den Schutz der Dunkelheit. Sie achtete auch darauf, ihre Stimme auf ein Flüstern zu beschränken, damit sie nicht so leicht zu erkennen war. „Dein Vater, Goran, hat mich beauftragt, dich zu finden und dich von deinen Diensten hier zu befreien."

Hettie blinzelte. „Ich… ich habe meinen Vater seit Jahren nicht mehr gesehen."

Tori konnte erkennen, dass Hettie nicht überzeugt war. „Er sagte mir, ich soll dir das hier geben." Sie holte die Halskette hervor, die Goran ihr gegeben hatte, und übergab sie an Hettie.

Hettie studierte das Schmuckstück im Mondlicht.

„Woher weiß ich, dass Ihr nicht einfach ein Dieb seid, der das gestohlen hat?"

„Dein Vater sagte mir, dass es einst deiner Großmutter Delores gehörte, die sich einen Monat lang um dich gekümmert hat, als deine Mutter krank war."

Hettie studierte, was sie von ihrem Gesicht sehen konnte, und schluckte sichtbar.

Tori trat einen Schritt zurück und wartete darauf, dass Hettie die

Wahrheit annahm.

„Was ist dein Plan?"

„Es ist der Plan deines Vaters. Sein Schiff soll in zwei Tagen eintreffen. Du solltest deine persönlichen Sachen sammeln, und ich werde dich an diesem Abend abholen, um dich zu ihm zu bringen."

Hettie sah die Halskette noch einmal an und dann zurück zu Tori.

„Einfach verschwinden?"

„Spurlos."

„Es würde gegen das Gesetz verstoßen. Ich wäre ein Flüchtling. Ein Verbrecher."

„Dein Vater hat arrangiert, dich zu Hause zu verstecken, damit du wieder bei deiner Familie bist. Sicherlich ist das Risiko es wert?"

Hetties Schultern fielen, als sie nickte und ein Ausdruck der Erleichterung überzog ihre Gesichtszüge. „Aye. Aye, das ist es wert. Mein Vater hat dich wirklich geschickt, um mich zu retten?"

„Das hat er."

Hettie hielt die Halskette an ihre Brust und obwohl es schwer zu sehen war, hätte Tori schwören können, dass sie Tränen in den Augen hatte.

„Das Schiff kommt in zwei Tagen. Ich werde dann für dich zurückkehren."

KAPITEL 20

Wrena glättete ihre Hand über den feinen Musselin des Hochzeitskleides. Es war ursprünglich das Kleid ihrer Mutter, das für Wrena geändert worden war, um moderner zu wirken und ihr richtig zu passen. Es war ihr bei den ersten Gesprächen über die Verlobung mit Prinz Liam geschenkt worden, aber jetzt fragte sich Wrena, ob sie es jemals tragen würde. Ihre Fingerspitzen strichen über die zarte Spitze und die Perlen und sie fragte sich, ob es irgendwo auf der Welt eine Hohepriesterin geben würde, die ihren Segen geben und zwei Frauen verheiraten würde.

Theo ließ seinen hölzernen Spielzeugvogel über sein Spielzeugpferd fliegen und machte ein krächzendes Geräusch.

„Wrena, du hast gesagt, du würdest mit mir spielen."

„Ja, ich weiß. Aber ich will der Phönix sein."

„Du kannst das nächste Mal der Phönix sein. Sei das Pferd."

Wrena legte sich auf den Boden und nahm das Pferd. „Warum zwingen mich alle dazu, jemand zu sein, der ich nicht bin."

Theo verengte ein Auge und starrte sie an. „Ich zwinge dich nicht. Wir können uns abwechseln."

Wrena lachte. „Das ist nicht wirklich das, was ich meinte. Tut mir leid, Theo."

Wrena machte mit und spielte Theos Spiel. Als Theo seinen hölzernen Phönix in die Luft hielt, ging seine Konzentration darüber hinaus. Er ließ seinen Phönix sinken und runzelte die Stirn, den Blick immer noch auf das Kleid gerichtet, das an dem Haken in der Wand hing.

„Warum ist das Hochzeitskleid da?"

„Ich wollte es mir ansehen." Wrena blickte Theo unter gesenkten Lidern an. Sie wusste, dass sie mit einer so einfachen Antwort nicht davonkommen würde, also hob sie ihr Kinn an. „Es gehörte früher Mutter."

„Oh." Theos Mundwinkel zuckten. Es war, als würde er darum kämpfen, nicht die Stirn zu runzeln. „Ich habe gehört, dass sie sterben könnte."

„Wir sollten nicht an solche Dinge denken, Theo."

„Aber was ist, wenn sie es tut?"

Sie ließ einen langsamen Atemzug aus und fasste sein Kinn. „Du wirst mich immer haben, egal was passiert."

Er schenkte ihr ein Lächeln, aber dann wurde sein Gesichtsausdruck nüchtern. „Wie war Vater so?"

„Er war ein sehr hartnäckiger Mann. Er nahm sich gerne, was er wollte."

Theo zuckte mit den Schultern. „Er war der König. Ist es nicht das, was Könige tun?"

„Leider, ja. Aber manchmal müssen Menschen – selbst Könige – an die Menschen um sie herum denken. Die Bürger des Reiches dienen dem Königreich, aber das Königreich sollte tun, was richtig ist und was gut ist, um dem Volk zu dienen. Ohne das Volk sind wir nichts.“ Sie streichelte sein Haar. „Vielleicht wirst du dich daran erinnern, wenn du König bist.”

Wrena stand auf, ließ das Holzpferd stehen und öffnete die Tür, um Raven zu sehen. Der Ausdruck auf Ravens Gesicht war beunruhigend, als ob sie etwas Dringendes beschäftigte.

„Eure Hoheit.” Raven knickste, dann rieb sie ihre Hände.

„Raven, was ist los?”

„Ich wurde gebeten, Euch abzuholen. Ihr werdet für ein Urteil in einem Prozess gebraucht, der gerade stattfindet.”

„Wann?”

„Jetzt.”

Wrena zog die Stirn in Falten und wandte sich an ihren Bruder. „Theo, warum bringst du das Spiel nicht zurück in dein Zimmer. Wir machen später weiter.”

„In Ordnung”, antwortete er enttäuscht.

Raven knickste, als der Prinz den Raum verließ. Wrena trat in die Halle, um sich Raven anzuschließen und schloss die Tür hinter sich. Sie war nie in der richtigen Stimmung für Notfallprozesse, und sie verstand nicht einmal, warum sie daran teilnehmen musste. Sie vermutete, dass es hauptsächlich der Vorführung diente, damit die Bürger von Avarell in den Königshäusern Einigkeit sahen und das Urteil, das Lady Maescia verkündete, als einstimmige Entscheidung ansahen.

„Wisst Ihr, worum es hier geht?” fragte Wrena Raven, als sie sich auf den Weg zum Innenhof machten.

„Das weiß ich nicht, Eure Hoheit. Die Verhandlung wurde so plötzlich eröffnet und ich wurde gebeten, Euch sofort und ohne Verzögerung abzuholen."

„Ich verstehe. Danke, Raven."

Sie schafften es bis zum Innenhof, kurz bevor Lady Maescia nach draußen marschieren wollte. Wrena eilte zu ihr und nahm sie am Arm. „Was ist passiert?", fragte sie ihre Tante.

Lady Maescia gab ihr ein Zeichen, ihr zu folgen, als sie nach draußen ging und die Treppe zum Gerüst außerhalb des Turms hinaufstieg, auf dem Gefangene festgehalten wurden. Auf dem Gerüst befanden sich ihre beiden Throne.

„Ein Verbrechen, das dringend Aufmerksamkeit erfordert."

„Welche Art von Verbrechen?"

Lady Maescia deutete auf den Stuhl der Prinzessin. „Du wirst sehen, meine Liebe."

Wrena nahm Platz, wobei sie ihren Rücken gerade hielt, der im Hof versammelten Menge zuliebe. Der Herzog schritt an ihr vorbei und nahm seinen Platz neben dem Thron von Lady Maescia ein. Die Hackklötze in der Mitte des Hofes blieben nicht unbemerkt. Ebenso wenig wie die Körbe, die dazu bestimmt waren, rollende Köpfe aufzufangen. Nicht allzu weit entfernt stand Tiberius, der oberste Henker der königlichen Wache.

Der Hof füllte sich schnell, die Adligen des Hauses sowie das Schlosspersonal schlurften mit verwirrten Blicken herein. Offenbar wusste niemand, warum die Gerichtsverhandlung einberufen wurde oder was geschehen sollte.

Ihr Blick ging sofort zu der Stuhlreihe, auf der normalerweise die Hofdamen saßen. Jasmine und Raven saßen flüsternd zueinander. Neben der Hohepriesterin saß Aurora. Sie sah genauso ratlos aus wie alle anderen, und als sich ihre Blicke trafen, konnte Wrena ihr nur ein dezentes Schulterzucken anbieten.

Soldaten der königlichen Wache führten einen jungen Mann mit einem blauen Fleck auf der Wange herein. Wrena hielt ein Keuchen zurück, als sie erkannte, dass es Rudy war, der Stallbursche. Ihr Herz blieb fast stehen. Ihre Gedanken drehten sich. Konnte es sich wirklich um das handeln, was sie vermutete? Könnte der Herzog – könnte ihre Tante – wirklich einen Racheplan gegen diesen Mann haben?

Als zwei weitere Wachen – eine davon war Auroras Cousin, Bramwell – einen zweiten Mann herausbrachten, kämpfte Wrena gegen den Drang an, aufzustehen und zu protestieren. Fast hätte sie es getan. Was hielt sie davon ab? Als die Wachen, die Rudy festhielten, ihn grob auf die Knie zwangen, wusste sie den Grund. Rudy schrie auf, als sein Arm in einem unmöglichen Winkel nach hinten gebogen wurde, und die Wachen antworteten, indem sie ihm mit dem Griff ihrer Schwerter in den Rücken schlugen. Wrena konnte nicht zulassen, dass so etwas Aurora passieren würde. Sie würde nicht zulassen, dass sie Hand an sie legten. Ihre Angst davor, was mit ihrer Geliebten passieren könnte, ließ sie schweigen.

Der Magistrat betrat die Bühne und verbeugte sich vor der Königin Regentin und Wrena, bevor er sich den beiden Angeklagten zuwandte.

„Guten Tag, Bürger von Avarell. Wir sind hier, um den Fall von Rudy Blackwell und Patrick Oakheart vorzutragen, die wegen Vergehen gegen die Würde der Krone angeklagt sind." Er starrte Rudy gezielt an. „Fürs Protokoll, gebt bitte Euren Namen an."

Rudy hielt seine Fäuste geballt, sein Kinn zitterte, als er antwortete. „Rudy Blackwell, Sir."

„Und Ihr arbeitet in den Ställen, ist das korrekt, Herr Blackwell?"

Rudy nickte und runzelte die Stirn.

„Und fürs Protokoll", sagte der Magistrat und wandte sich an den anderen Mann, „bitte nennt Euren Namen."

„Patrick Oakheart, Sir. Aber ich habe nichts falsch gemacht!"

„Bitte sprecht nur, wenn Ihr eine Frage beantwortet, Herr Oakheart." Der Magistrat schritt die Bühne entlang. „Herr Blackwell, wir haben mehr als einen Zeugen, der behauptet, dass Ihr und Herr Oakheart in intimen Beziehungen gesehen wurden. Leugnet Ihr dies?"

Die Menge murmelte. Flüsternde Worte wurden ausgetauscht. Rudy öffnete den Mund, Schweiß strömte aus seinen Schläfen, konnte aber keinen Ton von sich geben. Wrena wälzte sich in ihrem Stuhl und hatte Mitleid mit dem Mann. Patrick Oakhearts Kopf sank, seine Schultern zitterten, als er zu schluchzen begann.

„Habt Ihr nichts zu sagen, Mr. Blackwell?"

„Ich… Ich …"

„Leugnet Ihr dies?" Die Augen des Magistrats weiteten sich, als er die Frage Rudy entgegenschrie. „Hattet Ihr eine intime Beziehung zu Herr Oakheart, ja oder nein?"

„Es ist kein Verbrechen!", rief Rudy. „Es ist kein Verbrechen."

Wrena kämpfte um still zu bleiben, der gleiche Satz, der in ihrem Kopf brummte und dringend herauskommen musste.

„Vielleicht müssen wir uns alle Fakten ansehen, bevor wir entscheiden können, ob es sich um ein Verbrechen handelt oder nicht, Herr Blackwell." Der Magistrat ignorierte Rudys Jammern und wandte sich an Patrick. „Herr Oakheart, könntet Ihr bitte den Bürgern des Gerichts sagen, ob Ihr tatsächlich verheiratet seid."

Patrick stieß ein entsetzliches Schluchzen aus. Rudys Gesicht fiel herab. Wrenas Blick wanderte zu einer Frau in der Menge, der die Tränen über das Gesicht liefen. Könnte das seine Frau gewesen sein? Wrenas Magen verdrehte sich. Vielleicht war der Vorwurf, dass Männer mit Männern schliefen, kein ausreichendes Argument, um ein Urteil zu fällen. Vielleicht war es in den Augen des Gerichts verpönt, aber es war kein Verbrechen. Jemand hatte einen Weg gefunden – eine technische Möglichkeit –, sie trotzdem zu verurteilen.

„Herr Oakheart, bitte beantwortet die Frage."

„Ja." Es kostete Patrick viel Mühe, durch sein Schniefen zu sprechen. „Ich bin verheiratet."

Die Menge keuchte und murmelte. Rudy biss sich in seine zitternde Lippe.

„Dann seid ihr beide des Ehebruchs schuldig, was ein Verbrechen ist, sowohl in den Augen des Königsreichs als auch in den Augen der Heiligen Mutter." Der Magistrat wandte sich an Lady Maescia. „Euer Gnaden. Wir warten auf Euer Urteil."

Wrena drehte ihr Gesicht zu ihrer Tante, aber ihre Augen waren weit weg. Sie fühlte sich, als würde sie träumen – einen Albtraum haben. Sie gingen mit gutem Beispiel voran. Sie hatten ein abschreckendes Beispiel gesetzt. Wrena spürte in der hoffnungslosen Grube der Verzweiflung in ihrem Kopf, dass ihre Tante über sie und Aurora Bescheid wusste.

Lady Maescia legte ihre Hände sanft auf die Armlehnen ihres Throns. „Ich würde gerne wissen, wer von euch bereit ist zu sterben."

Ihre Forderung wurde mit Stille beantwortet, bis auf das Murmeln der Menge.

Die Königin Regentin schnalzte mit der Zunge. „In Ordnung. Wenn sich keiner von euch entscheiden kann, habe ich keine andere Wahl, als die beiden Angeklagten in die Kluft zu schicken."

„Nein!" schrie Patrick. „Nein, bitte nicht. Es war meine Schuld. Ich war nicht ehrlich zu Rudy. Er wusste nicht, dass ich verheiratet bin. Verschont ihn. Ich werde sterben. Lasst ihn gehen!"

Rudys Augen waren groß. „Nein, Patrick", flennte Rudy. „Du kannst nicht die ganze Schuld auf dich nehmen. Ich... Ich kann nicht zulassen, dass sie dich töten. Sollen sie uns in die Kluft schicken. Wir könnten es schaffen."

Lady Maescia tippte sich ans Kinn. „Oh, habe ich erwähnt, dass wir eure Arme behalten würden?"

Die beiden Männer starrten sie entsetzt an. „Es steht euch beiden frei, euch durch die Kluft zu kämpfen – wo ihr zweifellos untergehen werdet -, aber weil ihr das Königreich beleidigt habt, brauche ich eine Art Bezahlung für eure Verbrechen. Eure Arme sollten genügen."

Wrena warf einen Blick auf ihren Berater, den Herzog, der mit ihrem Satz zufrieden aussah.

„Sollen wir Euch also die Arme nehmen?" fragte Lady Maescia, ihr Kopf war leicht geneigt.

„Nein, bitte, nicht!" Rudy weinte. „Nehmt mein Leben. Lasst Patrick in Ruhe. Er... er hat eine Frau, um die er sich kümmern muss. Ich habe niemanden."

„Rudy, nein." Patrick schluchzte weiter.

„Ein Kopf ist es dann", sagte Lady Maescia. „Aber wessen? Ich glaube, ich werde einen Moment brauchen, um mich zu entscheiden."

Sie gab ihren Wachen ein Zeichen, die Angeklagten zu den

Hackklötzen zu bringen. Ihr Stöhnen und ihre Schreie um Gnade waren fast unverständlich. Die meisten Frauen in der Menge kauerten hinter ihren Händen und wollten nicht zusehen. Rudys Hals wurde auf den einen Hackklotz gezwungen, Patricks auf den anderen. Tiberius marschierte mit seiner Axt heran, stellte sich zwischen Patrick und Rudy und wartete auf das Wort der Königin Regentin.

Wrena konnte nicht atmen. So sehr sie auch die Augen schließen und die Welt ausblenden wollte, sie konnte ihren Blick nicht von dem Henker abwenden. Lady Maescia trommelte wieder mit den Fingerspitzen gegen ihr Kinn und ließ den ganzen Hof vor Spannung erzittern, bis sie schließlich zu Tiberius blickte und zwei Finger hob.

Die Axt schwang.

Keuchen und Wimmern hallten im Hof wider, als Blut spritzte und sich auf den Boden zu Tiberius' Füßen ergoss. Wrena hielt sich den Mund zu und kämpfte mit allem, was sie in sich hatte, um nicht zu schreien.

Patrick stieß ein langes Stöhnen aus, sein Schluchzen ließ ihn erschaudern, als Rudys Blut zwischen winzige Kieselsteine rutschte und vom Sand aufgesaugt wurde.

Wrenas Blick ging zu Aurora, die alle Farbe in ihrem Gesicht verloren hatte. Neben ihr hatte die Hohepriesterin den Kopf zum Gebet gebeugt. Wrena bewegte ihre zitternde Hand von ihrem Mund weg und drückte sie auf ihren Schoß, wobei sie sich anstrengte, die Kontrolle zu behalten.

Die nächsten Momente waren verschwommen. Die Welt schien aus ihrem Blickfeld zu verschwinden, die Geräusche und Anblicke des Hofes entleerten sich wie ein Traum, als sie ihrer Tante von der erhöhten Plattform in das Schloss folgte.

Als sie drinnen waren, blieb Wrena kurz stehen und lehnte sich mit dem Rücken gegen die Wand, ihr Atem kam in kurzen, flachen Stößen.

„Wrena, Liebes." Lady Maescia legte eine Hand auf ihre Schulter. „Geht es dir gut?"

„Ich… ich weiß nicht." Sie presste die Hände gegen die Brust und versuchte, ihr klopfendes Herz zu beruhigen. Nachdem sie tief ein- und ausgeatmet hatte, sah sie ihrer Tante in die Augen. „Warum hast du nicht mit mir gesprochen, bevor der Prozess begann? Du hättest mich warnen können."

„Ich habe mich an das Protokoll gehalten. Ein Verbrechen wurde begangen, und es folgte eine Hinrichtung."

„Aber du hast die Bestrafung nicht mit mir besprochen."

„Mir war nicht bewusst, dass es einen Unterschied machen würde."

„Tod? War die Liebe, die sie teilten, so schrecklich, dass sie im Tod enden sollte?"

„Liebe." Lady Maescia spottete. „Tatsache ist, dass eine Straftat begangen wurde. Ich habe die Regeln nicht gemacht, Wrena. Das wurde Generationen vor uns in Stein geschlagen."

„Genau. Die Dinge sind heute nicht mehr die gleichen wie damals. Das Einzige, was gleich geblieben ist, ist, dass niemand mutig genug ist, darüber zu sprechen."

„Vielleicht möchtest du deine Kühnheit selbst zurückhalten, Kind. Du weißt nicht, wen es beeinflussen könnte."

Wrena verengte die Augen. „Das klingt nach einer Drohung."

Die Königin Regentin seufzte, als sie ihre Augen schloss, dann streckte sie die Hand aus und legte sie auf ihre Schulter. „Meine liebe, süße Nichte. Niemand bedroht dich."

„Was willst du dann sagen?"

„Ich sage, sei vorsichtig. Wenn du in einer Position der Macht bist, gibt es überall Augen." Lady Maescias Gesichtsausdruck war intensiv. Dann plötzlich wurde ihr Gesicht weicher und sie klopfte auf Wrenas Schulter. „Jetzt mach dich bereit für das Abendessen, Liebes."

KAPITEL 21

Tori konnte nicht schnell genug in ihr Zimmer kommen. In der Sekunde, in der sich die Tür schloss, flossen ihr die Tränen über das Gesicht. Es kostete sie alles, was sie hatte, um sich nicht auf den Boden zu übergeben. Als sie nach einem Tuch griff, um sich die Wangen abzuwischen, gab Takumi ein wimmerndes Geräusch von sich und kreiste um ihre Füße.

Was hatte sie gerade miterlebt? Die Ereignisse der letzten halben Stunde ließen ihren Magen verkrampfen und ihr Kopf schwirrte. Sie wusste nicht, wie lange sie noch so tun konnte, als würde sie einer Königin dienen, die eine solche Travestie zuließ.

Tori ließ sich in den Stuhl am Kamin fallen und presste die Handflächen auf die Augen. Die Tür öffnete sich, aber sie blickte nicht auf, um zu sehen, wer es war. Ihr Bauchgefühl sagte ihr, dass es Finja war und da Takumi nicht in Panik geriet, wusste sie, dass sie nicht in Gefahr war.

„Steh auf, Mädchen", sagte Finja, ihre Stimme war streng.

„Was?" Tori blickte sie an, ihr Magen kochte immer noch vor Säure.

„Ihr müsst Euch vorbereiten."

„Wofür?"

„Ihr seid jetzt die offizielle Hohepriesterin des Schlosses. Wenn es einen Tod im Schloss gibt, muss die Hohepriesterin bei seiner Beerdigung anwesend sein, um zu verhindern, dass der schlechte Geist der Leiche aus der ätherischen Ebene zurückkehrt und das Schloss heimsucht."

Tori starrte ihr ungläubig hinterher. Wurde von ihr wirklich erwartet, dass sie einen *Job* macht, nachdem sie etwas so Schreckliches gesehen hatte?

Finja eilte zu Toris Koffer und warf ihn auf. Fast hätte Tori Einspruch erhoben, aber sie hatte keine Kraft mehr. Der goldene Umhang, den Finja herauszog, reflektierte das Sonnenlicht, das durch das Fenster hereinkam.

„Steht auf und zieht das an", sagte Finja, ihr Mund verdrehte sich zu einem erregten Runzeln.

„Ich bin *keine* Hohepriesterin. Ich kann nicht verhindern, dass ein Geist das Schloss heimsucht. Und ich könnte mir nur wünschen, dass der Geist dieses Mannes zurückkommt und die Königin Regentin für das, was sie getan hat, heimsucht."

„Ihr könnt es Euch nicht leisten, Eure Tarnung auffliegen zu lassen. Ihr habt noch nicht einmal eine Eurer Aufgaben erfüllt. Wollt Ihr jetzt wirklich alles hinschmeißen? Was würde Eure Familie denken?"

Tori biss ihre Zähne zusammen. Sie zog das kleine Wurfkissen vom Stuhl hoch und schrie hinein. Nachdem sie ihre Qualen losgelassen hatte, starrte sie Finja an, ihr Atem stockte.

„Fühlt Ihr Euch besser?", fragte Finja, eine Augenbraue hochgezogen.

„Nicht wirklich", antwortete Tori.

„Zu schade. Jetzt zieht das an."

Bram schritt in der Versammlungshalle der Kaserne umher, entsetzt über das, was passiert war. Er war so nah dran, dass er fast mit Blut bespritzt wurde, als Tiberius seine Axt senkte, und alles, was er tun konnte, war, Wache zu stehen und zu starren. Es gab nichts, was er hätte tun können; die Königin Regentin gab den Befehl, und es war nicht seine Aufgabe, zu widersprechen.

Ein leises Husten erregte seine Aufmerksamkeit. Bram hörte auf zu laufen und trat vor, um das Geräusch zu untersuchen. Seine Augen weiteten sich, als er Prinz Theo entdeckte, der sich hinter einem der großen Stühle im hinteren Teil des Raumes versteckte.

„Eure Hoheit, was macht Ihr hier?"

Prinz Theo trat zaghaft einen Schritt hinter dem Stuhl hervor.

„Sie sagten, ich solle nicht nach draußen kommen. Ich wollte nicht allein in meinem Zimmer sein."

„Was ist mit Eurem Kindermädchen?"

„Sie sind alle gegangen, um zu sehen, was draußen los ist."

„Sie haben Euch allein gelassen?"

Prinz Theo verengte die Augen. „Worüber sind alle so aufgeregt? Was habe ich verpasst?"

Bram wandte sich an ihn, unsicher, wie er antworten sollte. Er atmete tief ein und legte Prinz Theo eine Hand auf die Schulter. „Macht Euch keine Sorgen, Eure Hoheit. Es betrifft Euch nicht. Und um die Wahrheit zu sagen, wünschte ich selbst, ich hätte das Ereignis verpasst."

Der Prinz schien verwirrt, ließ sein Kinn fallen und schürzte seine Lippen.

Logan erschien in der Tür und räusperte sich. Bram gab ihm ein Zeichen, dass er sich in der Nähe des Prinzen zurückhalten sollte. Logan betrat den Raum und Azalea kam herein, um sich an seine Seite zu stellen. Sie schienen beide so abgestumpft zu sein, wie Bram.

„Ich verpasse immer etwas", sagte Prinz Theo und trat gegen den Stuhl. „Sie denken, ich bin zu jung. Oder zu dumm."

„Ich bin sicher, dass das nicht wahr ist."

Logan kam näher. „Vielleicht denken sie, dass Ihr Euch nur mit den sehr wichtigen Dingen beschäftigen solltet."

„Warum lassen sie mich dann nicht zu meiner Mutter?"

Logan und Azalea tauschten Blicke aus. Es war Azalea, die in die Hocke ging, so dass sie sich mehr auf Augenhöhe mit dem Prinzen befand. Sie nahm sanft seine Hand. „Eure Mutter ist sehr krank, Eure Hoheit. Sie wollen nicht, dass Ihr auch krank werdet. Denn Ihr seid zu wichtig, um das zuzulassen."

Er starrte sie einen Moment lang an, bevor ihm ein winziges Lächeln ins Gesicht fiel. „Gut. Aber eines Tages werde ich es leid sein, nicht mehr dabei zu sein. Eines Tages werde ich ein König sein."

„Ja", sagte Bram. „Da habt Ihr recht. Und wir werden Euch zu Diensten sein."

Azalea stand auf, flankiert von Bram und Logan. Der Prinz schien sie anzustrahlen.

„Eure Hoheit." Die Stimme kam aus dem Eingang. Eines seiner Kindermädchen stand da und rang sich die Hände. Bram vermutete, dass es ihr peinlich sein musste, den Prinzen verlassen zu haben und dann nicht in der Lage zu sein, ihn zu finden. „Ihre Gnaden, Lady Maescia, möchte, dass Ihr Euch für das Abendessen bereit macht."

Prinz Theo blickte zu Bram auf, der ihm aufmunternd zuzwinkerte. „Wir sehen uns beim Abendessen, Eure Hoheit."

Prinz Theo neigte den Kopf. Bram, Logan und Azalea erwiderten die Geste und sahen zu, wie der Prinz den Raum verließ.

Logan klopfte Bram auf den Rücken, das Stirnrunzeln kehrte auf sein Gesicht zurück.

In der Halle ertönten Fußschritte. Bram drehte sich um, um zu sehen, wie Tiberius an der Tür vorbeiging, nur um dann wieder umzukehren und den Raum zu betreten.

„Was macht ihr alle hier drin?", fragte Tiberius.

„Nichts. Wir haben gerade mit dem Prinzen gesprochen."

„Oh." Tiberius grinste. „Dann kann ich ja froh sein, dass er mich nicht gesehen hat. Ich habe genug Blut an mir, um den Fluss rot zu färben."

Bram war sich nicht sicher, aber Tiberius sah tatsächlich zufrieden mit sich selbst aus.

„Du solltest dich vielleicht beeilen und umziehen, bevor du die Böden verschmutzt."

„Klar." Er streckte seine Schulter aus.

„Alles in Ordnung?"

„Alles bestens." Er rieb an der Schulter und streckte seinen Hals von Seite zu Seite. „Der Hals des Kerls war ziemlich dick. Ich muss den Arm vielleicht mit Eis kühlen. Übrigens hat der Herzog verkündet, dass wir in Vorbereitung auf die Gäste aus Gadleigh auf eine Jagd gehen sollen. Er sagte, wir bräuchten Wild für das Festmahl."

Bram nickte ernst. „Wann ziehen wir los?"

„Bald. Er sagte, kein Abendessen heute Abend, bis wir zurückkommen. Es wird die Jagd verbessern, meint er."

Azalea drückte Logans Hand, bevor sie in ihre Zimmer ging.

„Geht es dir gut?", fragte Logan Bram, als sie allein waren.

Bram verzog seinen Mund zu einem halben Grinsen und gab ihm ein Nicken. Als Logan ging, konzentrierten sich Brams Augen auf einen kleinen roten Fleck auf dem Boden, wo Tiberius gestanden hatte. Er war sich nicht sicher, ob er eine Welt verstand, in der Leben so schnell und so achtlos weggenommen werden konnte. Er schüttelte den Kopf, um die Gedanken zu vertreiben und ging in seine Zimmer, um sich für die Jagd umzuziehen. Die Königinnenjagd führte sie immer in die Nähe der Kluft. Es ließ ihn darüber nachdenken, wie viel sich verändert hatte, seit er in die Kluft gefallen und von der jungen Drothidianerin gerettet worden war.

KAPITEL 22

Wrena konnte ihr Abendessen kaum ansehen, geschweige denn essen. Ihr Magen kochte immer noch vor Ekel, weil sie Rudys Tod miterlebt hatte. Sie schob ihr Essen auf ihrem Teller hin und her, während ihr Verstand ihr zurief, sie solle aufstehen und den Bankettsaal verlassen. Sie hatte das Gefühl, als würden die Wände auf sie zukommen, sie ersticken und ihren Verstand vernebeln.

Der ganze Saal war still, bis auf das klirrende Geräusch von Silberbesteck auf Tellern. Die Hofdamen hielten ihre Augen auf das Essen gerichtet, das sie gemessen verzehrten und die Soldaten waren wegen der königlichen Jagd abwesend. Die Traurigkeit war erdrückend und Wrena wünschte sich nichts sehnlicher, als vom Erdboden verschluckt zu werden.

„Liebe Tante, darf ich bitte entschuldigt werden?" Übelkeit

brannte wie Säure in ihrer Kehle.

„Aber du hast doch kaum etwas gegessen."

„Mir geht es nicht gut. Ich bezweifle, dass ich etwas bei mir behalten könnte, wenn ich etwas essen würde."

Lady Maescia schürzte ihre Lippen, offensichtlich nicht begeistert von Wrenas Wunsch zu gehen. „In Ordnung. Ruh dich aus. Ich wünsche dir eine gute Nacht."

„Gute Nacht, Tante Maescia."

In der Sekunde, in der sie aufstand, eilten Diener herbei und kümmerten sich um ihren Teller und Kelch. Aber sie bemerkte es kaum, denn ihr Blick ging direkt zu Aurora. Auroras Blick war flüchtig, aber Wrena wusste, dass sie ihre Botschaft erhalten hatte. Obwohl es zu verdächtig erscheinen würde, wenn Aurora sofort gehen würde, wusste Wrena, dass sie sie nicht zu lange warten lassen würde. Sie musste sie sehen und sie vermutete, dass Aurora das Gleiche empfand.

Wrenas Dienstmädchen eilten herbei, um ihr die Nachtkleidung zuzubereiten, ein wenig hastig in ihren Bemühungen, da sie nicht erwartet hatten, dass sie sich so früh schlafen legen würde. Eine ihrer Dienerinnen schnappte sich die Haarbürste, bereit, Wrenas verworrene Locken zu kämmen, aber Wrena entließ sie und den Rest der Dienerschaft höflich. Sie musste allein sein. Sie brauchte Ruhe, um alles zu verarbeiten.

Sobald ihre Kammertür geschlossen war, ging sie hinüber in den Waschraum, um sich Wasser ins Gesicht zu spritzen. Das Gefühl des Erstickens hatte noch nicht nachgelassen, also öffnete sie ihr Korsett, was nur ein wenig half. Sie schlüpfte in ihre Nachtkleidung und schritt im Zimmer umher, wobei sie sich abwesend durch die Haare strich. Ihr ganzer Körper zitterte und ihre Haut fühlte sich kalt an.

Es kam ihr wie eine Ewigkeit vor, dort in ihrem stillen Zimmer zu warten, bis es endlich leicht an der Tür klopfte.

Aurora zu sehen war wie eine sofortige Erleichterung, das Gewicht auf ihren Schultern fiel sofort ab. Sie nahm sie an die Hand und führte sie in das Zimmer, wobei sie die Tür schloss, um den Rest der Welt auszusperren.

„Hat dich jemand gesehen?" fragte Wrena, ihre Stimme leise vor Trauer.

„Nein, natürlich nicht."

Wrena ging hinüber und setzte sich auf den Rand ihres Bettes, ihre Augen brannten. Zum zehnten Mal seit Rudys Enthauptung lief ihr ein Schauer über den Körper.

„Was ist gerade passiert?", fragte Aurora und strich ihr Haar von den Wangen weg. „Ich fühle mich, als wäre es ein Traum gewesen. Wie können sie ein solches Gesetz durchsetzen?"

„Sie sagten, es sei Ehebruch." Wrena schüttelte den Kopf. „Es *war* Ehebruch, aber sie haben es zur Schau gestellt, dass es zwei Männer waren."

„Wie können sie so vulgär sein?"

„Ich weiß es nicht. Ich glaube nicht mehr, dass ich irgendetwas verstehe. Ich glaube nicht, dass schon einmal jemandem vorgeworfen wurde, mit dem gleichen Geschlecht eine Beziehung zu haben."

Aurora schüttelte den Kopf. „Oder es ist noch nie jemand dafür bestraft worden."

Wrena verschränkte die Hände vor dem Bauch und senkte den Blick. Es war ihr klar, dass Auroras Zusammensein mit ihr gefährlich war. Für sie beide. „Was bedeutet das für uns?"

Aurora war für einen Moment still, ihre Augen suchten Wrenas Gesicht. „Wir müssen vorsichtig sein", sagte sie, Entschlossenheit in ihrer Stimme.

„Ich habe Angst um dich, Aurora." Ein Druck lag auf ihrem Herzen und drückte es bis zur Starre zusammen. „Ich will dich nicht verlieren. Ich will nicht, dass du stirbst."

Aurora nahm ihre Hände. „Ich will nicht, dass einer von uns beiden stirbt. Aber ich will auch nicht, dass das hier endet. Ich werde es nicht zulassen. Wie kann ich leben, wenn ich nicht an deiner Seite sein kann?"

KAPITEL 23

Tori verdrängte das Gefühl des Grauens, als sie von der Segnung des Verstorbenen zurückkehrte. Es war die schlimmste Stunde, die sie je in ihrem Leben verbracht hatte, so zu tun, als sei sie eine würdevolle Hohepriesterin, während sie innerlich die Königin Regentin anschreien wollte. Das Schlimmste war, die Schluchzer von Rudys Familie zu ertragen. Finja erzählte ihr, dass Patrick im Kerker gefangen gehalten wurde. Sie konnte sich nicht vorstellen, was er durchmachen musste.

Sie war nur dankbar, dass der Herzog und seine Männer auf der Jagd waren. Dass außer Finja und den Dienern, die Rudys Leiche trugen, niemand vom Hof da war, um sie zu beobachten. Sie wusste nicht, ob sie Bram in die Augen hätte sehen können.

Endlich traf sie das volle Verständnis. Sie wusste jetzt, warum Goran so verzweifelt wünschte, dass sie eingriff. Die Königin

Regentin war gefährlich. Gefährlich für die Bürger von Avarell und vielleicht, wenn sie nicht zurechtgewiesen werden konnte, gefährlich für die neun Reiche.

Tori war entschlossener denn je, den Wahnsinn zu stoppen. Nicht nur für ihre eigene Familie, sondern für die Menschen in Avarell und Khadulan. Lady Maescia war dabei, Avarell in einen Ort der Angst zu verwandeln, und die Menschen würden sich bald bedrängt fühlen. Es war nur eine Frage der Zeit, bis Blut vergossen und eine Rebellion entstehen würde. Die Frage war nur, ob sie an der Spitze dieser Rebellion stehen würde.

Sie konnte kaum schlafen, obwohl Finja darauf bestanden hatte, dass sie etwas Schlaf bekam, bevor Gorans Schiff ankam. Sie wanderte hinaus auf ihren Balkon und blickte auf die wenigen Lichter, die noch in der Stadt brannten, bevor sie sich in ihr Zimmer zurückzog, um ihr schwarzes Gewand anzuziehen.

Obwohl ihr Herzschlag schnell und laut in ihren Ohren klang, hatte sie das Gefühl, sich wie in Zeitlupe zu bewegen, während sie ihren schwarzen Mantel und die Maske anlegte. Sie nahm den zusätzlichen dunklen Mantel, den Goran in ihrem Koffer aufbewahrt hatte und schlüpfte am Seil vom Balkon hinunter, in der Hoffnung, dass Hettie bereit sein würde, zu gehen.

Als sie den Innenhof erreichte, steckte Takumi seinen Kopf unter einigen Büschen hervor, seine winzigen Füße stapften über den Boden, als er sich ihr anschloss. Takumi huschte unter einen anderen Busch, als sie Hetties Gebäude erreichten, und Tori hockte sich hinter eine Bank und wartete darauf, dass der patrouillierende Soldat seine Runde fortsetzte.

Als er außer Sichtweite war, erhob sich Tori. Wie aus dem Nichts tauchte Hettie auf und schlich auf sie zu. Tori gab ihr ein

Zeichen, dass sie sich hinter die Bank und außer Sichtweite begeben sollte.

„Bist du bereit?" Ihr Flüstern klang härter, als sie es beabsichtigt hatte.

„Ja." Sie blickte nervös auf das Gebäude zurück, in dem sich ihr Zimmer befand, dann stellte sie den Gurt der über ihrer Schulter gesicherten Tasche ein und folgte Tori.

„Haben deine Mitbewohner zugestimmt, zu schweigen?"

„Ja. Sie werden kein Wort sagen."

Sie erreichten eine hohe Hecke und Tori blieb stehen, um sich an Hettie zu wenden. „Ich habe einen Umhang für dich. Er ist von deinem Vater. Es sollte helfen, dich auf unserer Reise zu den Docks zu verstecken."

Hettie nickte, ließ ihre Tasche auf den Boden fallen und zog den Mantel an. Tori bemerkte, dass die Tasche, die sie trug, nicht sehr groß war. Sie nahm an, dass Hettie wenig mitnehmen konnte, weil sie nie viel hatte, nie viel erwarb. Aber wenn sie an Hetties Stelle wäre, bräuchte sie auch nicht viel mehr, wenn ihr versprochen worden war, ihre Familie wiederzusehen.

Sie führte Hettie durch die Gärten von Schloss Capehill in Richtung der Ställe, wo die hinteren Mauern des Schlossgeländes auf den Wald trafen. Sie kamen an den Lagerschuppen vorbei, in dem die Arbeiter ihre Gartengeräte aufbewahrten. Dahinter befand sich ein verschlossenes Tor, das von den Gärtnern benutzt werden sollte, um zugewachsene Sträucher und Pflanzenabfälle zu entsorgen. Tori zog ihre Werkzeugtasche heraus und knackte das Schloss, das sich leicht öffnen ließ. Das Tor gab ein leises Knarren von sich, als sie es öffneten, und Tori hielt den Atem an und wünschte sich das Geräusch weg. Als sie hindurch waren, eilten sie in den Schatten des

Waldes.

Wie ein huschender Schatten rannte Takumi auf sie zu und kreiste dann um Toris Beine. Seine Schnurrhaare wackelten, als er die Luft um Hettie herum roch. Hettie stieß einen Schrei aus und wich zurück.

Tori hielt ihre Hände hoch und signalisierte Hettie, dass sie still sein sollte. „Es ist in Ordnung. Das ist Takumi."

„Du… du besitzt einen Fuchs?"

Tori schenkte ihr ein halbes Lächeln. „Er gehört mir nicht. Er ist mein Freund."

Hettie schüttelte den Kopf. „Wie ich am Ende einer maskierten Frau mit einem Fuchs als einen Freund folgte, ist ein Rätsel, das ich vielleicht nie lösen werde."

Tori schmunzelte kurz, aber dann erreichten sie den Waldrand, der sich zu einer Gasse hinter einer Kneipe öffnete. Von hier aus würden sie durch die Seitenstraßen von Avarell gehen müssen. Glücklicherweise wurden nur ein paar der Straßenlaternen von der Wassermühle mit Licht versorgt. Der Hauptgenerator würde für ein paar Stunden ausfallen und den Rest der Stadt in Dunkelheit versetzen.

Die Art und Weise, wie Hettie ihr durch die Schatten der Kopfsteinpflasterstraßen folgte, erinnerte sie an Miki. Wenn es jemals jemanden gab, der ihre Schritte zum Schweigen bringen konnte, dann war sie es. Es gab Zeiten, da hatte ihre Mutter Apfelküchlein gebacken und sie zum Abkühlen draußen gelassen. Miki hatte es geschafft, sich an ihrer Mutter vorbei zu schleichen und ein paar für die drei Schwestern und den älteren Bruder zu ergattern. Niemand hatte je gehört, wie sie in die Küche schlich und wieder zurückkam.

Obwohl Toris Herz vom Schleichen durch die dunklen Straßen der Stadt schnell schlug, schmerzte es auch für ihre geliebte, verstorbene Schwester. Selbst jetzt, Jahre später, vermisste sie sie furchtbar.

Sie hielten sich an die Grenzen des Schattens, aber je näher sie an den Stadtrand kamen, desto geringer wurden die Gebäude, hinter denen sie sich verstecken konnten. Als sie an den verlassenen Ständen des Marktplatzes vorbeikamen, hörten sie schwere Schritte. Tori zog Hettie hinter einen Fischerstand und riss sie in die Hocke. Als sie um das Bein des Standes spähte, entdeckte Tori eine Wache, die über den Markt ging. Sie und Hettie schauten sich an, eine stille Abmachung zwischen ihnen, still zu sein. Takumi schnupperte an der Luft, und in diesem Moment umrundete eine Katze den Stand. Als die Katze Takumi erblickte, der sie anfauchte, stieß die Katze einen furchtbaren Schrei aus und rannte vom Stand weg, wobei sie einen kleinen Stapel leerer Kisten am nächsten Stand umwarf. Tori biss die Zähne zusammen und bemerkte, wie die Wache bei dem Geräusch stehen blieb.

Der Wachmann zog sein Schwert und suchte mit seinen Augen nach der Quelle des Aufruhrs. Tori hoffte, er würde die Katze weglaufen sehen und es dabei belassen, aber die Wache tat nichts dergleichen. Er näherte sich ihrem Versteck, die Brauen gesenkt.

Schnell denkend, nahm Tori einen Shuriken aus ihrem Vorrat und schleuderte es niedrig quer über die Straße. Es schlug in einen Krug ein, der auf der Fensterbank eines Ladens stand, und kippte ihn um. Die Wache drehte sich schnell um und wandte sich dem Laden zu, sein Schwert erhoben. Es war eine gute Ablenkung, aber es war nicht genug, um ihn zum Gehen zu bringen. Tori beugte sich herunter und flüsterte Takumi zu: „Lenke ihn ab."

Takumi rannte los, trabte zuerst an der Wache vorbei, um seine Aufmerksamkeit zu bekommen und sprintete dann zwischen Ständen und Gebäuden hindurch. Der Wächter stieß ein Schimpfwort aus und verfolgte den Fuchs, zweifellos in dem Glauben, das Tier sei da, um den Bürgern von Avarell Essen zu stehlen. Während Takumi ihn die Straße hinauf und weg vom Markt führte, nahm Tori Hetties Hand und eilte auf den hoch aufragenden Torbogen des Stadteingangs zu. Sie eilte hindurch und begann dann ihren Marsch in Richtung des Hafens.

Schließlich schaffte sie es, sie zu ihrem Ziel zu bringen. Der Wind wurde stärker, als sie sich der Meeresbucht näherten und die Wellen auf dem Meer waren aggressiv. Beim Anblick der Bucht schienen Hetties Augen zu leuchten. Das Schiff war da und wartete und Hetties Schritt wurde schneller.

Am Hafen waren Arbeiter damit beschäftigt Vorräte vom Schiff zu entladen, die bei Tagesanbruch zum Schloss gebracht werden mussten. Goran stand auf dem Hafenbecken und überblickte seine Männer.

Hettie rannte los und er drehte sich zu ihr um. Gorans Kinnlade fiel beim Anblick von Hettie fast herunter. Tori hielt sich zurück, um ihnen Platz zu machen, aber sie konnte trotzdem deutlich sehen, wie sich Tränen in seinen Augen bildeten, als seine Tochter sich näherte.

Er schlang seine Arme um Hettie und hob sie vom Boden, während er sein Gesicht in ihrem Haar vergrub. Als er sie absetzte, hielt er sie an den Schultern und sah sie von oben bis unten an, als würde er ihren Zustand begutachten und prüfen, ob es ihr gut ging.

„Oh, meine Hettie! Ich kann nicht glauben, wie sehr du dich verändert hast."

„Ich bin immer noch das gleiche Mädchen, Papa, wenn auch ein bisschen abgenutzt."

Er fuhr mit einer sanften Hand über ihre Wange. „Haben sie dir wehgetan?"

„Es geht mir gut, Papa. Ich will nur nach Hause."

„Sehr bald, mein Schatz. Beim ersten Licht, sobald die Lieferung übergeben ist. Bis dahin gibt es ein schönes, bequemes Zimmer für dich auf dem Schiff."

„Wirst du dort sein?"

„Ich werde zu dir kommen, sobald die Geschäfte erledigt sind und dann werde ich dich nie wieder aus den Augen lassen." Er drückte sie an seine Brust.

Tori stand nah genug um die Szene zu beobachten, der Wind wirbelte ihren Umhang um sie herum. Gorans weinende Augen trafen auf Toris und er nickte ihr zu. „Danke", sagte er.

Nachdem Goran Hettie im Schiff untergebracht hatte, kam er heraus, um allein mit Tori zu sprechen. Die Männer waren fast fertig mit dem Entladen und sobald die Ladung übergeben war, würden Goran und Hettie die Segel setzen.

„Ihr wart genauso gut, wie ich erwartet habe", sagte Goran. „Ich bin sehr zufrieden mit Euren Fortschritten. Aber vergesst den Rest nicht."

Obwohl Tori wusste, dass er glücklich war, seine Tochter zurück zu haben, verstand sie, dass ihre Aufgabe noch nicht beendet war. Nachdem sie gesehen hatte, wozu die Königin Regentin fähig war, stand sie Goran solidarisch zur Seite, um die verbleibenden Aufgaben zu erledigen. Außerdem war Gorans Frau immer noch irgendwo da draußen, und Tori selbst würde nicht zufrieden sein, wenn nur ein Mitglied ihrer Familie gerettet wurde und nicht die anderen. Goran wollte seine Frau genauso zurückhaben, wie Tori ihre Familie und die Dorfbewohner von Sukoshi vom Phönixfieber heilen wollte.

Und die größere Aufgabe war es, dafür zu sorgen, dass die Königin Regentin ihre Macht in Zukunft nicht über die neun Reiche ausdehnte. Sie musste aufgehalten werden.

„Ich glaube, ich habe gefunden, wo die Königin festgehalten wird", sagte Tori zu Goran. „Aber es gibt einen Schlüssel für den Raum, in dem sie eingesperrt ist und Lady Maescia trägt ihn an einer Kette, die immer um ihren Hals hängt. Ich habe versucht, das Schloss zu knacken, aber es ist unmöglich. Ich werde irgendwie den Schlüssel stehlen müssen, aber ich fürchte, sie wird bemerken, wenn er weg ist."

„Vielleicht könnt Ihr den Schlüssel nachmachen."

„Wie soll ich das machen?"

„Ich habe eine Möglichkeit. Wenn Ihr den Schlüssel bekommt, auch nur für ein paar Minuten, solltet Ihr in der Lage sein, daraus einen Abdruck zu machen." Goran wandte sich an einen seiner Arbeiter und bat ihn, einen Abdruckkasten zu holen. Sein Arbeiter eilte davon, um das zu tun, wonach gefragt wurde.

„Was passiert, nachdem ich die Form bekommen habe?"

„Ich habe einen Eisenarbeiter unter meinem Dienst in Avarell. Gebt Finja die Form und weist sie an, sie zu ihm zu bringen. Er wird Euch den Schlüssel machen, den Ihr braucht."

Es entging Tori nicht, wie viel Zeit dies in Anspruch nehmen würde. Sie würde eine Gelegenheit finden müssen, den Schlüssel zu stehlen, ihn in den Abdruckkasten zu legen, den Schlüssel zurückzugeben und dann die Form zu Finja zu bringen. Und dann würde sie warten müssen, bis der Eisenarbeiter die Kopie des

Schlüssels ablieferte, ohne dass die Wache der Königin oder Lady Maescia davon erfuhren. Die Vorstellung von der Zeitspanne, die sie brauchen würde, um all das zu schaffen, machte ihr klar, wie lange es dauern würde, bis sie ihre Familie wiedersehen konnte.

„Wisst Ihr, wie es meiner Familie geht? Hat jemand von Euren Leuten nach ihnen geschaut??"

„Ja. Ich habe einen meiner Männer losgeschickt, um die Situation zu untersuchen. Es geht ihnen gut."

Sie wünschte, sie könnte mehr Details erfahren, aber sie wusste, dass sie wahrscheinlich keine bekommen würde.

Er nahm einen Beutel aus seinem Mantel und gab ihn ihr.

„Mehr Medikamente für Euch", sagte er. „Ich werde in einer Woche zurück sein. Ich hoffe, Ihr habt bis dahin die Bücher."

Sie nahm den Beutel und stopfte ihn weg. „Das hoffe ich auch."

KAPITEL 24

Normalerweise wäre er längst in seinen Zimmern im Schloss eingeschlafen, aber heute Nacht konnte Bram nicht schlafen. Selbst die Krüge Bier, die er und Logan nach der Jagd getrunken hatten, betäubten seine Sinne nicht genug, um ihm zu erlauben, in den Schlummer zu fallen.

Es war Logans Vorschlag gewesen, sich nach der Rückkehr von der Jagd mit Alkohol zu entspannen. Aber es war eine kurze Nacht und nachdem er einen sehr betrunkenen Logan zurück in seine Zimmer gebracht hatte, fand sich Bram auf den Straßen von Avarell wieder. Er hoffte, dass ihn niemand für einen Dieb oder Landstreicher halten würde, da er keine Uniform trug.

Seine Gedanken kreisten vor Frustration. Er war nicht nur wegen der Köpfung des Stallburschen verärgert, sondern der Herzog hatte ihm nach der Jagd mitgeteilt, dass seine Beförderungsprüfung verschoben werden musste. Daraufhin wies er Bram für den nächsten Tag den Wachdienst auf der Schlossmauer zu. Diese Aufgabe fühlte sich wie eine Herabstufung an und sie hinterließ kein hoffnungsvolles Gefühl in Brams Herz. Tatsächlich hatte er die letzte Stunde damit verbracht, das Angebot des Gadleigh-Hauptmanns ernsthaft zu überdenken.

Der Hof von Gadleigh würde in ein paar Tagen ankommen. Der Hauptmann würde höchstwahrscheinlich ein privates Gespräch mit ihm wünschen. Er musste sich überlegen, was er sagen würde.

Wäre es nicht für Aurora, hätte er vielleicht schon zugesagt. Abgesehen davon würde er Logans Sticheleien vermissen, wenn er gehen würde. Zumindest, bis die Truppen durch die Allianz zusammengeführt wurden. Dennoch könnte es einige Zeit dauern, bis die beiden Armeen zu einer verschmolzen waren.

Die Andeutung eines Sonnenaufgangs brach am Horizont auf und warf ein rosafarbenes Glühen in den unteren Teil des Himmels. Aus dem Augenwinkel erregte eine schwarz gekleidete Gestalt, die durch die Straßen flitzte, seine Aufmerksamkeit. Er erstarrte, sein Adrenalinspiegel stieg und er rief: „Hey! Hey du!"

Die Gestalt warf ihm nur einen kurzen Blick hinter einer schwarzen Maske zu, bevor die Person hinter einem Gebäude verschwand. Bram nahm schnell die Verfolgung auf. Er umrundete den Laden, aber die Gestalt war verschwunden. Er blieb kurz stehen und suchte seine Umgebung nach einem Zeichen der verdächtigen Gestalt ab. Plötzlich regnete Staub und Schmutz vom Überhang des Ladens auf ihn herab. Als er sich weiter von dem Gebäude entfernte, konnte er die schwarz gekleidete Gestalt erkennen, die von Dach zu Dach hüpfte.

An der eng anliegenden Kleidung konnte er erkennen, dass es

sich um eine Frau handelte, was seine Neugier noch steigerte. Er rannte los, an den Gebäuden entlang und verfolgte sie, aber sie änderte plötzlich die Richtung. Er schimpfte, als er sie aus den Augen verlor, aber dann verriet das Geräusch einer zerbrechenden Terrakottafliese ihren Standort. Er schoss in die Richtung des Geräusches und begann, das Abflussrohr zu erklimmen. Ein fast pfeifendes Rauschen war zu hören und bevor er noch höher klettern konnte, fiel eine metallische Wetterfahne auf ihn, erwischte ihn am Kopf und ließ ihn fallen. Er landete auf der Seite, und obwohl der Schmerz durch ihn schoss, glaubte er nicht, dass irgendwelche Knochen gebrochen waren.

Neben ihm auf dem Boden lag die Wetterfahne und ein seltsames Metallinstrument. Bei näherer Betrachtung erkannte er, dass es eine Waffe war – und sie kam ihm sehr bekannt vor. Nicht bereit, die maskierte Gestalt entkommen zu lassen, schnappte sich Bram die Waffe und verstaute sie in seinem Mantel.

Indem er den Fluchtweg der Frau erahnte, durchquerte er zwei Gebäude, nahm Gassen, die ihm vertraut waren und suchte über sich nach Zeichen der Frau. Geschickt schaffte er es, sich vor sie zu stellen. Es war pures Glück, dass sie genau diesen Moment wählte, um vom Dach herunterzuspringen.

Als er der Gestalt gegenüberstand, konnte er das kompliziert gestickte Muster auf ihrer Maske sehen. Die Maske bedeckte den oberen Teil des Gesichts der Frau. In Verbindung mit dem schwachen Licht der Dämmerung und dem Schatten, den die Kapuze ihres Umhangs auf ihr Gesicht warf, konnte er ihre Gesichtszüge nicht ausmachen.

Dann fiel es ihm auf. Die Waffe hatte die gleiche Form wie die, die das drothidianische Mädchen in der Kluft benutzt hatte.

Aufregung kochte in ihm hoch, als er sie mit angehaltenem Atem anstarrte. Sie bewegte sich nicht, obwohl ihre Haltung ihm verriet, dass sie gleich loslaufen würde.

„Wer bist du?"

Sie antwortete nicht.

Ein lautes Klirren aus der Bäckerei hallte in den Straßen wieder, als hätte jemand ein Tablett fallen lassen und einige Dinge umgeworfen. Bram drehte seinen Kopf in Richtung des Lärms und hörte einen Mann, der einen Jungen anschrie, er solle vorsichtig sein. Er drehte seinen Kopf wieder zu der geheimnisvollen Frau, aber sie war verschwunden.

Einen Moment lang stand er fassungslos da und versuchte, etwas zusammenzusetzen, das am Rande seines Verstandes schwebte. Konnte es wirklich ein Zufall sein, dass diese mysteriöse Frau Shuriken als Waffe benutzte? Die gleiche Waffe wie das drothidianische Mädchen aus der Kluft. Und war es nicht seltsam, dass diese Frau nur eine Woche nach der Ankunft der drothidianischen Hohepriesterin auftauchte – eine Frau, von der er schwören konnte, dass sie die Doppelgängerin des gleichen Mädchens aus dem Spalt war?

Vielleicht… vielleicht war Lady Tori nicht ganz ehrlich zu ihm gewesen.

Er machte sich im Laufschritt auf den Weg zurück zum Schloss. Wenn seine Theorie stimmte, würde er Lady Tori in dem schwarzen Kostüm vorfinden, zweifellos außer Atem von ihrer Verfolgungsjagd. Die Aufregung über die Möglichkeit, dass er Recht hatte, beflügelte seinen Lauf, sein Adrenalin half ihm, schneller zu laufen als je zuvor.

Als er die Schlossmauern erreichte, war er kaum noch in der Lage, zu Atem zu kommen. Er ging an der großen Halle vorbei und machte sich nicht einmal die Mühe, Eleazar und Tiberius zu grüßen, als er an ihnen vorbeirannte. Sein erster Instinkt war, zu ihren Gemächern zu gehen, aber als er um die Ecke bog, bemerkte er, dass die Lichter in der Kapelle brannten. Er blieb kurz stehen, atmete schwer, als er in das Zwischengeschoss stürmte und das Erdgeschoss der Kapelle überblickte. Seine Stirn legte sich in Falten, als er den Anblick von Tori in ihrem blauen Mantel aufnahm, die am Altar kniete und betete. Er konnte ihr Gesicht nicht sehen, denn ihr Kopf war im Gebet gebeugt, die Kapuze fiel über ihren Kopf.

Sie schien nicht schwer zu atmen. Tatsächlich schien sie in Frieden zu sein. Und er konnte sich nicht dazu bringen, sie zu stören, nur um seine Theorie zu überprüfen. Eine heilige Sache wie ein Gebet zu stören, war verpönt. Die Erkenntnis, dass er sich irren könnte, trieb die Enttäuschung durch seine Adern. Der Gedanke, dass Lady Tori das Mädchen aus der Kluft war, hatte ihn irgendwie aufgemuntert. Aber sie konnte es nicht gewesen sein, wenn sie die ganze Zeit hier gewesen war.

Ein Dienstmädchen reinigte die Böden des Zwischengeschosses, ihr Eimer mit Seifenwasser war fast leer.

„Ihr da", flüsterte er. „Könnt Ihr mir sagen, wie lange Lady Tori schon im Gebet ist?"

„Mindestens 'ne Stunde, Sir", flüsterte das Dienstmädchen und runzelte dabei die Stirn. „So lang' war ich hier am Putzen, un' Lady Tori saß schon dar un' betete, als ich kam."

Er spürte, wie ein Seufzer seinen Mund nach unten zog. „Ich danke Euch."

Er sah noch einen Moment lang zu, völlig verärgert darüber, dass er sich geirrt hatte und dann erhob sich Tori vom Altar und ging ruhig in den kleinen Raum neben der Kapelle, wo die

Kapellenmaterialien aufbewahrt wurden. Er eilte die Treppe hinunter und huschte durch die Kapelle, in der Hoffnung, dass seine Theorie irgendwie doch richtig war.

Ohne nachzudenken, schmiss Bram die Tür zur Kammer auf.

Lady Tori, die gerade ein Buch in eines der Regale stellte, keuchte auf, ihr blauer Umhang wehte um sie herum, als sie sich zu ihm umdrehte. Wieder fiel sein Gesicht zu Boden.

„Oh. Guten Morgen, Herr Stormbolt. Kann ich Euch irgendwie helfen?"

Er musterte sie. Er konnte sich doch nicht geirrt haben, oder? Sie trug ein einfaches, aber elegantes lavendelfarbenes Kleid, kein eng anliegendes schwarzes Gewand. Er schaute sich im Zimmer um, falls sie das schwarze Kostüm in ihrer Eile beim Umziehen irgendwie abgelegt hatte, aber alles war ordnungsgemäß. Finja kniete in der Ecke des Raumes und sortierte Kerzen in einem Holzbehälter.

Er hatte sich geirrt. Die geheimnisvolle maskierte Frau war nicht Tori. Das Dienstmädchen sagte, Lady Tori sei mindestens eine Stunde lang im Gebet gewesen, wie konnte sie also an zwei Orten gleichzeitig sein? Er rieb sich am Kragen seiner Tunika, sein Herz fühlte sich an, als würde es in ihm schrumpfen.

„Nein. Nein. Nein. Ich war nur… es ist nichts. Ich dachte, ich hätte etwas gesehen, aber ich habe mich geirrt."

„Natürlich. Wenn Ihr mich entschuldigen würdet, jetzt, wo meine Morgengebete beendet sind, muss ich mich für das Frühstück fertig machen"

„Ja, ja. Natürlich. Es tut mir leid, dass ich Euch gestört habe. Wir sehen uns dann im Festsaal."

„Wir sehen uns dann. Und möge die Heilige Mutter Euch segnen." Sie neigte den Kopf.

Er erwiderte die Verbeugung und verließ dann den Raum, sein Kopf schwirrte vor Verwirrung.

KAPITEL 25

„Dummes Mädchen!" Finja warf die Holzkiste mit den Kerzen zur Seite.

„Dumm"?

„Ihr wurdet fast erwischt!"

„Nein, wurde ich nicht." Tori warf die Kapuze des blauen Umhangs von ihrem Kopf und enthüllte das mit Schweiß durchzogene Haar. „Es war in Ordnung. Unser Plan hat funktioniert. Das Mädchen, welches die Zwischenebene reinigt, muss ihm gesagt haben, dass ich – also, Ihr – schon eine Weile gebetet habt."

„Ich weiß nicht, wie man so lange beten kann", meckerte Finja und wischte sich den Staub von der Hose. „Mir taten schon nach den ersten fünf Minuten die Knie weh."

„Nun, es hat funktioniert. Sie dachte, ich wäre es. Und Bramwell wurde lange genug aufgehalten, um Euch am Altar zu beobachten und zu denken, dass ich es war, so dass ich mich umziehen konnte."

Während Bramwells Augen auf Finja gerichtet waren, hatte Tori in ihr Kleid schlüpfen können. Und als Finja in den Raum gekommen war, reichte sie Tori einfach den Umhang, der von ihr angezogen wurde, und tat so, als würde sie die Liturgiebücher weglegen.

„Bramwell? Seit wann nennt Ihr Herr Stormbolt bei seinem Vornamen?"

Tori wehrte sich gegen eine Errötung. „Das wollte ich nicht. Es muss an Raven liegen; sie hört nie auf, über ihn zu reden."

„Hmpf." Finja verschränkte ihre Arme über ihre Brust. „Nun, es war gut, dass Ihr genau dann zurückgekommen seid."

Tori zog eine ihrer Kapseln aus dem Beutel, den Goran ihr gegeben hatte. Finja schenkte ihr Wasser aus der Karaffe auf dem Schreibtisch des Kapellenbüros ein. Die Erschöpfung drückte auf Tori, als sie ihre Pille schluckte, aber sie hatte keine Zeit, sich bis nach dem Frühstück auszuruhen. Sie musste im Festsaal auftauchen, um keinen Verdacht zu erregen. Es war nur eine Frage der Zeit, bis jemand entdeckte, dass Hettie fehlte.

„Ich werde einen der Küchenmitarbeiter bitten, Euch einen schwarzen Tee zu bringen", sagte Finja. Sie muss bemerkt haben, wie Tori an ihren Augen rieb. „Es wird Euch aufwecken."

Tori schenkte ihr ein kleines Lächeln, das nicht zurückgegeben wurde. „Danke."

„War das Schiff da, als Ihr an den Hafen ankamt?"

„Ja. Hettie kam sicher an und Goran war erfreut."

„Gut. Wisst Ihr, was Ihr als nächstes tun müsst?"

„Ja. Die Bücher finden. In der Zwischenzeit habe ich einen Job für Euch."

„Für mich?"

„Ich muss eine Situation erschaffen, in der ich den Schlüssel stehlen kann, der um den Hals der Königin Regentin hängt."

Finja spottete. „Viel Glück, Kind."

„Ich habe bereits einen Plan, aber ich brauche Eure Hilfe, da Ihr das Küchenpersonal besser kennt als ich."

„Was ist das für ein Plan?"

„Hast du schon mal von dem Teufelszahn gehört?"

Finjas Augen verengten sich. „Nein. Aber so wie es sich anhört, habe ich Angst vor dem, was Ihr vorhabt. Gift wird bei der Königin Regentin nicht wirken. Sie hat Vorkoster für alles, was sie isst und trinkt"

„Aber gemischt mit der richtigen Menge an Palmetto-Samen und der Neutralisierung des Geschmacks durch ihren täglichen Tee, wird sie leichte Kopfschmerzen bekommen. Nicht genug, um sie krank zu machen, aber genug, um lästig zu sein. Ihre Vorkoster werden nicht genug davon einnehmen und wenn doch, wird ihr einziges Symptom ein Kopfschmerz sein, der innerhalb weniger Stunden wieder verschwindet."

„Und was ist der Grund dafür?"

„Wie könnte ich Lady Maescia sonst ein Heilmittel anbieten?"

Finja lächelte.

„Ich habe etwas in einem Beutel in meinen Gemächern. Ich bringe es Euch nach dem Frühstück, wenn Ihr jemanden vom Küchenpersonal dazu bringen könnt, es ihr für die nächsten Tage in den Tee zu tun."

„Betrachtet es als erledigt."

Bram stand am Fenster seines Zimmers und fuhr mit dem Finger über den Metall-Shuriken, den er auf der Straße gefunden hatte. Die mysteriöse Frau musste das drothidianische Mädchen sein. Und selbst wenn er sich irrte, dass Lady Tori dieses Mädchen war, war dieses Mädchen – diese Frau – in Avarell.

Der scharfe Biss von Metall weckte ihn aus seinen Gedanken. Er zuckte zusammen und saugte an dem Blutstropfen, der an seinem Finger floss.

Ein schnelles Klopfen an der Tür ertönte, bevor Logan sich selbst hereinließ. „Hast du keinen Hunger, mein Freund? Die berühmten Himbeertörtchen der Küche sind das perfekte Mittel gegen einen Kater."

„Meinem Kopf geht es gut", sagte Bram und grinste, als er den Shuriken wegräumte. „Es ist *dein* Kopf, der immer das Problem war."

Gemeinsam gingen sie hinunter in den Bankettsaal, während Logan den merkwürdigen Traum beschrieb, den er von einem Fuchs hatte, der auf seinem Balkon spazieren ging.

„Ich schwöre, es hat mich ausgelacht", sagte Logan.

„Lachen Füchse überhaupt?", fragte Bram.

„Der hier schon."

Sie bogen um die Ecke und Bram entdeckte Lady Tori, die gerade den Bankettsaal betreten wollte. „Lady Tori", rief er, ohne darüber nachzudenken, was er sagen wollte.

Sie hielt inne und schenkte ihm ein Lächeln. „Herr Stormbolt. Wie schön, Euch wiederzusehen."

„Ich wollte Euch über Eure Morgengebete fragen."

Sie faltete ihre Hände vor sich und wartete darauf, dass er fortfuhr. „Wie oft macht Ihr die normalerweise? Jeden Morgen?"

Logan hob eine Augenbraue und dachte wahrscheinlich, es sei eine seltsame Frage. Aber Bram konnte nicht anders, als mit ihr sprechen zu wollen, auch wenn es um etwas so Alltägliches wie Morgengebete ging.

„Ich versuche es", antwortete Lady Tori.

„Ich habe nur …" Er rieb sich am Kinn. „Ich finde es seltsam, denn das war das erste Mal, dass ich ein solches Ritual gesehen habe. Bei Ihnen, meine ich. Seit Ihr hier seid."

Logan lehnte sich näher an Bram heran. „Bist du sicher, dass du nicht noch betrunken bist?"

Bram schob ihn weg und achtete darauf, das Lächeln auf seinem Gesicht für Lady Tori aufrechtzuhalten.

„Was ist mit Eurem Finger passiert?", fragte sie.

Er blinzelte verwirrt. „Was?"

Sie nahm seine Hand. „Ihr habt eine Schnittwunde. Es sieht etwas geschwollen aus."

„Es ist nichts." Innerlich genoss er das Gefühl ihrer weichen Hand auf seiner.

„War es auf Metall?"

„Warum fragst Ihr das?" Er fragte sich, ob sie wusste, dass er sich an dem Shuriken geschnitten hatte.

„Ihr seid in der königlichen Wache. Ihr benutzt Schwerter täglich. Die Chancen stehen hoch, dass Ihr Euch an einem geschnitten habt."

„Oh. Ähm, ja, es war Metall. Warum?"

„Es könnte sich infizieren." Sie hielt immer noch seine Hand und zog ihn mit. „Kommt mit. Bitte entschuldigt uns, Herr

Rathmore."

„Natürlich, Lady Tori", sagte Logan und nickte Bram zum Abschied zu.

Sie ging weiter den Flur entlang und zog ihn mit sich, bis sie die Türen erreichten, die zum Innenhof führten. Sie machten sich auf den Weg zu einem Teil der Gärten, in dem es eine Million verschiedene Arten von Pflanzen gab.

„Was machst Ihr da?", fragte er.

„Hört auf zu zappeln. Ich helfe Euch."

Sie tastete die Pflanzen ab, blieb bei einer stehen und bückte sich, um ein Blatt zu pflücken. Sie nahm einen kleinen Beutel aus dem Gürtel ihres Rocks und holte eine winzige Ampulle heraus. Aus dem Fläschchen tupfte sie eine Art Salbe auf das Blatt.

„Was ist das?"

„Habt Ihr Angst?" Sie grinste.

Er verengte die Augen, aber ein kleines Lächeln machte sich auf seinem Gesicht breit.

Sie wickelte das ölige Blatt um seinen Finger und holte dann einen kleinen Stoffstreifen aus einer Innentasche ihres blauen Umhangs. Ihre Blicke trafen sich, als sie das Tuch um das Blatt band. „Da. Jetzt bekommt Ihr keine Infektion mehr."

„Danke", sagte er, seine Augen immer noch auf sie gerichtet. Die subtilen Kurven ihres Gesichts waren hypnotisierend. Er erinnerte sich daran, wie er die Drothidianerin so angesehen hatte, als sie sich um seine Wunden kümmerte.

Lady Tori räusperte sich und trat einen Schritt zurück.

„Um Eure Fragen zu beantworten, ich nehme an, meine Reisen haben mich aus meinem Zeitplan geworfen", sagte sie und unterbrach seine Gedanken. „Aber durch die letzten... Todesfälle wurde ich daran erinnert, wie wichtig es ist, mit der Heiligen Mutter zu kommunizieren. Ich sollte jetzt wieder auf dem richtigen Weg sein. Möchtet Ihr an einer Liturgie teilnehmen?"

Er wurde von ihrer Frage überrumpelt. Er stammelte einen Moment lang, bevor er antwortete. „Ich bin kein sehr religiöser Mann."

„Das ist in Ordnung. Ihr könnt einfach kommen, um nachzudenken. Um über die Fragen nachzudenken, die Ihr in Euch tragt. Ihr wärt überrascht, welche Antworten ihr finden könntet, wenn ihr einfach nur still genug seid, um zuzuhören."

Er lächelte sie wieder an. „Danke, Lady Tori. Vielleicht komme ich auf Euer Angebot zurück."

Tori war dankbar, dass nichts ihren Mittagsschlaf behinderte, denn sie brauchte ihn dringend. Aber jetzt, wo sie sich etwas ausgeruht hatte, brauchte sie etwas frische Luft. Als sie hinaus in die Gärten spazierte, traf sie auf Prinz Theo, der auf dem Weg hockte und ein Spiel mit kleinen Steinen und einem winzigen Ball spielte.

„Oh, ich kenne dieses Spiel", sagte sie.

„Wirklich?"

„Ja. Ich habe es gespielt, als ich in Eurem Alter war. Mit meiner Schwester."

Er streckte ihr den Ball entgegen. „Ihr habt eine Schwester."

Sie wollte erklären, dass sie zwei hatte, aber sie wollte ihn nicht mit mehr Gerede über den Tod betrüben. „Ja. Ihr Name ist Taeyeon."

Er schaute überrascht, als sie sich in ihrem großen Kleid auf dem

Weg niederließ. Sie ließ den Ball hüpfen und schnappte sich ein paar Steine, bevor sie den Ball in derselben Hand auffing.

„Ihr seid gut", verkündete er.

„Danke."

„Schafft Ihr drei Steine?"

„Ich schaffe sogar fünf", prahlte sie. Dann prallte sie den Ball wieder auf und schnappte sich fünf Steine, um ihren Punkt zu beweisen.

Er lachte. „Dann muss ich wohl besser werden, damit ich Euch schlagen kann."

„Ich bin sicher, Ihr werdet es in kürzester Zeit beherrschen."

„Dann müsst Ihr versprechen, morgen wieder mit mir zu spielen."

„Morgen nach dem Frühstück", sagte Tori. „Ich verspreche es."

Von den gewölbten Gängen her ertönte ein Rauschen. Tori stand auf und sah, wie Mitglieder der Wache der Königin in Richtung des Hauptteils des Schlosses eilten. Dann entdeckte sie den Herzog, der hinter ihnen marschierte, mit einem wütenden Gesichtsausdruck

„Was ist los?", fragte Prinz Theo.

Tori ließ einen langsamen Atemzug aus. „Ich bin mir nicht sicher", log sie. Tatsache war, dass sie genau wusste, was passierte.

KAPITEL 26

Bram fühlte sich, als hätten sie tagelang gesucht, dabei waren es nur ein paar Stunden gewesen. Er und Logan waren der Gruppe zugeteilt gewesen, die das Schloss und das umliegende Gelände abdeckte, um nach der vermissten Magd des Herzogs, Hettie, zu suchen. Eleazar, Tiberius und Azalea wurden mit einer anderen Gruppe in die Stadt geschickt, um die Gebäude und Gassen von Avarell zu durchsuchen, für den Fall, dass sich das Mädchen irgendwo in der Nähe versteckte. Der Herzog war wütend gewesen, als er herausfand, dass seine Dienerin fehlte und realisierte, als sie nicht kam, um seine Stiefel zu putzen, dass sie wahrscheinlich weggelaufen war. Seinen Dienst zu vernachlässigen war nichts, was man auf die leichte Schulter nahm, besonders wenn man der Diener eines Adligen war.

„Warum sollte sie weglaufen?", fragte Bram.

„Vielleicht war sie es leid, seine schmutzige Wäsche zu riechen", scherzte Logan.

„Nun, was auch immer der Grund ist, sie ist weg. Sie ist in keinem der Räume und es gibt kein Zeichen von ihr in den Tunneln."

„Vielleicht sollten wir in den lokalen Kneipen nachsehen." Er zwinkerte Bram zu.

„Ich verstehe ehrlich gesagt nicht, was daran so schlimm ist. Kann er nicht eine andere Dienstmagd haben?"

„Er könnte hundert haben. Aber wenn er diejenige will, die weggelaufen ist, wer sind wir dann, ihn in Frage zu stellen?"

„Soldaten, die Besseres zu tun haben?"

„Bram, was ist in dich gefahren? Du wirkst in letzter Zeit so rebellisch."

Bram schüttelte den Kopf. „Nichts."

Bram dachte an die geheimnisvolle Dame in Schwarz. Könnte sie etwas mit dem Verschwinden der Dienerin des Herzogs zu tun haben? Warum sollte jemand einem Diener helfen, das Schloss zu verlassen? Seine Pflicht zu verlassen? Was hatte die Frau in Schwarz für eine solche Tat zu gewinnen?

Aurora erschien am Ende der Halle und eilte auf sie zu. „Die anderen Soldaten sind aus der Stadt zurückgekehrt. Keiner hat das Mädchen gefunden. Lady Maescia will, dass wir uns im Thronsaal treffen."

Logan und Bram tauschten einen Blick aus und folgten dann Aurora in den Thronsaal. Die Königin Regentin setzte sich auf ihren massiven Thron, die Prinzessin neben ihr. Der Herzog, der jetzt rotgesichtig und wütend war, schritt vor den Thronen umher, die Hand am Griff seines Schwertes, als würde er es jeden Moment rausziehen und losschlagen.

Sie warteten, während der Rest der Truppe in den Raum kam und sich versammelte, um zu hören, was Lady Maescia zu sagen hatte.

„Wie ihr wisst", sagte die Königin Regentin schließlich, als der Raum voll war, „ist eine der Mägde von Herzog Grunmire verschwunden. Wir glauben, dass sie ihren Dienst ohne Vorankündigung verlassen hat. Wir glauben aber auch, dass jemand über ihr Verschwinden Bescheid weiß und gelogen hat, als er dazu befragt wurde."

Der Herzog verlagerte sein Gewicht von den Zehen auf die Fersen und wieder zurück, sein Blick schweifte über die Menge, während er den Kiefer zusammenbiss.

„Wenn Informationen über das Verschwinden der Magd nicht bekannt werden, habe ich keine andere Wahl, als eine Bestrafung ihrer Mitbewohnerinnen zu veranlassen."

Toris Hände waren zu Fäusten geballt. Sie beobachtete, wie Hetties Mitbewohnerinnen vor die Königin und die Prinzessin geschleppt wurden und die Wachen sie auf die Knie zwangen. Sie erkannte sie aus der Nacht, in der sie sich in Hetties Zimmer geschlichen hatte. Sie hatten ihr Wort gehalten. Sie hatten nichts davon gesagt, dass eine maskierte Frau Hettie zur Flucht verholfen hatte. Aber jetzt würde ihre Loyalität zu Hettie sie kosten. Toris Muskeln spannten sich bei dem Gedanken an das, was mit ihnen passieren könnte, an. Und was auch immer es war, sie war schuld daran.

„Ich frage noch einmal", sagte Lady Maescia zu den jungen

Frauen vor ihr. „Wisst ihr etwas über Hetties Verschwinden?"

Beide jungen Frauen schüttelten den Kopf und murmelten, dass sie es nicht wüssten.

„Wenn das eure letzte Antwort sein soll, dann bleibt mir nichts anderes übrig, als euch beide für die Lüge am Königshof zu bestrafen."

Die Mitbewohnerinnen klammerten sich aneinander. Eine von ihnen weinte, die andere hielt ihr Kinn hoch.

„Der Königin, der Regentin oder der Prinzessin gegenüber unehrlich zu sein, ist ein Verbrechen, das nicht toleriert wird. Daher werdet ihr zu einer Strafe meiner Wahl verurteilt."

Der Herzog hob sein Kinn und wartete auf Lady Maescias Urteil. Die Prinzessin schlug die Hände zusammen, behielt aber ein stoisches Gesicht.

„Wachen", rief Lady Maescia. „Um Mitternacht, bringt bitte diese beiden Frauen aus der Stadtmauer und werft sie beide in die Kluft."

Tori unterdrückte ein protestierendes Brüllen. Ihr Blut kochte vor Frustration. Diese Mädchen hatten nichts Falsches getan, außer ein Versprechen an ihre Freundin zu halten. Sie konnte nicht zulassen, dass ihnen das passierte. Sie wollte nicht zulassen, dass Unschuldige unter der Hand eines unfähigen Herrschers die Konsequenzen tragen mussten. Nein. Heute Nacht um Mitternacht würde sie zur Kluft gehen.

KAPITEL 27

Tori richtete den schwarzen Mantel an dem Verschluss ein, die Länge des Mantels fiel über ihr schwarzes Outfit. Sie holte tief Luft und ging im Kopf ihre Vorräte durch.

„Ich weiß nicht, warum Ihr darauf besteht, da rauszugehen", sagte Finja.

„Ich saß einfach da, als Rudy geköpft wurde. Saß da! Wie ein Klotz. Ich konnte nichts dagegen tun. Aber hiergegen kann ich etwas tun."

Finja spottete. „Wo Krieg ist, gibt es immer Tote."

„Ich wusste nicht, dass dies schon ein Krieg ist." Sie verstaute ihre Shuriken an ihrem Platz. „Lady Maescia widert mich an. Wie kann ich einer solchen Königin dienen?"

„Ihr seid nicht hier, um ihr zu dienen. Ihr seid hier, um Eure Aufgaben zu erfüllen. Wenn es uns gelingt, Euch in den Turm zu bringen, um die wahre Königin zu finden, dann können wir Lady Maescia vom Thron verbannen lassen."

„Dieser Tag kann nicht früh genug kommen", murmelte Tori und warf sich die Kapuze über den Kopf.

Mit zusammengekniffenen Augen und einem Stirnrunzeln sah Finja zu, wie Tori von ihrem Balkon hinunterkletterte und in der Nacht verschwand. Was sie geplant hatte, war komplizierter, als in das Zimmer eines Dieners einzubrechen oder jemanden zu dem Hafen zu schmuggeln. Sie konnte nicht sicher sein, in welchen Teil der Kluft die Wachen die beiden jungen Frauen bringen würden. Sie würde ihnen entweder folgen müssen – was sich zu Fuß als schwierig erweisen würde – oder sich irgendwie auf die Kutsche schleichen müssen, die sie in die Kluft brachte.

Tori entschied sich für die zweite Möglichkeit.

Die beiden Mitbewohnerinnen saßen sicher in der Kutsche, die von zwei Soldaten bewacht wurde, der Herzog saß auf dem Sitz an der Vorderseite der Kutsche neben dem Kutscher. Sicher, dass niemand sie sehen konnte, sprang sie auf den hinteren Teil der Kutsche, sobald diese das Schloss verließ. Sich festzuhalten war ein schwieriges Unterfangen, aber als sie mit ihrem Kunai in den hölzernen Rahmen der Kutsche stach und sich festhielt, wurde es viel einfacher. Es half, dass die Stadt in Dunkelheit getaucht war. Die Fahrt über die kopfsteingepflasterten Straßen machte ihr immer noch zu schaffen und sie stieß einen Seufzer der Erleichterung aus, als sie endlich die Stadt verließen und am Wald langsamer wurden.

Tori sprang von der Kutsche, bevor sie ganz zum Stehen kam, rannte geduckt und suchte sich einen Baum, hinter dem sie sich verstecken konnte. Von ihrem Versteck aus konnte sie sehen, wie der Herzog aus der Kutsche stieg und den Soldaten befahl, die Frauen in den Wald zu führen.

Tori ging näher heran, um einen Weg zu finden, in die Kluft hinunterzuklettern und nach Untoten zu suchen, die sich in der Nähe aufhalten könnten. Ihr Fuß berührte einen Felsen, der in die Kluft hinabstürzte. Der Herzog drehte seinen Kopf in Richtung des Geräusches. Tori zog sich schnell auf die Äste des Baumes, schlüpfte in die Deckung des Laubes und zog ihre Füße hoch, gerade bevor der Herzog vorbeikam. Sie hielt den Atem an, dankbar, dass sie Schwarz trug und wartete, bis er sich wegbewegte. Aber der Herzog war hartnäckig und untersuchte die Umgebung mit einem scharfen Blick.

„Was ist los, Herzog Grunmire?", fragte einer der Soldaten.

„Ich dachte, ich hätte etwas gehört."

„Könnten die Untoten sein", sagte der Soldat. „Sie sind da draußen, bereit zu fangen, was wir reinwerfen. Es ist wie das Füttern hungriger Hunde."

Der Herzog wandte sich von den Bäumen ab. „Dann lass sie nicht länger warten."

Tori stand über ihm. Wären da nicht die Soldaten und der Kutscher gewesen, wäre es eine perfekte Gelegenheit gewesen, sich auf ihn zu stürzen und ihm die Kehle aufzuschlitzen. Sicherlich konnte sie auch die Soldaten und den Kutscher beseitigen. Sie hatte genug Waffen dabei. Aber sie dachte zu lange darüber nach, und der Herzog bewegte sich zurück zur Kutsche.

Sie senkte den Kopf, um zu sehen, was aus den beiden jungen Frauen geworden war und erblickte sie gerade noch rechtzeitig, um zu sehen, wie die beiden Wachen sie zum Abgrund des Grabens schleppten. Die Frauen zappelten und strampelten, ihre Arme waren mit Seilen hinter dem Rücken gefesselt. Auf das Kommando des

Herzogs hin wurden die beiden Frauen mit den Stiefeln der Soldaten über den Rand geschoben.

Tori presste ihren Kiefer zu und zuckte zusammen, als die dumpfen Schläge und Schreie der fallenden Mitbewohnerinnen an ihre Ohren drangen. Sie war sich nicht einmal sicher, ob sie noch am Leben sein würden, wenn sie sie fand.

Der Herzog, der zufrieden aussah, kletterte mit den Soldaten in die Kutsche und sobald sie die Kutsche umgedreht hatten, waren sie auf dem Weg zurück zum Schloss.

Tori ließ sich vom Baum hinunterfallen und suchte verzweifelt nach einem nicht zu steilen Abhang. Ihre Hände brannten mit ein paar Schnitten, als sie sich einen Weg in die Schlucht hinunter bahnte, um die Frauen zu finden.

Ihr Gestöhne half ihr, sie zu lokalisieren, aber der Lärm war auch eine gefährliche Sache in der Kluft. Wenn sie sich nicht ruhig verhielten, kamen mit Sicherheit Untote auf sie zu.

Die mutigere der Frauen, die sich irgendwie von ihren Fesseln befreit hatte, half der anderen aufzustehen. Sie griff nach dem Seil an den Handgelenken der Frau, zog und riss daran, um sie von ihr zu befreien. Sie war so sehr auf diese Aufgabe konzentriert, dass sie nicht sah, wie sich ein Untoter von hinten näherte.

Tori schleuderte einen Shuriken nach der Kreatur und traf es ins Auge. Der Untote taumelte und fuchtelte mit den Armen, bevor er zu Boden stürzte. Die Frauen keuchten bei seinem Anblick entsetzt auf und dann richteten sich ihre Augen auf Tori.

„Du!", sagte die Mutigere.

„Ruhig", drängte Tori. „Sie werden euch hören."

Tori nahm ihren Kunai und schnitt dem verängstigten Mädchen das Seil von den Handgelenken ab.

„Da!", rief die Mutigere der beiden. „Hinter dir!"

Tori drehte sich um und entdeckte einen Untoten, der auf sie zustürmte. Sie drehte ihren Kunai in der Hand herum und schleuderte es auf die Kreatur zu. Die Klinge ging direkt durch seine graue, verfallende Stirn. Er fiel sofort nach hinten und stieß rasselnd Luft aus seinem Mund aus, bis er schließlich stillstand. Tori legte ihren Stiefel auf seinen Hals, sicherheitshalber, während sie ihren Kunai herausholte und es an ihrer Hose abwischte.

Als sie sich umdrehte, starrten die beiden Frauen sie an.

„Wer bist du?", fragte eine von ihnen.

„Niemand von Bedeutung."

„Da bin ich anderer Meinung. Du hast unser Leben gerettet."

„Ja. Aber ich fürchte, euer Leben wird von nun an anders sein. Ihr könnt nicht nach Avarell zurückkehren. Wenn ihr erwischt werdet, werdet ihr mit Sicherheit hingerichtet."

Die ängstlichere Frau legte ihre Arme um sich selbst. „Wo sollen wir hingehen?"

„Komm. Ich bringe euch zur Westgrenze der Kluft. Von dort aus kann man nach Drothidia reisen. Dort gibt es viele kleine Dörfer. Vielleicht findet ihr dort eine Unterkunft und könnt jemanden zur Hilfe überreden. Da draußen habt ihr wenigstens eine Chance."

Das ängstliche Mädchen ließ einen erschauderten Atemzug aus und dann umarmte sie plötzlich Tori. „Danke. Ich danke dir von ganzem Herzen."

Tori nickte, als das Mädchen sie losließ. „Bedank dich noch nicht bei mir; ich muss euch immer noch aus der Kluft holen. Lasst uns gehen."

KAPITEL 28

Wrena trug einen Schimmer von rosa Farbe auf ihre Lippen auf. Es war ein Geschenk von Lady Tori, die ihr Versprechen hielt, einige einfache Vorräte für sie und die Hofdamen zu liefern.

Sie konnte fast am Geräusch der Schritte im Flur erkennen, dass Aurora in der Nähe war. Mit einem kleinen Grinsen sprang sie von ihrem Stuhl und rannte zur Tür, um sie zu öffnen. Wie sie es vermutet hatte, rannte Aurora auf sie zu. Aber als sie den Gesichtsausdruck von Aurora aufnahm, verschwand Wrenas Grinsen.

„Was ist los?", fragte Wrena, zog Aurora in ihr Zimmer und schloss die Tür.

Auroras Augen waren groß, die Farbe aus ihrem Gesicht verschwunden. „Es geht um Patrick. Rudys Geliebten. Er wurde erhängt im Kerker gefunden."

Wrena ließ Auroras Handgelenke fallen, ihre Hände flogen zu ihrem Gesicht. „Jemand hat ihn umgebracht?"

„Nein. Er war allein in seiner Zelle. Es sieht so aus, als hätte er sich selbst erhängt."

Sie starrten sich gegenseitig an, die Nachricht und deren Zusammenhang mit ihnen sackte ein. Aurora schloss die Lücke zwischen ihnen und schlang ihre Arme um Wrena. Wrena drückte sie fest an sich, sie wollte sie nicht loslassen. Wie konnte dieses Gefühl zwischen ihnen zu etwas so Finsterem wie dem Tod führen? Wie konnten solche Traurigkeit und Kummer aus etwas so Wunderbarem und Erhebendem wie Liebe entstehen?

Langsam trennten sie sich, die Traurigkeit stand ihnen beiden noch immer ins Gesicht geschrieben.

„Deine Lippen sehen rosa aus", sagte Aurora.

Wrena legte ihre Fingerspitzen auf ihre Unterlippe. „Das war eine Färbung von Lady Tori. Sehe ich damit albern aus?"

Der Hauch eines Lächelns erschien auf Auroras Gesicht. „Nein. Du siehst wunderschön aus, wie immer."

„Müssen wir wirklich zum Fest der Sonnenwende gehen?" „Es wird Gerüchte geben, wenn wir es nicht tun." Aurora zuckte mit den Schultern. „Außerdem heißt es in der Legende, wenn man der Heiligen Mutter nicht seine Wertschätzung für die Sonnenwende zeigt, folgt das Verderben."

„Dumme Legende."

„Du glaubst nicht, dass es wahr ist?"

Wrena atmete besiegt aus. „Ich glaube, das Verderben hat bereits begonnen."

Aurora ließ sich in einen Stuhl fallen, die Brauen

zusammengezogen.

„Was ist mit deiner Tante los?"

„Ich weiß es nicht. Sie hat sich verändert."

„Menschen für kleinere Verbrechen zu enthaupten? Leute in die Kluft zu werfen? Das ist mehr als grausam."

„Ich kann mir nicht einmal vorstellen, wie sie auf die Strafe gekommen ist. Es ist unmenschlich."

„Ganz zu schweigen davon, unschuldige Menschen zu bestrafen. Diese Mädchen haben nichts falsch gemacht."

„Ich weiß." Wrena schloss die Augen und schüttelte den Kopf. „Es ist schrecklich."

„Kannst du nicht mit ihr reden?"

„Und was sagen?"

Aurora stand auf, trat auf sie zu und reichte ihr die Hand. „Kämpfe für uns, Wrena. Kämpfe für das Volk."

„Ich fürchte, meine Bitten würden auf taube Ohren stoßen. Sie wird mich nicht ausreden lassen. Ich kann nicht mal mit ihr über den wahren Grund sprechen, warum ich Prinz Liam nicht heiraten will."

Sie waren für einen Moment still, jeder von ihnen dachte über ihr Schicksal nach.

„Vielleicht sollten wir wegrennen", schlug Wrena vor. „Wir könnten bei meinem Onkel, Prinz Rainer, in Creoca wohnen. Er würde uns aufnehmen, uns Zuflucht gewähren."

Aurora blinzelte und ließ ein Lachen des Unglaubens los.

„Creoca? Es ist immer kalt dort."

„Aurora." Wrena wusste, dass sie einfach versuchte, das Thema der Flucht aus Avarell zu vermeiden.

„Ich weiß nicht, ob ich das könnte." Sie drehte sich um und

spielte mit den Enden ihrer Haare. „Ich kann Vater nicht verlassen. Und Bram. Außerdem sollst du hier regieren. Was passiert, wenn du nach Creoca gehst? Wirst du deinen Anspruch auf den Thron verlieren?"

Wrena nahm Auroras Hände von ihren Haaren. „Allianzen ändern sich. Aber mein Herz nicht. Es ist mit dir."

„Zu gehen, würde die Dinge nicht ändern, Wrena. Die Dinge werden hier immer schlimmer werden. Nur du hast die Möglichkeit, deine Tante zur Vernunft zu bringen. Wenn nur deine Mutter …"

Stille erfüllte den Raum. Sie wussten besser, als sich auf die Wahrscheinlichkeit zu verlassen, dass die Königin sich von ihrer Krankheit erholen würde.

Trotzdem hatte Wrena es nicht in sich, aufzugeben. „Meine Tante sagt, sie tut alles, was sie kann, um ein Heilmittel für sie zu finden. Sie hat die besten Mediziner aus der ganzen Welt eingestellt."

„Ich habe sie gesehen. Ab und zu mal. Aber nicht besonders oft. Sie sind so schnell in und aus dem Schloss, dass niemand merken würde, dass sie hier waren."

„Sie reisen von großen Entfernungen. Ich bete, dass einer von ihnen in der Lage sein wird, sie zu heilen. Sie könnte unsere einzige Hoffnung sein" Sie bewegte ihre Hand, um Auroras Wange zu streicheln, aber dann blieb sie kurz stehen, ein beunruhigender Gedanke kam plötzlich zu ihr.

„Warte. Du sagtest, Patrick hat sich erhängt?"

„Ja."

„Woher hatte er das Seil?"

Aurora schüttelte den Kopf, die Brauen gesenkt. „Ich weiß es nicht. Ich kann mir nicht vorstellen, dass es ihm jemand gegeben hätte. Nur die Wachen hatten Zugang zur Zelle."

„Nicht nur Wachen. Herzog Grunmire auch."

Wie Bramwell vermutet hatte, traf ein Brief des Hauptmanns der Gadleigh-Armee für ihn ein. Ihre Ankunft rückte immer näher und es wurde um ein privates Treffen gebeten. Mehr denn je verspürte Bram den Druck, über sein Angebot nachzudenken. Vielleicht konnte er es dieses Mal annehmen. Es gab keinen Zweifel, dass sein Vater das Bündnis mit ihnen mit einem Lächeln aufgenommen hätte. Die Armeen von Gadleigh und Avarell würden nach der Vereinigung von Prinz Liam und Prinzessin Wrena schließlich zu einer einzigen werden, spielte es also eine Rolle, dass er möglicherweise Stufen zu einer höheren Position übersprang?

Das Klopfen an der Tür erfolgte in einem Takt, der nur bedeuten konnte, dass Logan da war. Bram steckte den Brief von Gadleigh weg.

„Bereit, zum Fest zu gehen?", fragte Logan, als Bram die Tür öffnete.

„Ja. Ich bin am Verhungern."

Sie liefen nebeneinander den Korridor entlang, während Logan ein Lied summte.

„Was hat dich denn in so eine gute Laune versetzt?", fragte Bram.

„Ich weiß nicht." Logan schaute über seine Schulter, als ob er prüfen wollte, ob jemand in der Nähe war. Dann beugte er sich näher zu Bram. „Azalea sagte, sie hätte einige der anderen reden hören. Es wird gemunkelt, dass bei den Verhandlungen Avarells

Soldaten einen höheren Rang einnehmen sollen als Gadleighs Soldaten. Was für ein Glück, nicht wahr?"

„Wurde dieses Gerücht bestätigt?"

Logan zuckte mit den Schultern. „Nein. Aber es ist möglich."

„Wie kommst du darauf?"

„Avarell ist flächenmäßig größer als Gadleigh und wir haben mehr Männer… und eine Frau. Außerdem beherbergen wir die Prinzessin. Jeder weiß, dass das der entscheidende Faktor ist. Sie ist der Preis und wenn Gadleigh sie will, sollten sie sich an unsere Regeln halten."

„Sie ist kein Gegenstand, Logan. Sie ist ein Mensch."

Logan kratzte sich an seinem Kopf. „Ja. Ja. Ja. Natürlich. Ich habe es nicht so gemeint. Ich meinte nur, dass sie wichtiger ist."

Bram grinste. „Sicher hast du das so gemeint."

„Also, hast du vor, nach dem Essen mit Raven spazieren zu gehen?"

Brams Stirn runzelte sich. „Warum fragst du das?"

„Die Damen sind in heller Aufregung, seit Lady Tori ihnen kleine Geschenke bereitet hat."

Die Erwähnung von Lady Tori brachte Bram zu voller Aufmerksamkeit. „Geschenke?"

„Kleine Töpfchen mit Parfüm und Salben und so. Ich weiß nicht, wie es den anderen geht, aber Ace schien ziemlich begeistert zu sein. Sie hat eine Art Creme bekommen, die ihre Haut weich macht und das hat ihr so viel Selbstbewusstsein gegeben, dass sie mir gegenüber ziemlich… vorlaut geworden ist."

„Ich verstehe."

„Ich glaube, ich muss heute Abend Lady Tori ansprechen und mich bei ihr bedanken."

Bram lachte, als sie den Festsaal betraten. In einem kleinen Kreis versammelt, lachten und flüsterten die Damen des Hofes miteinander. Allerdings war Auroras Gesichtsausdruck eher gedämpft. Bram fragte sich, ob sie sich über ihr Geschenk nicht so sehr freute wie die anderen.

Als die Königin Regentin und die Prinzessin den Raum betraten, wurde die Menge still und nahm ihre Plätze an den Tischen ein. Dann erschien Lady Tori, die groß und elegant in ihrer blauen Robe aussah. Sie rief alle zur Aufmerksamkeit auf und begann mit der Segnung des Mahls zur Sonnenwende, alles im Namen der Heiligen Mutter. Aber Bram konnte sich nicht auf ihre Worte konzentrieren. Er beobachtete ihre graziösen Bewegungen und ihren sanften Ausdruck, während sie sprach und irgendwie fand er Frieden und Komfort, nur indem er sie ansah.

Sie hatte gesagt, er solle in die Kapelle kommen, um über alle seine Fragen nachzudenken, die ihn beunruhigen könnten. Vielleicht sollte er in die Kapelle gehen, wenn sie das nächste Mal dort war und darüber nachdenken, ob er Gadleighs Angebot annehmen sollte oder nicht. Könnte das Gerücht, das Logan ihm erzählt hatte, wahr sein? Was, wenn er Gadleighs Angebot annahm und daraufhin im Rang herabgestuft wurde? Vielleicht würde er mit dem Hauptmann darüber sprechen müssen, um die Wahrheit herauszufinden.

War es das, was plötzlich den Impuls ausgelöst hatte, in die Kapelle zu gehen? Oder war es der Drang, mit Lady Tori allein zu sprechen?

KAPITEL 29

Der kühle Wind, der über Toris Balkon wehte, trug wenig dazu bei, das unangenehme Gefühl das in ihr brannte, zu beruhigen. Es war nicht nur ein Symptom des Phönixfiebers; ihre Haut kribbelte immer noch vor Abscheu über die Art und Weise, wie Lady Maescia ihre Mitmenschen bestrafte. Und die Neuigkeiten von Patricks Erhängen im Kerker drehten ihr den Magen um. Wenn sie nicht auf einer Mission dort gewesen wäre, wenn sie nicht in Avarell hätte bleiben *müssen*, um ihre Familie zu retten, hätte sie schon längst ihr Mandat aufgegeben und das Königreich verlassen.

Mit einem Gefühl des Erstickens zog sie sich von ihrem Balkon zurück und holte ihren Umhang. Sie musste nach draußen gehen. Takumi warf ihr einen fragenden Blick zu, als sie auf die Tür ihrer Kammer zuging.

„Ich brauche nur etwas Luft." Sie verengte ihre Augen auf ihn.

„Sei brav."

Als sie den Flur im Erdgeschoss erreichte und die Türen zum Innenhof aufschob, schienen sich die angespannten Muskeln in ihren Schultern etwas zu entspannen. Vielleicht, weil es sich so anfühlte, als würde sie gleich weglaufen. So weit konnte sie nicht gehen, aber wenn sie einfach so lange weiterlief, wie ihre Beine sie tragen konnten, ohne das Schlossgelände zu verlassen, dann konnte sie vielleicht ein wenig aufatmen.

Der Tag war düster und grau geworden, passend zu dem Gefühl in ihrem Herzen. Als das Wiehern eines Pferdes an ihr Ohr drang, wurde ihr klar, dass sie in Richtung der Ställe gelaufen war. Es war, als würde sie unbewusst Rudy würdigen.

Das Wiehern der Pferde wurde lauter als sie näher kam, der Drang, ein Pferd zu streicheln, wuchs immer mehr. Wenn sie der Natur nahe war, fühlte sie sich immer besser. Vielleicht war alles, was sie brauchte, ein bisschen Tierinteraktion.

Als sie die Ställe betrat, entdeckte sie eine Figur, die eines der Pferde bürstete. Beinahe hätte sie den Stall verlassen, um niemanden zu unterbrechen oder zu stören, aber dann erkannte sie, dass es Bramwell war. Als ob er ihre Anwesenheit bemerkte, drehte er sich um.

„Oh", sagte sie und fühlte sich unbehaglich. „Tut mir leid. Ich wusste nicht, dass Ihr hier sein würdet."

Er ließ ein kleines Lachen los. „Das ist schon in Ordnung. Kommt näher, wenn Ihr wollt. Das ist mein Pferd. Ihr Name ist Uma."

Tori streckte ihre Hand aus und sehnte sich danach, das Pferd zu berühren. Sie streichelte ihre Haare, ein Lächeln erhellte ihr Gesicht.

„Sie ist wunderschön."

„Könnt Ihr reiten?"

„Nein."

„Ich nehme an, Ihr hattet während Eures Aufenthalts in Tokuna nicht viel Gelegenheit dazu."

„Nein. Ich kann nicht behaupten, dass es dort viele Pferde gibt." Es war keine Lüge; sie konnte nicht sagen, ob es dort welche gab oder nicht.

„Ich habe gehört, was Ihr für die Hofdamen getan habt." Er schenkte ihr ein charmantes Lächeln. „Das war sehr nett von Euch."

Sie atmete tief aus und ihr Blick wanderte zurück zum Pferd. „Ich dachte, sie bräuchten eine kleine Aufmunterung. Es sind in letzter Zeit so viele traurige Dinge passiert."

„Ja, das stimmt." Er nickte ernsthaft, als würde er darüber nachdenken. Tori fragte sich, ob es unangebracht wäre, die Entscheidungen der Königin Regentin zu diskutieren. Vielleicht würde es als Verrat angesehen werden, wenn er sich gegen sie aussprach. „Da sie den Stallburschen noch nicht ersetzt haben, dachte ich mir, ich sollte rauskommen und mich um Uma kümmern. Ihr ein wenig Aufmerksamkeit schenken."

„Ich glaube, sie weiß es zu schätzen. Schaut, wie glücklich sie ist."

Er lachte wieder und der Klang davon schickte einen Nervenkitzel durch Tori.

„Wir sollten ausreiten", sagte Bram.

„Was? Nein. Ich kann nicht."

„Kommt schon. Ich kann es Euch zeigen. Ihr könnt Auroras Pferd, Daisy, nehmen." Er deutete auf das weiße Pferd in der nächsten Box. „Ich bin sicher, es macht ihr nichts aus."

Sobald Tori ihren Blick auf Daisy legte, konnte sie nicht mehr widerstehen. Sie biss sich auf die Lippe und sah Bram an.

„Seid Ihr euch sicher?"

„Natürlich. Wir machen es langsam, keine Sorge. Und Daisy ist ganz zahm."

„In Ordnung."

Sein Gesicht leuchtete auf und er erklärte ihr, was zu tun war. Nachdem beide Pferde gebürstet und ihre Hufe überprüft worden waren, stattete Bram sie mit Satteldecken aus.

„Bereit?", fragte er und bot an, ihr auf Daisy zu helfen.

Statt ihm zu antworten, legte sie eine Hand auf seine Schulter und kletterte in den Sattel. Bram stieg auf Uma, und sie verließen gemeinsam die Ställe. Bram führte sie durch das Hintertor, das ein Diener für sie öffnete, und sie trabten in Richtung eines Pfades, der durch den Wald führte.

„Seid Ihr euch sicher, dass es nicht gefährlich ist?", fragte Tori. „Was ist mit den Untoten?"

„Sie leben nur in der Kluft. Es gibt ein Stück Land zwischen den Wäldern und diesen. Wenn wir uns an den Pfad halten, sollte alles in Ordnung sein."

Nur um sicherzugehen, tastete sie nach ihrem Waffenvorrat, ohne dass er es bemerkte.

Als sie in den dichteren Teil des Waldes ritten, fühlte sich Tori mehr zu Hause. Das war es, was sie brauchte: Natur und frische Luft. Und die Gesellschaft von jemandem, der sympathisch war. Als sie durch ein Eschenwäldchen galoppierten, beobachtete sie Bram, sein Kinn hochgehalten, um den Weg zu beobachten, die Zügel fest in der Hand. Doch er war auch zärtlich und streichelte Uma liebevoll, wenn sie seinen Befehlen gehorchte. Seine Form war stark und Tori musste sich zwingen, wegzuschauen, als sie sich beim

Starren erwischte.

Nach einer Weile wurde Bram langsamer und streckte seine Hand aus, um Daisys Zügel zu fassen. Er schnalzte mit der Zunge, um die Pferde zum Stehen zu bringen.

„Was?", fragte Tori. „Was ist los?" Angst verbreitete sich in ihr, als sie sich das Schlimmste ausmalte. Könnten sie aus Versehen in die Kluft hineingeraten sein? Sie hatte nicht bemerkt, dass sie einen Abhang hinuntergeritten waren, aber sie kannte sich in dem Gebiet nicht aus, also war es nicht ausgeschlossen.

„Schaut mal da", flüsterte er und zog ihr Pferd näher an seins heran. Sein Bein streifte gegen ihres und die Hitze blühte in ihrem Gesicht auf. „Genau da, auf halber Höhe des Baumes."

Sie richtete ihren Blick auf die Stelle, auf die er zeigte. Dort fiel ihr ein bunter Schimmer ins Auge. Sie schnappte nach Luft. „Ein Phönix."

Es war nicht so, dass der Vogel selbst sie beeindruckte, aber den Phönix zu sehen, nachdem sie so lange keinen mehr zu Gesicht bekommen hatte, ließ sie an zu Hause denken.

Bram war begeistert, wie sich Toris Augen mit Bewunderung füllten. Er fragte sich, ob sie noch nie einen gesehen hatte. Er wusste nicht, ob Phönixe in Tokuna häufig zu sehen waren, aber sicher hatte sie welche als Kind in Drothidia gesehen. Vielleicht war sie einfach nur fasziniert, weil sie so lange keinen mehr gesehen hatte.

„Ist er nicht schön?", fragte er und hielt seine Stimme leise, um den Vogel nicht zu verscheuchen.

„Ja. Habt Ihr schon mal einen Feuer spucken gesehen?", fragte sie und starrte immer noch auf den Phönix.

„Nein, noch nie. Habt Ihr?"

„Einmal", sagte sie. „Ich war noch sehr jung, deshalb war es sehr beängstigend. Aber ich bin einem weiblichen Phönix begegnet, die in einen Streit mit einem Wiesel geraten war, welches versuchte, die Eier in ihrem Nest zu ergattern. Das gefiel ihr nicht besonders, also hat sie ihn abgefackelt. Es war ein erstaunlicher Anblick, aber der Geruch des verbrannten Wiesels verfolgt mich immer noch."

„Klingt erbärmlich."

„Das war es auch."

„Ich finde es eine Schande, dass sie wegen der Krankheit, die sie übertragen, einen schlechten Ruf haben. Man sollte meinen, jetzt, wo alle immun sind, würde man sie als die schönen Kreaturen sehen, die sie sind."

Toris Blick senkte sich und Bram wünschte, er wüsste, was sie dachte. „Ich habe darüber nachgedacht, was Ihr gesagt habt, dass ich in die Kapelle kommen soll", sagte Bram, „um über Fragen nachzudenken, die mir auf der Seele liegen."

Ihr Mundwinkel hob sich. Es war das Schönste, was er je gesehen hatte. „Was hofft Ihr, herauszufinden?", fragte sie.

Als er ihre Gesichtszüge wahrnahm, die sanfte Rundung ihres Gesichts und die elegante Neigung ihrer Augen, füllten plötzlich andere Fragen seinen Kopf als die seiner Loyalität gegenüber der Avarell-Armee. Er schüttelte den Kopf und lächelte. „Schon gut."

Sie beobachtete ihn und er hatte das Gefühl, als könnte sie durch ihn hindurchsehen.

„Wie war Eure Prüfung?", fragte sie. „Ihr müsstet Eure Beförderung inzwischen bekommen haben."

Sein Lächeln verwandelte sich in ein Runzeln, das Gefühl der

Enttäuschung saß ihm in den Knochen.

„Es wurde verschoben."

„Oh. Das tut mir leid."

„Der Herzog ist so verärgert darüber, dass seine Magd weggelaufen ist, dass er alles andere als eine strengere Ausgangssperre und den Besuch des Hofes von Gadleigh zum Stillstand gebracht hat. Das Einzige, worüber er überhaupt noch reden will, sind die bevorstehenden Feierlichkeiten zum Geburtstag der Königin"

„Ich wusste nicht, dass es noch gefeiert wird – mit ihrer Krankheit und allem."

„Das ist Tradition. Lady Maescia besteht darauf, dass wir eine große Feier für sie veranstalten. Dass es ungerecht wäre, es nicht zu tun."

Ein Donnern grollte über ihnen. Bram blickte auf und sah, dass sich der Himmel stark verdunkelt hatte. Regentropfen trafen ihre Haut. Die Pferde schüttelten sich.

„Wir sollten lieber zurückreiten", sagte Bram.

„In Ordnung."

„Meint Ihr, Ihr könntet mithalten, wenn wir etwas schneller reiten?"

„Ich kann es versuchen."

Der Regen begann zu schütten, als sie die Pferde wendeten und zurück zum Schloss ritten. Bram hielt absichtlich ein langsameres Tempo als sonst, damit Tori nicht zurückbleiben würde. Blitze erhellten den Himmel und der Donner dröhnte und ließ den Boden erbeben. Der Himmel verdunkelte sich auf unheimliche Weise und der strömende Regen ließ sie völlig durchnässt zurück.

Ein Diener entdeckte sie, als sie sich dem Hintertor des Schlosses näherten und ließ sie eintreten. Bram sprang sofort von seinem Pferd und nahm Daisys Zügel. Er wies Tori an, in die Ställe zu laufen, um Schutz zu suchen und übergab dann die Zügel an den Diener, um die Pferde zu beruhigen.

Sein Haar tropfte ihm in die Augen, als er in die Ställe stapfte, um Tori zu finden. Sie zitterte, ihr Umhang war durchnässt und ihre Haut klatschnass. Er schnappte sich eine saubere Decke aus den Stallvorräten und bot sie ihr an.

„Ihr müsst Euren Umhang entfernen, Lady Tori."

Sie nickte, ihre Zähne klapperten. Sie löste den Mantel und ließ ihn auf den Boden fallen. Er wickelte die Decke um sie und schob ihr das nasse Haar von den Wangen. Ihre Haut fühlte sich warm an.

„Hinten gibt es einen kleinen Raum. Wir können dort warten, bis der Sturm nachlässt."

„Ja", sagte sie, ihre Stimme war kraftlos. „Okay."

Der Regen wurde heftiger und das Geräusch, das auf das Stalldach traf, klang wie eine Horde angreifender Elefanten. Bram führte Tori in den hinteren Raum, wo ein paar Stapel Heu und ein Tisch mit einer kleinen Laterne standen. Bram brachte Tori dazu, sich auf einen Heustapel zu setzen, während er die Laterne anzündete und aus dem Fenster schaute. Er konnte nichts sehen. Der Regen kam wie ein grauer Vorhang herunter und verdeckte alles.

Als er sich wieder zu Tori umdrehte, waren ihre Augen glasig und sie keuchte. Sie zog am Ausschnitt ihres Kleides, als ob sie keine Luft bekäme.

„Lady Tori! Geht es Ihnen gut?"

„Fieber", war alles, was sie sagen konnte, kaum in der Lage, ihre Augen offen zu halten.

Er legte seine Hand auf ihre Stirn und bestätigte, dass sie vor

Fieber brannte. Dennoch zog und zerrte sie an ihrer Kleidung.

„Lady Tori, verzeiht mir, aber kann ich Euch helfen?"

„Zu eng", sagte sie, ihre Wangen wurden rot. Sie schluckte hart. „Ich lockere ihn nur ein wenig, ja?"

Sie nickte und wandte sich von ihm ab. Er lockerte den oberen Teil ihres Kleides und widerstand dem Drang, mit den Fingern über die glatte Haut ihres Rückens zu fahren. Tori zerrte an dem Kleid, das nun lose um ihre Schultern hing. Ihre Augen waren jetzt fast ganz geschlossen und sie schwankte, lehnte sich schließlich gegen ihn, keine Kraft mehr in ihrem Körper.

Sie stöhnte und Bram legte seinen Arm um sie. Obwohl sich die Sorge wie Eis in ihm ausbreitete, erfüllte ihn das Gefühl, ihr so nahe zu sein, mit Feuer.

Ihr Kopf lag auf seiner Brust und der blumige Geruch ihres Haares stieg ihm in die Nase. Er schloss seine Augen und legte seine Wange auf ihren Kopf. Sie zitterte und drückte sich an ihn. Er streichelte ihr Haar und beruhigte sie, in der Hoffnung, das Fieber – und der Sturm – würden bald vorübergehen. Bis es soweit war, würde er sie halten und beschützen.

KAPITEL 30

Der Wind wehte stark gegen die Schlossmauern und rüttelte an den Flaggenmasten, die auf den Türmen hockten. Wrena wanderte durch die Gänge und fühlte sich verloren. Sie wäre zu Aurora gegangen, aber sie war erschöpft und hatte sich früh zu Bett gelegt. Wrena fand sich auf dem Weg zum Aufenthaltsraum wieder, wo ihre Tante mit Sicherheit sein würde.

Bevor ihre Tante Maescia Regentin geworden war, hatte sie viel Zeit mit Wrena verbracht, ihr Geschichten aus der Zeit erzählt, als sie und Wrenas Mutter noch jung waren. Ihr Ratschläge gegeben, die nur eine liebevolle Tante geben konnte, und sich bemüht, sie glücklich zu machen. Aber seit sie die Position auf dem Thron eingenommen hatte, war sie immer abweisender und nicht mehr so ansprechbar geworden. Es brach Wrena das Herz, denn jetzt brauchte sie mehr denn je eine Mutterfigur. Jetzt, wo ihre eigene

Mutter nicht in der Lage war, für sie da zu sein, brauchte Wrena eine Schulter, an die sie sich anlehnen konnte.

Wrena näherte sich dem Aufenthaltsraum und fragte sich, ob sie ein kleines Zeichen ihrer Tante Maescia finden könnte, die sie einmal war. Wenn sie diese Version ihrer Tante unter der Diktatorin finden könnte, zu der Maescia geworden war, könnte sie vielleicht herausfinden, warum sie so grausam, so herzlos, so hoffnungslos geworden war.

„Aus dem Vertrag auszusteigen, könnte Krieg bedeuten."

Es war die Stimme ihrer Tante, die Wrena hörte, als die Wachen ihr gerade die Tür zum Aufenthaltsraum öffneten. Wrena betrat den Raum, plötzlich unsicher, was sie sagen sollte.

„Krieg?" Es war das erste, was ihr in den Sinn kam.

Der Herzog drehte sich zu ihr um, seine Miene war ernst. „Eure Hoheit, wir haben Euch nicht erwartet."

„Ich wusste nicht, dass wir aus dem Vertrag aussteigen würden", sagte Wrena. „Ich dachte, es wäre nur die Verlobung, die wir absagen."

Maescia blinzelte, scheinbar verblüfft. Sie räusperte sich, dann setzte sie ein kleines Lächeln auf, ging auf Wrena zu und nahm ihre Hände in ihre. „Wir sollten dich nicht mit allen Einzelheiten langweilen, meine Liebe. Es geht nur um Politik. Oder besser gesagt, es geht ums Geschäft."

„Welche Art von Geschäft führt zu Krieg?"

„Es war nur eine Übertreibung", sagte Maescia.

„War es das?", fragte Wrena. „Deinem Tonfall nach klang es ziemlich ernst."

Maescia wollte gerade antworten, als der Herzog seine Hand hob, um sie zu unterbrechen. „Vielleicht ist es ratsam, die Prinzessin über das Angebot zu informieren, das wir erhalten haben. Immerhin wird es eines Tages ihr Königreich sein."

Maescia presste die Lippen zu einer dünnen Linie zusammen und nickte. „Die Versprechungen von Gadleighs Bündnis, sowie ihre Armee, wurden von einem anderen Reich erfüllt."

„Welches Reich?"

„Das ist eine Angelegenheit für die Königin Regentin", sagte der Herzog.

„Wenn es damit zu tun hat, wen ich heiraten soll, dann sollte ich davon wissen. Habt ihr mich einem anderen Prinzen versprochen?"

„Mach dir keine Sorgen", sagte ihre Tante, ihre Gesichtszüge wurden weicher. „Wir werden dieses Angebot nicht mit einer Ehe besiegeln. Es ist ein reiner Währungstausch. Allerdings *werden* die Bürger von Avarell erwarten, dass ich bei der Geburtstagsfeier deiner Mutter eine Verlobung bekannt gebe. Das Volk muss wissen, dass deine Regierung eine starke Bindung beinhalten wird."

Für einen Moment steckte Wrenas Stimme in ihrer Kehle fest. Sie musste kämpfen, um die Worte herauszubekommen. „Wen soll ich heiraten?"

Als der Herzog den Hauch eines Lächelns zeigte, wusste Wrena die Antwort.

„Eleazar?"

„Als Sohn eines Herzogs ist er ein Graf. Er hat einen Titel. Er wird Land erben."

„Er wird Avarell bekommen, wenn er mich heiratet." „Und wird Prinz. Irgendwann König."

Wrena fühlte sich errötet. Ihr Herz beschleunigte sich und ihr Kopf drehte sich. Sie nahm die Hände ihrer Tante und senkte die Stimme. „Tante Maescia, ich hoffe, du lässt dich nicht vom Herzog beeinflussen, seiner Idee zuzustimmen."

Ihre Tante drückte ihre Hände und ihre Augen blickten für einen kurzen Moment zu dem Herzog, bevor sie wieder zu Wrena zurückkehrten. Sie hob ihr Kinn. „Es war meine Idee."

Zwischen Wrenas Augenbrauen bildete sich eine Falte. „War es das?"

„Es ist eine gute Entscheidung." Maescia ließ Wrenas Hände los und stellte ihre Krone zurecht. „Du und Eleazar seid seit eurer Kindheit befreundet. Er mag dich. Und er wird an der Spitze einer großen Armee stehen."

„Als König."

„Mit dir an seiner Seite, wie das Schicksal es will." Maescia legte ihre Finger unter Wrenas Kinn und ihre Augen trafen sich. Ihr Blick war so intensiv, dass Wrena sich fragte, ob ihre Tante versuchte, ihr eine unausgesprochene Botschaft zu vermitteln. „Du solltest dankbar sein, dass wir dir diese Verbindung anbieten. Es könnten Legionen schlimmer sein."

„Schlimmer?" Wrena kniff die Augen zusammen. „Warte. Mit welchem Reich verhandelst du?"

Maescia richtete ihren Rücken auf, ihr Mund zog sich in eine gerade Linie. „Nostidour."

KAPITEL 31

Irgendwo in der Nähe krähte ein Hahn. Tori hielt ihre Augen geschlossen. Sie wollte sich nicht bewegen; es war zu bequem, wo sie war – wo auch immer sie war. Alles, was sie wusste, war, dass ihr Kopf an einem sicheren Ort lag, an einem Ort, der herrlich duftete und nach Muskat roch. Und ihr Körper war in einen entspannten Kokon aus Wärme gehüllt.

Und Arme und Hände. Ihre Augen schossen auf.

Als sie langsam ihren Hals reckte, sah sie, dass ihre Vermutung richtig war. Bram hielt sie an seinen Oberkörper gedrückt, seine starken Arme legten sich wie ein Schutzschild um sie, während sein leiser Atem seine Brust ausdehnte und zusammenzog. Er schlief und Logik sagte ihr, dass sie beide in genau dieser Position eingeschlafen waren.

Bevor sie es wagte, sich zu bewegen, nahm sie die feste Form seines Kiefers in sich auf, die dunklen Strähnen seiner Wimpern, den Schatten der Stoppeln auf seinem Kinn. Sie ertappte sich dabei, wie sie auf seinen Mund starrte und dann krähte der Hahn wieder, wie eine Warnung. Sie sollte sich nicht in solchen Gedanken verlieren; sie war nicht hier, um sich in jemanden zu verlieben. Sie war hier, um zu versuchen, eine verrückte Frau daran zu hindern, einen Krieg zwischen den neun Reichen zu starten.

Als sie ihre Fassung wiedererlangt hatte, stieß sie sich von Bram ab und rückte ihre Ärmel zurecht, die ein wenig zu tief an ihren Schultern hingen. Bram regte sich, öffnete die Augen und sah sich um, als hätte auch er vergessen, dass sie in den Ställen waren.

„Lady Tori", sagte er, räusperte sich und fuhr sich mit den Händen durch sein zerzaustes Haar. „Geht es Euch gut?"

Sie hatte nicht einmal an ihr Wohlbefinden gedacht, bis er gefragt hatte. Aus Reflex fuhr sie sich mit dem Handrücken über die Stirn, um zu prüfen, ob sie noch Fieber hatte oder vielleicht klamm vor Schweiß war. „Mir geht es besser", sagte sie. „Allerdings sollte ich zurück auf meine Zimmer gehen. Meine Magd kann mir helfen; sie macht einen wunderbaren Tee, der alles heilt."

„Ja, natürlich." Er versuchte zu stehen, aber der Rock von Toris Kleid war irgendwie in seinen Beinen verheddert, und er fiel fast auf sie. Ihre Blicke trafen sich, als er sich fing, sein Gesicht war nur Zentimeter von ihrem entfernt. Er schluckte hart, bevor er sprach. „Eure… Eure Heiligkeit, vergebt mir."

Tori kämpfte gegen die harte Röte an, die sich auf ihrem Gesicht ausbreitete. „Es war nicht Eure Schuld. Ich bin diejenige, die …" Sie fühlte sich nervös und erinnerte sich daran, wie sie ihm in der Nacht zuvor praktisch in die Arme gefallen war. Sie holte tief Luft. „Es war nicht Eure Schuld."

Bram wandte den Blick ab, als sie beide aufstanden und ging dann zum nächstgelegenen Fenster, um nach draußen zu sehen. „Das Wetter hat sich gebessert. Es ist eigentlich ein schöner Morgen."

Sie griff hinter sich und versuchte, die Verschlüsse ihres Korsetts anzupassen, aber ohne Erfolg. So wie sie aussah, würde sie nicht zurück zum Schloss gehen können. Selbst wenn ihr Umhang um sie gewickelt war, würde ihr Kleid spürbar hängen. Sie hatte keine andere Wahl, als Bram um Hilfe zu bitten. „Verzeiht, Herr Stormbolt, aber würdet Ihr mir helfen, mein Korsett enger zu ziehen?"

„Oh." Er schien auf ihre Schultern zu starren. „Ja, natürlich. Wenn Ihr, ähm, Euch umdrehen würdet?"

Sie drehte sich um, ein Schauer lief durch sie hindurch, als seine Hände ihren Rücken berührten. Sie keuchte fast, als er das Korsett fest zog.

„Ist das in Ordnung?", fragte er, seine Hände fielen weg.

„Ja, perfekt", sagte sie und merkte erst Sekunden später, wie atemlos sie geklungen haben musste. „Ich danke Euch. Obwohl ich sicher immer noch furchtbar aussehe. Ich möchte nicht daran denken, was die Leute vielleicht von mir denken, wenn sie mich in diesem Zustand zurückkommen sehen."

„Es würde fragwürdig erscheinen", stimmte Bram zu, „Dass wir beide zu dieser Morgenstunde zurück zum Schloss stolpern." Er rieb sich das Kinn und sah sich um. „Zum Glück kenne ich den Weg durch die Geheimgänge."

Sie lachte fast. „Das wäre sehr praktisch."

„Kommt mit. Es gibt einen Eingang im Schuppen des Gärtners."

Leise machten sie sich auf den Weg aus den Ställen und gingen über den Rasen zum Gärtnerschuppen. Tori war dankbar, dass niemand in der Nähe war und sie hoffte, dass niemand zufällig aus den Schlossfenstern in ihre Richtung blickte. Bram führte sie zu einem Schrank, aus dem eine Wand in eine dunkle Treppe mündete, die nach unten führte.

Sie stolperte fast, als sie ihm folgte, und als er stehen blieb, um ihre Hand zu nehmen, wich sie nicht zurück. Seine Hand war stark und warm und sie hatte das Gefühl, als sei ihre Hand für ihn bestimmt.

„Als Kinder haben wir immer diese Gänge benutzt, um überall hinzukommen", flüsterte Bram in der Dunkelheit, als sie das Ende der Treppe erreichten. Sie konnte sein Gesicht nicht sehen, aber sie konnte erkennen, dass er lächelte. „Sie sind überall im Schloss verbunden. Ich war schon eine Weile nicht mehr hier unten, aber es ist, als wäre die Tunnelkarte in meinem Gedächtnis eingebettet."

„Eine Sache, für die ich sehr dankbar bin", sagte sie.

Sie kamen zu der Stelle, an der sich der Gang teilte. Ein kalter Wind schien aus dem Korridor auf der linken Seite zu kommen. Tori hielt inne. „Was ist da unten?"

Es dauerte einen Moment, bis Bram antwortete. „Wir sollten nicht da lang gehen. Eigentlich sollte es abgesperrt sein, aber der Wind sagt mir, dass sich einige Bretter gelöst haben müssen."

„Warum ist es abgesperrt?"

„Es führt unter dem Schlossgelände in Richtung der Kluft hinaus. Nicht, dass es in die Kluft führen sollte, sondern in ein Waldstück, das irgendwann von den Untoten übernommen wurde. Logan und ich haben uns immer gegenseitig angespornt, in diesen Tunnel zu gehen. Der Mutigste würde am weitesten gehen. Irgendwann schafften wir es beide bis zum Wald. Aber wir kehrten um und rannten zurück, sobald wir draußen waren."

„Glaubt Ihr, die Untoten könnten durch den Tunnel kommen?"

„Nein, das sollten sie nicht können, es sei denn, sie sind gute Bergsteiger, was sie erwiesenermaßen nicht sind. Am Ende des Tunnels gibt es eine steile Böschung, die wir nur schwer ohne Absturz in die Kluft hinunterklettern können und die die Untoten praktisch nicht hinaufklettern können.

„Aber trotzdem möglich?"

Er lächelte. „Macht Euch keine Sorgen, Lady Tori. Ich werde nicht zulassen, dass Euch etwas passiert."

Sie lächelte und dachte daran, wie sie ihn in der Kluft gerettet hatte.

Er hielt immer noch ihre Hand, während er mit ihr durch das Labyrinth der Gänge reiste. Schließlich erreichten sie eine Geheimtür, die zum Korridor außerhalb ihres Zimmers führte. Bram vergewisserte sich, dass niemand in der Nähe war, bevor er sie sanft in den Korridor zog.

„Wir haben es geschafft", sagte er.

Sie konnte sich das spielerische Lachen nicht verkneifen, das ihrer Kehle entwich. „Das haben wir, dank Euch."

„Natürlich, Eure Heiligkeit. Es war mir ein Vergnügen." Sie tauschten einen langen Blick aus und dann schaute Bram auf ihre Hände hinunter und stellte fest, dass ihre Finger immer noch ineinander verschlungen waren. Er ließ ihre Hand los und verlagerte sein Gewicht von seinen Zehen auf die Fußballen. „Ja, nun, ich hoffe, es geht Euch bald besser."

Sie nickte. „Ich bin sicher, das wird es. Danke, Herr Stormbolt."

Er senkte den Kopf, als sie sich zu ihrer Tür wandte.

In ihrem Zimmer angekommen, drückte sie ihre Wange gegen

die Tür und fühlte sich trotz der Schmerzen in ihrem Körper erheitert. Sie war nicht in der Lage, das Lächeln zu unterdrücken, das auf ihrem Gesicht lag, bis sie sich umdrehte und auf Finjas kalten Blick traf.

„Wo wart Ihr?"

„Wir sind in den Sturm geraten und mussten in den Ställen schlafen", sagte Tori.

„Wir?"

Tori strich sich die Haare aus dem Gesicht und ging an Finja vorbei in Richtung ihres Schlafzimmers. Takumi huschte unter einem Stuhl hervor und schnupperte an der Luft um sie herum. „Herr Stormbolt war bei mir."

Finja verengte ihre Augen. „Warum jagt Ihr diesen Jungen, obwohl Ihr nach den Büchern suchen solltet?"

„Er ist kein Junge", sagte Tori. Ihr wurde klar, dass sie Finja so nicht antworten wollte und sie räusperte sich. „Ich jage keine Jungs. Der Sturm hat mich gefangen gehalten."

Finja stampfte praktisch auf sie zu und legte eine Hand gegen ihre Stirn. „Ihr habt Fieber. Habt Ihr Eure Medikamente genommen?"

„Ich hatte keine bei mir." Tori legte Wert darauf, eine Pille herauszunehmen und Finja zu zeigen, bevor sie sich die Pille in den Mund schob und sie schluckte. „Jetzt habe ich sie genommen."

Finja eilte, um einen nassen Lappen zu holen. Nachdem sie ihn ausgewrungen hatte, ging sie zu Tori hinüber und wischte ihr die Stirn ab. „Ich bin überrascht, dass Ihr überhaupt überlebt habt."

„Das habe ich kaum. Mein Kopf pocht und mein Magen ist wie verknotet."

„Warum lächelt Ihr dann?"

Tori bedeckte ihren Mund, als wollte sie das Lächeln verbergen, von dem Finja wusste. Sie setzte sich auf die Bettkante und Takumi kuschelte sich in ihren Schoß und schob seinen Kopf unter ihre Hand, um gestreichelt zu werden.

„Ich weiß nicht."

„Dummes Mädchen", murmelte Finja und klopfte das nasse Tuch auf die Rückseite von Toris Hals. „Dann legt Euch hin, Kind. Ruht Euch einen Tag lang aus. Morgen geht Eure Mission weiter."

KAPITEL 32

Mit ihrem Umhang, der sich im kühlen Wind des späten Nachmittags umwehte, stand Tori neben Lady Maescia, ein Symbol der Verbindung der Königin Regentin mit der Heiligen Mutter, als sich der königliche Hof von Gadleigh dem Schloss näherte. Die besuchenden Adligen waren an der nördlichen Grenze angekommen und wurden von der Wache der Königin zum Schloss Capehill geführt, wobei die Avarell-Banner bei ihrer Annäherung wehten.

Tori bemerkte, dass Lady Maescia ihre Hände fest an ihren Bauch presste und tief durchatmete, bevor sie sich zu einem Lächeln zwang und ihr Kinn für den besuchenden König und die Königin hob. Prinzessin Wrena trug kein solches Lächeln, ihre Augen waren weit weg, selbst als Prinz Liam aus seiner Kutsche stieg.

Lady Maescias Lächeln geriet für einen Moment ins Stocken,

ihre Hand presste sie schnell an ihre Schläfe, bevor sie sie wieder senkte.

„Geht es Euch gut, Euer Gnaden?", fragte Tori sie.

„Nur leichte Kopfschmerzen", sagte Lady Maescia. „Die bekomme ich in letzter Zeit öfters. Wahrscheinlich Stress." „Ich kann Ihnen etwas zubereiten, das Euch helfen kann. Es wäre überhaupt kein Problem."

Lady Maescia nickte einmal. „Das wäre sehr hilfreich. Ich danke Euch." Ihr Lächeln erschien wieder, als sie auf die sich nähernden Adligen blickte.

König Adam hielt seine Hand hoch auf Brusthöhe, Königin Laylas zarte Hand ruhte darauf, als sie auf die wartende Königin Regentin und die Prinzessin zuliefen. Der König war wesentlich größer als die Königin und die Größe des Prinzen entsprach praktisch der seines Vaters. Sie trugen beide die silbernen Farben von Gadleigh, die einen schönen Kontrast zu ihren dunklen Haaren und ihrer gebräunten Haut bildeten. Der buschige Bart des Königs ließ Tori an ihren Vater denken.

Sobald sie nahe genug waren, tauschten Königin Layla und Lady Maescia Luftküsse auf die Seiten ihrer Wangen aus und dann küsste der König den königlichen Ring, den Lady Maescia für ihre Schwester trug. Der gutaussehende Prinz Liam verneigte sich dann vor Lady Maescia und nahm die Hand von Prinzessin Wrena zum Kuss. Die Prinzessin blinzelte nur und nickte einmal anerkennend mit dem Kopf.

Tori folgte diesem Beispiel, als der Herzog sich vor den Adligen verbeugte und legte ihre Hände zusammen, bevor sie den Kopf senkte.

„Wir entschuldigen uns für die späte Stunde", sagte Königin

Layla. „Die nördlichen Städte von Avarell sind gebirgiger, als wir es in Erinnerung hatten."

„Es sind keine Entschuldigungen nötig", sagte Lady Maescia. „Ihr seid rechtzeitig angekommen, um an dem Festmahl teilzunehmen, das wir vorbereitet haben."

„Das klingt hervorragend", verkündete König Adam. „Ich bin am Verhungern."

„Wie es nach einer so langen Reise zu erwarten ist." Lady Maescia beendete ihre Aussage mit einem Lachen und gab ihren Gästen ein Zeichen, vor ihr und der Prinzessin das Schloss zu betreten. Die Wachen und Diener verbeugten sich und machten einen Knicks, als sie vorbeigingen. An ihrer Stelle folgte ein Entourage von Gadleighs Hofherren und Hofdamen und Tori erkannte einen Mantel, der ihrem eigenen ähnelte. Finja hatte sie gewarnt, dass die Könige von Gadleigh ihre Hohepriesterin mitbringen würden und Tori hatte extra viel Zeit mit dem Lernen verbracht, um sicherzustellen, dass ihr Auftritt perfekt sein würde.

Alle versammelten sich in der großen Bankethalle und die Adligen von Gadleigh gesellten sich zu Lady Maescia und Prinzessin Wrena an den Haupttisch. Der Hauptmann der Gadleigh-Armee saß mit seinen höchsten Offizieren am Tisch des Herzogs und diskutierte Kriegsstrategien. Als der Wein eingeschenkt war, gab Lady Maescia ein Zeichen an Tori, dass sie mit dem Segnen des Essens beginnen konnte.

Tori stand auf und versuchte, die Tatsache zu ignorieren, dass alle Augen auf sie gerichtet waren. Sie verdrängte die Angst, dass sie während der Segnung des Mahls die falschen Worte sagen würde, selbst wenn die Hohepriesterin von Gadleigh sie beobachtete. Und sie kämpfte darum, die Stabilität ihrer Stimme zu kontrollieren, trotz des Blicks in Bramwells Augen, als ihre Blicke sich trafen.

Als sie mit dem Segen fertig war, nahm Lady Maescia ihre Hand und dankte ihr, laut genug, dass König Adam und Königin Layla sie hören konnten und Tori konnte sich des Eindrucks nicht erwehren, dass die Königin Regentin sie zur Schau stellte.

„Was für ein Segen", sagte Königin Layla und beobachtete Lady Maescias Bewunderung von Tori. „Ich habe von dem Verlust Eurer letzten Hohepriesterin gehört und ich hab mir große Sorgen um Euer Königreich gemacht. Wie wundervoll ist es, dass Ihr so schnell eine neue gefunden habt. Solche Ängste kamen mir bei dem Gedanken, dass die Verlobte unseres Liam in einem ungeweihten Schloss untergebracht ist, aber jetzt sehe ich, dass es keinen Grund zur Sorge gab."

„Die Heilige Mutter hat uns mit Lady Tori gesegnet", sagte Lady Maescia und zeigte Tori ein Lächeln, das sie noch nie zuvor gesehen hatte. „Wir sind dankbar, dass wir wieder einmal vor den Übeln die es wagen, Avarell zu belasten, geschützt sind."

„Lady Tori, bitte kommt und setzt Euch zu unserer Hohepriesterin. Lady Gabrielle, kennt Ihr Lady Tori?"

Lady Gabrielle deutete Tori an, den Platz neben ihr einzunehmen. „Nein, das tue ich nicht, aber ich habe Tokuna vor einiger Zeit verlassen, und Lady Tori scheint recht jung zu sein. Vielleicht seid Ihr dort angekommen, nachdem ich gegangen bin, Schwester."

Tori rutschte anmutig auf ihren Stuhl und hielt ein höfliches Lächeln auf ihrem Gesicht. „Kann gut sein."

„Mit wem habt Ihr studiert?" fragte Lady Gabrielle.

Der Rest der Adligen richteten ihre Aufmerksamkeit auf Tori und sie flehte ihren Körper an, nicht zu schwitzen. „Ich wurde von

Lady Selina ausgebildet", antwortete sie und war froh, dass sie sich den Namen gemerkt hatte.

„Ah, ja. Sie ist eine wunderbare Lektorin", sagte Lady Gabrielle. „Ihr müsst also im Orakel-Tempel untergebracht gewesen sein"

„Ja, das war ich." Tori fummelte an dem Verschluss an ihrem Hals herum, weil sie befürchtete, dass Lady Gabrielle eine Frage finden würde, die Tori nicht beantworten konnte.

„Es ist ein schöner Tempel. Ich war im Felicity-Tempel untergebracht. Ich vermisse ihn immer noch. Er hatte eine schöne Aussicht auf die Berge. Kennt Ihr den?"

„Ja, und Ihr habt Recht. Eine herrliche Aussicht."

Erleichterung durchströmte Tori, als der erste Gang serviert wurde. Sie war sich sicher, dass Lady Gabrielle sie nicht allzu sehr ausfragen konnte, wenn sie kaute. Noch bevor die Hohepriesterin von Gadleigh mit ihrem Teller fertig war, stand Tori auf und entschuldigte sich.

„Ich werde in Kürze zurückkehren", erklärte Tori dem Tisch. „Mir ist gerade die Bitte eines der Soldaten eingefallen, mehr über die Reflexion in der Kapelle zu erfahren. Ich möchte es nur ungern vergessen, bevor er zu weit vom Glauben abweicht."

„Oh?", fragte Lady Maescia. „Von welchem unserer guten Soldaten sprecht Ihr?"

„Herr Stormbolt, Euer Gnaden."

„Ah, ja. Eine feine Wache. Bleibt nicht zu lange, Eure Heiligkeit. Ich weiß, der König und die Königin wollen unbedingt von Eurer Reise zu den Kristallinseln hören."

König Adam und Königin Layla wurden bei der Erwähnung des Themas munter und Tori zwang sich durch ihre Frustration zu einem höflichen Lächeln und einer Verbeugung des Kopfes.

„Natürlich, Eure Hoheiten."

Obwohl sie dazu gereizt war, achtete Tori darauf, nicht vom Tisch zu rennen.

Als ob er spürte, dass sie auf ihn zukam, drehte Bramwell seinen Kopf in ihre Richtung und sein Rücken richtete sich bei ihrem Anblick auf. Tori bemerkte sofort, dass er sich rasiert hatte, sein Kiefer war sauber und glatt. Es lag ein Strahlen in seinen Augen, als er aufstand, um sie zu begrüßen.

„Lady Tori", sagte er. „Welchem Umstand verdanke ich das Vergnügen?"

„Ich erinnerte mich, dass ich mit Euch reden wollte, Herr Stormbolt." Sie verneigte sich vor den anderen an seinem Tisch und ging dann ein paar Schritte weg. Bramwell folgte ihr bedingungslos, was ein Kribbeln in ihrem Magen verursachte.

Als sie sich umdrehte, stand Bramwell so nahe bei ihr, dass sie die Wärme spüren konnte, die von ihm ausging, begleitet von einem angenehmen Duft nach Salbei und Muskat.

„Ich hatte noch keine Gelegenheit zu fragen, wie es Euch geht", sagte Bramwell. Er bewegte seine Hand, als wolle er ihren Arm berühren, aber er zog sie im letzten Moment zurück.

„Viel besser. Danke, dass Ihr gefragt habt."

„Das freut mich zu hören. Worüber wolltet Ihr mit mir sprechen?"

„Wenn ich ganz ehrlich sein soll, suchte ich Zuflucht vor den strengen Blicken und Fragen am Tisch des Königs."

Ein Schmunzeln machte sich auf Bramwells Lippen breit. „Ja, ich kann mir den Druck vorstellen, unter dem Ihr stehen müsst."

„Aber ich wollte Euch daran erinnern, zum Morgengebet zum Nachdenken zu kommen. Falls Ihr überhaupt noch danach sucht."

Seine Augen schienen ihre zu durchsuchen. „Ja, natürlich. Ich werde kommen."

„Ich freue mich darauf."

Sie schwiegen einen Moment lang, ihre Augen fixiert und ihr Atem hörbar. Tori wurde nüchtern, riss sich von seinem Blick los und räusperte sich. „Ich hatte auch gehofft, mehr über die Stadt und die Geschichte von Avarell zu erfahren. Ich weiß nicht, ob es in der großen Bibliothek solche Bücher gibt, die mir bei diesen Studien helfen könnten."

„Nicht in der großen Bibliothek", sagte er. „Alle Bücher über alles Wichtige, was in Avarell geschehen ist, befinden sich in der Stadthalle. Wenn Ihr möchtet, kann ich einen Buchhalter bitten, Euch Zugang zu den Büchern zu gewähren, die Euch interessieren könnten, denn sie befinden sich in einer beschränkten Abteilung."

Eine pulsierende Energie erfüllte plötzlich Toris Adern. Sie hatte nicht die Absicht, auf die Erlaubnis zu warten, die Bücher zu sehen. Sie würde sich heute Abend herausschleichen, während alle beim Begrüßungsbankett beschäftigt waren. „Ja, das wäre schön. Danke sehr."

„Nichts zu danken."

Der Klang von Ravens Stimme drang zu ihnen durch. „Bram. Bram, da bist du ja."

Obwohl es sie störte, dass Raven Bramwells Aufmerksamkeit auf sich zog, hatte Tori genug Vernunft, um ihre Handlungen zu priorisieren. „Wenn Ihr mich entschuldigen würdet", sagte sie zu Bram und flüchtete schnell, bevor Raven näher kommen konnte.

Tori setzte ein besorgtes Gesicht auf, ihr Mund zog sich fast zu einem Runzeln zusammen, als sie sich Lady Maescia an ihrem Tisch zuwandte. Die Adligen waren gerade in ein Gespräch über den

Wechsel der Jahreszeit vertieft, als Tori sich der Königin Regentin näherte und in leisem Ton sprach.

„Euer Gnaden, es tut mir schrecklich leid, dass ich Euch störe."

Lady Maescia ließ den Hauch einer finsteren Miene über ihre Lippen kommen, bevor sie zu dem falschen Lächeln zurückkehrte, das sie den ganzen Abend über gezeigt hatte. „Natürlich, Euer Heiligkeit. Was ist es?"

Sie legte eine Hand auf ihren Bauch. „Ich glaube, die Wachtel war nicht mit mir einverstanden. Oder vielleicht war es die Pflaumensauce. Ich bitte um Verzeihung, aber ich muss mich in meine Gemächer entschuldigen."

Lady Maescia legte eine Hand auf Toris. „Oh je. Habt Ihr eine Tinktur, die Ihr nehmen könnt, um den Schmerz zu lindern? Oder vielleicht eines Eurer pflanzlichen Heilmittel?"

„Das habe ich, Euer Gnaden. Ich danke Euch."

„Ich bin froh, dass Ihr das Essen segnen konntet. Fühlt Euch besser. Soll ich jemanden schicken, um nach Euch zu sehen?" Es blieb nicht unbemerkt, dass Lady Maescia laut genug sprach, damit die besuchenden Adligen ihre Hingabe an ihre Hohepriesterin bezeugen konnten.

„Das wird nicht nötig sein. Ich werde mir von Finja helfen lassen."

„In Ordnung. Ich hoffe, wir sehen uns morgen beim Frühstück, Eure Heiligkeit."

„Ja, danke für Eure Freundlichkeit, Euer Gnaden. Ich wünsche Euch eine gute Nacht." Sie wandte sich den Gadleigh Adligen zu und knickste. „Ich bitte um Verzeihung, Eure Hoheiten. Vielleicht können wir uns morgen weiter unterhalten."

„Ja, natürlich", sagte Königin Layla. „Ich hoffe, es geht Euch bald besser."

Mit einem freundlichen Lächeln machte sich Tori schnell auf den Weg aus dem Festsaal. Aber sie schaffte es nur bis zum Korridor, bevor jemand ihren Namen nannte.

„Lady Tori, auf ein Wort, wenn ich bitten darf." Es war Lady Gabrielle, ihre Augen verengten sich und ihr Kopf neigte sich.

Sie waren allein in der Halle, abgesehen von einer Handvoll Diener, die mit Tabletts mit Essen vorbeieilten. „Ja, Lady Gabrielle?"

Lady Gabrielle schloss die Distanz zwischen ihnen und senkte ihre Stimme. „Ich habe mich nur gefragt, was für einen Plan Ihr im Kopf habt."

„Ich bitte um Verzeihung, ich weiß nicht, was Ihr meint."

„Warum habt Ihr über die Ausbildung in Tokuna gelogen?"

Toris Herz hämmerte in ihre Brust. „Ihr müsst Euch irren, Schwester. Ich habe nicht gelogen."

„Vom Felicity-Tempel aus hat man keinen Blick auf die Berge. Die riesigen Nadelbäume verdunkeln praktisch alle Fenster."

Tori ignorierte den Schweiß, der sich auf der Rückseite ihres Halses bildete. „Lady Gabrielle, Ihr seid schon seit einiger Zeit von Tokuna weg gewesen. Die Bäume wurden infiziert und mussten gefällt werden. Die Gäste des Felicity-Tempels genießen jetzt einen atemberaubenden Blick auf die Berge."

Lady Gabrielle blinzelte und ihr Kiefer klappte einen Moment lang herunter, bevor sie sich wieder sammeln konnte.

Bevor sie wieder sprechen konnte, nahm Tori ihre Hand und tätschelte sie. „Lasst Euch davon nicht beunruhigen, Schwester. Aber seit getrost. Ihr kennt die Heiligen Schriften; wir dürfen andere nicht ohne Grund verurteilen."

„Ja, natürlich", sagte Lady Gabrielle und zog eine

entschuldigende Grimasse.

„Wenn Ihr mich jetzt entschuldigen würdet, ich fühle mich nicht wohl und muss mich hinlegen."

„Ich hoffe, Ihr erholt Euch, damit wir morgen richtig reden können, Lady Tori. Gute Nacht."

Wrena konnte kein Plaudern mehr aushalten, um die Adeligen aus Gadleigh zu befriedigen. Besonders schwer fiel es ihr, den Augenkontakt mit Prinz Liam zu halten, wenn er sie so bewundernd ansah. Besonders heute Abend, wo Aurora so reizend in ihrem blauen Kleid aussah, das Haar hochgesteckt, um ihren Hals zu entblößen.

Als der Prinz sich entfernte, um mehr Wein zu holen, nutzte Wrena die Gelegenheit, um auf die Terrasse zu flüchten. Die kühle Nachtluft fühlte sich erfrischend an, der kleine kalte Windzug streichelte ihre Haut. Doch als sie Aurora erblickte, die zu ihr auf die Terrasse kam, wuchs eine Wärme tief in ihr und vertrieb die Kälte.

„Überlebst du?", fragte Aurora frech. Sie standen Seite an Seite, die Hände auf dem Terrassengeländer und blickten auf die Lichter der Stadt Avarell hinaus.

„Kaum. Aber du hast mir etwas Kraft verschafft." Wrena blickte schnell über ihre Schulter, bevor sie weitersprach. „Ich liebe es, wenn du dein Haar hochgesteckt trägst."

Aurora lächelte und senkte ihren Blick. „Ich liebe es, wenn du mich anschmeichelst"

„Das Einzige, was mich durch diesen furchtbaren Abend bringt, ist der Gedanke, dass du mich heute Abend besuchen kommst. Bitte sag, dass du es tust."

Aurora wandte den Kopf nur leicht zu ihr, aber ihre Augen trafen Wrenas Augen mit einer Leidenschaft, die zu ihrer eigenen passte. Sie ließ ihre Hand am oberen Ende des Geländers entlang gleiten, bis sich ihr kleiner Finger mit dem von Wrena verschränkte. Wrena atmete langsam und tief aus und wünschte sich, sie könnte näher an Aurora heranrücken. Sie wünschte, die ganze Party würde verschwinden, damit sie allein sein konnten.

„Entschuldigung", sagte Prinz Liam, der plötzlich hinter ihnen auftauchte. „Was… was ist hier los?"

Aurora drehte sich um, schlug sofort die Hände vor sich zusammen und machte einen Knicks. „Eure Hoheit, ich habe Euch nicht nach draußen kommen hören."

„Ich schätze nicht", sagte er, eine Frage in seinen Augen.

„Verzeiht mir", sagte Wrena, ihr Ton ruhig und ihre Bewegungen immer anmutig. „Ich glaube, Ihr kennt Aurora noch nicht, eine meiner Hofdamen. Sie wird mir bei allen Aspekten der Hochzeit helfen."

„Alle Aspekte. Ich frage mich, außer dem Üblichen, was das wohl beinhalten mag."

Wrena konnte erkennen, dass Aurora kurz davor war, in Panik zu geraten. Sie wollte ihre Hand nehmen und ihr sagen, dass alles in Ordnung sein würde. Sie hasste es, dass dieser Prinz aus einem anderen Land Aurora solche Sorgen bereitete.

„Ah, da bist du ja."

Alle Augen richteten sich auf die Gestalt, die nach draußen auf die Terrasse trat, um sich zu ihnen zu gesellen. Der Prinz musterte Eleazar skeptisch und Wrena war sich nicht sicher, welche Wendung sein Erscheinen bringen würde. Wrena blinzelte überrascht, als

Eleazar zu Aurora hinüberging und ihr eine Hand auf die Taille legte.

„Lady Aurora", sagte Eleazar, „Ihr geht über Eure Pflichten hinaus, um sicherzustellen, dass die Bedürfnisse der Prinzessin für die Hochzeit erfüllt werden. Vielleicht gibt Euch die Prinzessin die Nacht frei, damit Ihr mit mir tanzen könnt, und damit sie ihren Verlobten unterhalten kann."

Eleazar begann, Aurora von der Terrasse zu führen. Aurora, die es endlich begriffen hatte, nahm seinen Arm. „Ja, das wäre schön. Danke, lieber Eleazar, dass Ihr mich vor meinem eigenen Verderben bewahrt habt."

Prinz Liam hob sein Kinn an. „Es tut mir schrecklich leid, aber ich dachte …"

„Ihr dachtet was, Prinz Liam?", fragte Wrena und klimperte mit den Wimpern.

Prinz Liam kaute auf seiner Lippe. „Nichts." Er nickte Eleazar mit dem Kopf zu. „Genießt euren Abend."

Eleazar verbeugte sich und führte Aurora in den großen Ballsaal.

„Verzeiht mir", sagte Prinz Liam zu Wrena.

„Denkt Euch nichts dabei." Sie zwang sich zu dem größten Lächeln, das sie aufbringen konnte, denn sie wusste, dass sie das, was der Prinz gesehen hatte, nicht wiedergutmachen musste. „Wie wäre es also mit diesem Tanz?"

KAPITEL 33

Das schwarze Material tat Wunder, um Tori in einer so kalten Nacht warm zu halten. Es half, dass das Futter ihrer Maske samtig weich war, wie eine Decke für ihre Wangen. Sie schaffte es, unbemerkt aus dem Schloss in die Innenstadt zu gelangen, war sich aber nicht sicher, welches Gebäude die Stadthalle war.

Takumi hüpfte vor ihr her, als ob er wüsste, wo sich die Stadthalle befand. Er hatte eine Gabe, Orte zu finden, also hatte sie keine Bedenken, ihm zu folgen. Trotzdem hielt sie die Augen offen nach Hinweisen, die sie zum richtigen Gebäude führen könnten.

Die Stadthalle war kleiner, als sie gedacht hatte, mit einer quadratischen Statur, die in den Festsaal des Schlosses passte. Takumi kicherte und tappte in einem Kreis vor der Tür entlang, bis Tori ihn einholen konnte. Sie war dankbar für den Schatten, der sie verbarg, während sie ihre winzigen Werkzeuge benutzte, um das Schloss zu manipulieren. Mit einem Klicken öffnete sich die Tür und das Duo schlüpfte hinein.

Nach dem Eingangsbereich kam ein Raum mit einem langen Holztisch in der Mitte, umgeben von Lederstühlen. Tori nahm an, dass hier die wichtigen Bürger der Stadt ihre Sitzungen abhielten und Entscheidungen trafen, die nicht bereits von der Königin getroffen wurden. Hinter dem Tisch befanden sich Eisengitter, die den Versammlungsraum von Regalen mit gebundenen Büchern trennten.

„Es muss da drin sein", flüsterte Tori.

Takumi rannte und hockte sich auf eines der hohen Fenster des Gebäudes, starrte aus dem Fenster und hielt Wache. Tori untersuchte das Schloss am Eisentor und holte das richtige Werkzeug aus ihrer Tasche. Das Schloss war leicht genug zu manipulieren, aber das laute Knarren, dass das Tor machte, als sie es aufschwang, ließ sie innehalten. Selbst als sie ihre Bewegungen verlangsamte, stieß das Tor weiterhin ein ohrenbetäubendes Ächzen aus. Wie konnten die Menschen hier bei solch einem Geräusch arbeiten?

Als sie das Tor nur so weit aufzog, dass sie seitlich hineinschlüpfen konnte, schlich Tori in den Archivraum und versuchte, ihre Augen an das fehlende Licht zu gewöhnen. Sie untersuchte die Regale und zog verschiedene Bücher, Karten und Ordner mit langweiligem Papierkram heraus. In den Dokumenten und Büchern waren verschiedene Verträge und Verkäufe aufgeführt, aber sie musste das Buch finden, dass das Jahr dokumentierte, in dem Gorans Frau verschwunden war.

Takumi machte plötzlich ein klickendes Geräusch, um Tori zu

alarmieren, dass sich jemand näherte. Tori hörte auf zu suchen und duckte sich sofort, für den Fall, dass jemand eine Bewegung durch die Fenster sehen würde. Als sie stillhielt, hörte sie Schritte und Stimmen. Zu dieser späten Stunde mussten es entweder betrunkene Gäste der nahe gelegenen Kneipe oder Soldaten der königlichen Wache sein. Sie hielt den Atem an, bis die Schritte und Stimmen verklungen waren, wagte aber nicht, sich zu bewegen, bis Takumi ihr mit einem Geräusch zu verstehen gab, dass die Luft rein war.

Tori brauchte weitere zehn Minuten, um die Bücher mit der Jahreszahl zu finden, nach der sie suchte und weitere fünf Minuten, bevor sie die Bücher auf den Verkauf von Sklaven eingrenzen konnte. Ein Blick hinein offenbarte Listen mit Geldbeträgen, Namen und Reichen. Obwohl sie sich fragte, warum irgendein Reich in ein solches Geschäft einsteigen würde, zwang sie ihre Fragen zurück und drückte das schwere Buch an ihre Brust, als sie den Archivraum verließ.

Tori und Takumi verließen den Raum auf demselben Weg, auf dem sie hereingekommen waren und lauschten, falls weitere Wachen vorbeikamen. Sobald sie sicher aus der Stadthalle heraus waren, hielten sie sich in den Schatten und machten sich auf den Weg zurück zum Schloss, das Buch unter Toris Umhang versteckt. Es war ein schweres Buch, was ihr Tempo verlangsamte, aber Tori erinnerte sich selbst daran, dass es ein Schritt näher war, das Heilmittel für ihre Familie zu bekommen. Und für sich selbst.

Die Sonne durchbrach den Horizont der Stadt, als Tori die genauen Kräuter und Samen pflückte, die sie für das Tonikum für die

Königin Regentin brauchte. Als sie die Zutaten in einen seidenen Beutel steckte, blickte sie auf und sah Bram auf sich zukommen. Sie richtete sich auf, strich die Röcke ihrer Robe glatt und lächelte durch die Wärme, die in ihren Wangen aufblühte.

„Herr Stormbolt", sagte sie. „Wie schön, Euch zu sehen."

„Guten Morgen." Er neigte den Kopf, eine Seite seines Mundes zu einem Lächeln verzogen. „Ich hätte nicht erwartet, Euch vor dem Frühstück zu sehen. Außerhalb der Kapelle, meine ich."

„Ich musste ein paar Vorräte sammeln", sagte sie und deutete zu den Pflanzen hinter ihr.

„Ihr seid verschwunden, nachdem wir gestern Abend beim Bankett gesprochen haben. Man sagte mir, Euch ginge es nicht gut und Ihr musstet dringend gehen."

Toris Herz schwoll an, ihre Haut kribbelte bei dem Gedanken, dass er nach ihr gefragt hatte. „Ja, ich glaube, es war vielleicht etwas, das ich gegessen hatte."

„Naja, die Hauptsache ist, dass es Euch jetzt gut geht."

„Ja, ich fühle mich viel besser. Ich danke Euch."

Er blickte hinter sie. „Ist das Lavendel?"

Sie folgte seinem Blick und lächelte dann. „Ja, das ist es."

„Meine Mutter benutzte es für Tee und zum Kochen", sagte er. „Vor allem abends, wenn sie behauptete, ich sei so voller Energie, dass ich mich nicht richtig ausruhen könne."

„Eure Mutter hatte recht, es zu benutzen. Es ist sehr entspannend." Sie studierte ihn. Er hatte einen entrückten Blick in den Augen, der ihr sagte, dass seine Gedanken woanders waren. „Ihr vermisst sie."

„Ja, nun, es ist Jahre her. Aber Lavendel erinnert mich an meine Kindheit, vor allem an das Aufwachsen in Gadleigh."

„Oh, ich wusste nicht, dass Ihr kein gebürtiger Avarellianer seid. Ich erinnere mich, dass Ihr sagtet, Euer Onkel habe Euch nach dem Tod Eurer Eltern bei sich aufgenommen, aber ich hatte nicht angenommen, dass Ihr von einem anderen Kontinent gekommen seid. Dieser Besuch von Gadleigh muss bei Ihnen Erinnerungen wachrufen."

„Ja, das hat es." Bram nickte.

Tori konnte nicht anders, als zu denken, dass hinter seinem unleserlichen Gesichtsausdruck noch etwas anderes steckte. War es mehr als nur die Erinnerung an den Verlust seiner Eltern? Sie konnte seinen Schmerz verstehen, da sie ihre Schwester verloren hatte, aber es schien noch etwas anderes zu sein, das ihn beschäftigte. Obwohl sie im Grunde ihres Herzens nicht spirituell war, dachte sie sich, dass ihre Rolle ihm helfen könnte, seine Probleme zu verarbeiten.

„Vielleicht kann das, was Euch bedrückt, in der Kapelle reflektiert werden. Obwohl es egal ist, *wo* man betet, hat ein Haus der Heiligen Mutter etwas Magisches an sich."

Seine Schultern schienen leicht zu sinken, als würde eine schwere Last von ihnen abfallen. „Ich glaube, ich werde dieses Angebot annehmen müssen."

Sie spürte die Tasche in ihren Händen. „Ich werde in Kürze dort sein. Ich muss Lady Maescia erst etwas liefern."

„Natürlich. Wir sehen uns bald wieder."

„Das ist für Euer Bad", sagte Tori, als sie Lady Maescia die Kräutermischung reichte. „Es wird sowohl Euren Geist als auch Euren Körper entspannen."

Lady Maesica nahm die Tasche und roch daran. „Es ist eine wunderbare Mischung von Düften. Und wenn Ihr sagt, dass es wirkt, dann glaube ich Euch."

„Und das hier sollte Eure Kopfschmerzen lindern." Tori reichte ihr ein kleines goldenes Tablett mit zwei mittelgroßen Blättern, die mit Pollen bedeckt schienen.

„Oh." Lady Maescia zog eine Grimasse. „Ich kann mir keinen weiteren Tee mehr ansehen."

„Nein, die sind nicht für den Tee. Ihr müsst sie über eure Augen legen, während ihr im Bad seid. Sie lassen garantiert Eure Kopfschmerzen verschwinden."

Lady Maescia betrachtete die Blätter skeptisch. „Über meine Augen?"

„Ja." Tori studierte das Gesicht von Lady Maescia. „Euer Gnaden, man sagt, dass die Beichte gut für die Seele ist. Vielleicht bedrücken Euch Eure Sorgen. Ihr *könnt* Euch mir anvertrauen."

Lady Maescias Augen waren auf Tori gerichtet und sie schien den Atem anzuhalten. Wog sie ihre Optionen ab? Würde sie Tori den Mord an der letzten Hohepriesterin gestehen?

Sie trat einen Schritt näher an Tori heran und ihr Mund öffnete sich, aber in letzter Sekunde änderte etwas ihren Ausdruck. Sie hielt die Kräuter hoch. „Werden die wirklich funktionieren?"

Tori unterdrückte ihre Enttäuschung. „Zusammen mit einem Gebet an die Heilige Mutter von Eurer eigenen Hohepriesterin, ja, sie werden funktionieren." Und sie würden Tori die perfekte Gelegenheit geben, Lady Maescias Schlüssel zu stehlen.

KAPITEL 34

Bram tat sein Bestes, um den direkten Augenkontakt mit Hauptmann Thornwood während der Sitzung im königlichen Verhandlungsraum zu vermeiden, aber es war nicht ganz möglich. Er hatte es geschafft, ihm während des Begrüßungsbanketts auszuweichen, aber er wusste, dass er ihm während – oder nach – der Verhandlungssitzung nicht entkommen können würde. Der Herzog saß Hauptmann Thornwood gegenüber, sein Gesicht so stoisch wie immer, während eine Anzahl von Soldaten jeder Truppe die gegenüberliegenden Wände säumte, um die Ankunft der Adeligen zu erwarten. Logan wartete geduldig neben Bram, und Azalea stand neben Logan. Tiberius, der Henker, hatte ein seltsames, selbstzufriedenes Grinsen auf seinem Gesicht, das Bram an seinem Interesse an dem Treffen zweifeln ließ.

Die hohen Doppeltüren öffneten sich. Zuerst betraten König

Adam und Königin Layla den Raum. Alle Wachen im Raum verbeugten sich respektvoll vor ihnen, bis sie Platz genommen hatten. Sie verbeugten sich noch einmal, als Prinz Liam den Raum betrat und zuletzt, als Prinzessin Wrena und Lady Maescia eintrafen.

Königin Layla sah sich um, Besorgnis in ihrem Gesicht. „Ich bin mir nicht ganz sicher, ob wir eine so große Menge brauchen, um die Angelegenheiten der Hochzeit zu besprechen."

„Königin Layla, wir sind nicht hier, um die Hochzeit zu besprechen. Wir sind hier, um den Vertrag, den meine Schwester mit Ihnen aufgesetzt hat, neu zu verhandeln."

„Neu verhandeln?", fragte König Adam.

„Ich hatte den Eindruck, dass der Vertrag bereits ausgehandelt war", sagte Hauptmann Thornwood, seine Worte langsam und vorsichtig. „Was gibt es noch zu verhandeln?"

„Es ist ganz einfach, wirklich", sagte der Herzog. „Die Vereinbarungen, die mit Königin Callista getroffen wurden, sind überprüft worden und wir müssen unser Interesse an dem Vertrag neu bewerten."

„Euer Interesse?", fragte König Adam spöttisch. „Ich würde denken, dass Euer Interesse eine Allianz beinhaltet, die gegen die Nostidour-Streitkräfte stark ist."

„Eine starke Armee ist natürlich ein erstrebenswertes Ziel, aber Lady Maescia ist zu der Überzeugung gelangt, dass ein Bündnis zwischen Prinz Liam und Prinzessin Wrena nicht in unserem besten Interesse ist."

Der Raum brach in Gemurmel vom Hof der Gadleighs und den hohen Beamten ihrer Armee aus. Prinz Liams Gesicht fiel zu Boden, sein Mund in einer geraden Linie. Prinzessin Wrena sah ihn nicht an, das Kinn hoch erhoben, aber die Augen auf ihre zarte Hand gerichtet, die auf der Tischplatte lag.

Königin Layla lehnte sich auf dem Tisch nach vorne. „Königin Callista hat den Vertrag unterschrieben."

„Königin Callista ist entmündigt", antwortete Lady Maescia. „Und es ist zweifelhaft, ob sie in der richtigen Geistesverfassung war, um den Vertrag überhaupt zu unterschreiben."

„Das ist absurd", sagte König Adam, sein Kiefer zusammengebissen.

„Wir haben einen neuen Vertrag aufgesetzt", kündigte Herzog Grunmire an und schob Pergament über den Tisch zu Hauptmann Thornwood.

Der Hauptmann blickte mit einem finsteren Gesichtsausdruck über das Papier. „Das ist inakzeptabel. Ihr löst die Verlobung auf, erwartet aber immer noch, dass sich die Armee von Gadleigh Euch gegenüber verpflichtet?"

„Es ist eine Frage der Zahlen", sagte Herzog Grunmire. „Wir haben die größere Armee, wir haben mehr Schlachten gekämpft und wir haben mehr Erfahrung. Sich unserer Armee anzuschließen, würde der Ihren nur nützen, Hauptmann Thornwood."

„Dieser Vertrag besagt, dass Gadleighs Division der von Avarell untergeordnet wäre. Damit wären Sie für beide Armeen verantwortlich." Der Hauptmann schüttelte den Kopf. „Das ist nicht nur absurd, es ist auch beleidigend!"

„Ich bin anderer Meinung." Herzog Grunmire lehnte sich in seinem Stuhl zurück. „Politisch und strategisch macht es Sinn. Ohne die Unterstützung unserer Armee wird es nur eine Frage der Zeit sein, bis Nostidour Gadleigh angreift."

„Ich kann das nicht glauben", murmelte König Adam.

„Ich habe meine Gründe", sagte Lady Maescia. „Ich gebe Euch

einen Monat Zeit, nachdem Ihr nach Gadleigh zurückgekehrt seid, um die neuen Bedingungen des Vertrages zu akzeptieren."

Der König blickte finster. „Ich kann Ihnen schon jetzt sagen, dass die Bedingungen nicht akzeptiert werden."

„Dann haben wir nichts mehr zu besprechen." Lady Maescia stand von ihrem Stuhl auf. „Herzog?"

Der Herzog wirkte selbstgefällig, als er Lady Maescia aus dem Raum folgte.

Die nächsten Augenblicke waren still. Schließlich standen die Adligen von Gadleigh auf und versuchten mit erhobenen Köpfen den Raum zu verlassen, wobei Prinz Liam Wrena noch einen Blick zuwarf, bevor er aus der Tür stürmte. Wrena hielt sich eine Hand auf den Bauch, ihr Gesicht war blass und zu einem Stirnrunzeln verzogen.

Eleazar, der sie die ganze Zeit über beobachtet hatte, ging auf sie zu und legte ihr eine Hand auf den Arm. „Wrena, geht es Euch gut?"

Sie nickte nur und klopfte ihm den Arm, bevor sie den Raum verließ. Der Rest der Wachen folgten ihr nach draußen.

„Das war unerwartet", sagte Logan.

„Ich weiß nicht", fügte Bram hinzu. „Ich hatte das Gefühl, dass etwas im Gange war."

„Aber die Hochzeit abzusagen?" Logan schüttelte den Kopf. „Kühn."

„Dumm", fügte Azalea hinzu.

„Ja." Bram rieb sich an seinem Kinn. „Ich frage mich, was daraus werden soll."

Die drei verließen den Verhandlungsraum und Logan und Azalea trennten sich von Bram und gingen in die entgegengesetzte Richtung.

Obwohl Bram sich auf die Konfrontation mit Hauptmann Thornwood vorbereitete, verkrampfte er sich erst, als er um die Ecke kam und den guten Hauptmann vorfand, der dort stand und auf ihn wartete.

„Ich denke, Ihr hattet genug Zeit, um über mein Angebot nachzudenken." Hauptmann Thornwood ging mit gleichmäßigen Schritten auf Bram zu und verringerte den Abstand zwischen ihnen. „Es ist kein Angebot, das ich leichtsinnig mache. Oder oft. Und Ihr solltet Euch ein Herz fassen, wenn Ihr es in Betracht zieht"

„Hauptmann Thornwood, bitte versteht." Bram blickte schnell über seine Schulter, bevor er fortfuhr. „Ich habe viel in Avarell – Freunde und Familie, sowie meinen Posten – und ich kann nicht einfach beschließen zu gehen."

„Herr Stormbolt, seit vorsichtig." Hauptmann Thornwood legte eine schwere Hand auf Bramwells Schulter. „Ein unüberlegter Schritt, wie der, den sie dort gemacht haben, könnte zu einem Krieg führen und Ihr solltet entscheiden, auf welcher Seite Ihr stehen wollt, wenn das passiert."

Tori hielt den Spalt in der Geheimgangstür möglichst klein, während sie darauf wartete, dass Lady Maescia in ihr Bad stieg. Sie konnte den Lavendel und andere Kräuter riechen, die sie Lady Maescia gegeben hatte, um ihre Kopfschmerzen zu heilen – Kopfschmerzen, die sie und Finja ihr eingetrichtert hatten – und sie konnte sogar das goldene Tablett sehen, auf dem die speziellen Blätter lagen, die Lady Maescia über die Augen legen sollte.

Sie hatte die Königin Regentin nicht angelogen; die Kräuter und

Blätter würden tatsächlich Lady Maescias Kopfschmerzen lindern, aber das war nicht der Grund, warum Tori sie ihr gegeben hatte. Wenn ihr Körper und ihr Geist entspannt und ihre Augen bedeckt waren, würde Lady Maescia Takumis Eintritt in den Waschraum mit geringerer Wahrscheinlichkeit bemerken.

Lady Maescia entkleidete sich hinter einer Trennwand, und Tori sah, wie die Halskette auf eine Kommode neben einem Spiegel, Haarbürsten und anderen Accessoires gelegt wurde. Dann wurden die Mägde entlassen, die Kerzen brannten für eine beruhigende Beleuchtung im Raum, und Lady Maescia stieß einen leisen Seufzer aus, trat ein und ließ sich tief in das Bad sinken. Tori beobachtete, wie die Königin Regentin die Blätter, die sie ihr gab, studierte und daran roch, bevor sie sie auf ihre Augen legte. Tori wartete noch ein paar Augenblicke, nur um Lady Maescia Zeit zu geben, sich zu entspannen, bevor sie die Durchgangstür weiter aufriss.

Takumi tapste auf leisen Pfoten hinaus und ging hinter die Trennwand. Toris Augen wanderten zwischen Takumi in seinen Bemühungen und Lady Maescia hin und her, ihre Zähne zusammengebissen, bis ihr Fuchsfreund unbemerkt zu ihr zurücksprang. Schnell ließ sie ihn in den Durchgang und nahm ihm den Schlüssel ab, der immer noch an der Halskette befestigt war. Dann drückte Tori den Schlüssel in die Knetmasse in der Schachtel, die Goran ihr gegeben hatte. Goran hatte ihr gesagt, sie solle eine Minute lang fest drücken. Tori zählte in ihrem Kopf. Die Minute schien ewig zu dauern. Sie hoffte, dass die Knetmasse tatsächlich funktionieren würde.

Nachdem die Minute um war, nahm Tori den Schlüssel vorsichtig aus der Schachtel und rieb die Reste der Knete weg. Sie gab ihn Takumi zurück, der sofort loshuschte, um die Halskette zurück auf Lady Maescias Kommode zu bringen. Tori stieß fast einen Seufzer der Erleichterung aus, aber ihre Augen weiteten sich, als Takumi oben auf der Kommode herumschwang und mit seinem buschigen Schwanz eine Haarbürste umwarf.

Die Regentin bewegte sich in der Badewanne und Tori hielt den Atem an. Takumi sprang herunter, versteckte sich unter der Kommode und wartete. Lady Maescia setzte sich langsam auf und entfernte die Blätter aus ihren Augen.

„Ist da jemand?", fragte sie, die Augenbrauen nach unten gezogen, während sie auf eine Antwort wartete. Tori wagte es nicht, sich zu bewegen, und sie wusste, dass auch Takumi seine Position halten würde. Als Lady Maescias Augen durch den Raum schweiften, flehte Tori die Heilige Mutter selbst an, den Spalt in der Wand vor Lady Maescias Augen zu verbergen.

In diesem Moment öffnete sich die Tür, und eine Magd trat ein.

„Bitte um Verzeihung, Euer Gnaden, aber hier sind die Salben, die Ihr verlangt habt."

„Ah, ja. Sehr gut."

Während ihre Aufmerksamkeit woanders lag, nutzte Takumi die Gelegenheit, um zu Tori zurückzulaufen. Sie öffnete die Geheimtür und ließ ihn eintreten, ohne entdeckt zu werden. Sie wischte sich den Schweiß von den Handflächen und verstaute die Schachtel in einer der Taschen ihres Umhangs, dann ging sie zurück in ihre Zimmer, wobei ihr das Herz fast bis zum Hals schlug.

KAPITEL 35

Aurora organisierte die Gegenstände auf der Kommode von Prinzessin Wrena, während die Mägde das Bad der Prinzessin fertigstellten. Wrena nahm verschiedene Flaschen mit Badeölen in die Hand und roch an jeder einzelnen, als würde sie sich Zeit nehmen, das richtige auszuwählen. Als das Bad voll war und der Dampf den Raum zu füllen begann, entließ Wrena die Mägde und Aurora blieb zurück.

Wrena tauchte in das wunderbar heiße und seifige Wasser ein und ließ zu, dass die Wärme ihre angespannten Muskeln pflegte. Der Tag hatte an ihren Nerven gezehrt und der enttäuschte Blick, den Prinz Liam ihr zuwarf, ging ihr nicht mehr aus dem Kopf.

Das weiche Gefühl eines Schwamms riss sie aus ihrer Benommenheit. Aurora strich mit dem seifigen Schwamm über

Wrenas Arme und Schultern, und als Wrena sie ansah, hatte Aurora einen unsicheren Ausdruck im Gesicht.

„Was ist los?", fragte Wrena.

„Ich mache mir nur Sorgen."

„Worüber denn?"

„Der Absage der Hochzeit. Darüber, was mit uns geschehen wird. Über unsere Sicherheit. Ich dachte tatsächlich, ich würde vor Angst sterben, als Prinz Liam uns auf der Terrasse erwischte. Wenn Eleazar nicht herausgekommen wäre und uns gerettet hätte …"

Wrena bewegte sich im Bad und nahm Auroras Hand. „Wir brauchen keinen Mann, der uns rettet, Aurora. Ich hätte Prinz Liam auf der Stelle die Wahrheit sagen sollen. Das Einzige, was mich davon abhielt, war der Gedanke, dass dir etwas Schreckliches zustoßen könnte."

Aurora war still. Wrena drehte sich wieder um und lehnte sich mit dem Rücken gegen die Wanne.

„Ich verstehe nicht, wie Menschen so verständnislos sein können. Der Herzog zum Beispiel ist grauenhaft. Wusstest du, dass ich tatsächlich gehört habe, wie er mit Tiberius scherzte, dass sie Gadleigh in die Kluft führen sollen, wenn sie ihre Bedingungen nicht akzeptieren?"

Aurora seufzte und schüttelte den Kopf. „Vielleicht sollten *wir* in die Kluft fliehen. Schlimmer als hier kann es nicht sein."

„Du könntest Recht haben", sagte Wrena lachend.

„Sicher, die Untoten wollen dich verzehren, aber wenigstens kannst du lieben, wen du willst."

Wrena öffnete die Augen und drehte ihren Kopf zu Aurora. „Der Herzog will die Nachricht über die aufgelöste Verlobung glätten, indem er den Bürgern von Avarell Hoffnung auf eine neue

Verbindung gibt. Ich muss an der Geburtstagsfeier meiner Mutter, mit Eleazar als Begleiter, teilnehmen."

Aurora ließ ihren Blick fallen. „Ich weiß."

„Aber ich verspreche, keine gute Zeit zu haben."

„Vielleicht solltest du das nicht versprechen. Du hast gesehen, was sie mit Rudy gemacht haben. Ich will nicht, dass dir das auch passiert."

„Das würden sie nicht. Meine Tante? Sie würde es nicht wagen, meine Mutter so zu verraten."

„Sie hat vielleicht keine Wahl. Wenn das Königreich davon erfährt und die Königin Regentin nicht die gleichen Regeln für ihre eigene Familie durchsetzt, wird es einen Aufstand geben."

„Vielleicht sollte es einen geben."

„Sag das nicht. Das ist dein Königsreich. Du wirst alles erben. Und wenn du es einmal getan hast, kannst du den Weg weisen, wie das Königreich geführt werden soll."

Wrena setzte sich auf, Wasser tropfte von ihrer Haut. „Aber wohin führt mich das? Mit einem Mann, den ich nicht liebe, an meiner Seite."

„Vielleicht. Aber ich werde auch an deiner Seite sein. Und ich schwöre, dort zu bleiben, egal was passiert."

„Vielleicht sollten wir wirklich überlegen, nach Creoca zu fliehen. Mein Onkel würde uns nie wegschicken."

„Und auf der Flucht sein? Das klingt ziemlich gefährlich."

Wrena streckte die Hand aus und berührte Auroras Wange. „Du meinst aufregend, nicht wahr?"

Ein langsames Lächeln kroch auf Auroras Mund, als ein sanfter Kuss die Distanz zwischen ihnen schloss.

„Herzog Grunmire", sagte Bram. „Darf ich Euch kurz sprechen?"

Er wusste, dass er die Trainingshalle einfach hätte verlassen sollen, aber sein letztes Gespräch mit Hauptmann Thornwood hatte ihn zum Handeln veranlasst. Er musste wissen, wo er stand, um die Entscheidung treffen zu können, die er aufgeschoben hatte.

„Herr Stormbolt, ich hoffe, das ist wichtig. Der Hof von Gadleigh ist in Aufruhr und wir müssen uns darauf vorbereiten, was sie tun könnten."

„Das ist es." Zumindest für ihn war es das. „Ich verstehe, dass dies vielleicht nicht der richtige Zeitpunkt ist, das Thema anzusprechen, aber angesichts der Verhandlungen mit Gadleigh muss ich mir meiner Sache sicher sein."

Der Herzog sah Bram skeptisch an und saugte Luft zwischen seinen oberen Zähnen. „Geht es hier zufällig um Ihre Beförderungsprüfung?"

„Ja, Milord."

„In Anbetracht der Tatsache, dass Ihr beim Training unkonzentriert wart und überhaupt zu spät zum Training erscheint, kann ich nur zu dem Schluss kommen, dass Ihr selbst keine Schwächen in Eurem Einsatz für die Wache seht."

Bram wollte sich gerade verteidigen, aber der Herzog unterbrach ihn „Ich sage Euch was: Lasst uns einen Kampf austragen. Gleich hier und jetzt. Wenn Ihr gewinnt, könnt Ihr Eure Beförderung haben."

Bram verengte seine Augen. „Ihr seid bereit, meine Würdigkeit nach einem Kampf zu beurteilen? Habe ich Ihnen nicht durch meinen Aufwand bewiesen, wie sehr ich bereit bin, dafür zu arbeiten?"

„Wenn Ihr gewinnt, bekommt Ihr die Beförderung. Auf der Stelle."

Brams Hand zappelte am Griff seines Schwertes. „Einverstanden."

Der Herzog drehte sich um und nahm ein paar Schritte, während er sein Schwert zog. Bram zog sein Schwert aus der Hülle, brachte es in Position und bereitete seinen Körper auf die Herausforderung vor. Als der Herzog sich ihm zuwandte, lag ein geheimnisvolles Grinsen auf seinem Gesicht.

Der Herzog griff an, aber Bram konnte schnell ausweichen, seine Muskeln arbeiteten mit ihm zusammen, trotz der kleinen Stimme des Zweifels in seinem Kopf. Der Herzog war kein junger Mann mehr, aber er bewies, dass er sich die Ausdauer und Kraft seiner Jugend bewahrt hatte.

Die Trainingshalle füllte sich mit dem Echo von Stahl, der auf Stahl schlug. Bram, voller Bestimmung, grunzte, als er vorwärts stürmte, schlug wieder und wieder zu und ließ dem Herzog kaum Zeit zum Abwehren. Langsam verzog sich Brams Mund zu einem Lächeln. Er gewann an Schwung. Er konnte das hier gewinnen.

Plötzlich drehte sich der Herzog zur Seite, wich Brams Angriff aus, und als er sich duckte, kam sein Stiefel heraus und traf Brams Knie. Überrumpelt fiel Bram zu Boden und konnte sich gerade noch mit dem Arm abstützen. Im nächsten Moment blickte er auf und sah das Schwert des Herzogs auf seine Kehle gerichtet.

Herzog Grunmire kicherte.

Bram presste seinen Kiefer zusammen, seine Atemzüge kamen hechelnd heraus und er wartete darauf, dass der Herzog zurückwich und seinen Sieg einforderte. Aber der kalte Ausdruck auf dem

Gesicht des Herzogs ließ Bram vor Angst zittern. Unsicher, was der Herzog tun würde, warf Bram sein Schwert weg.

„Ihr gewinnt", sagte Bram und stützte sich ab.

Der Herzog starrte ihn noch einen Moment an, bevor er sein Schwert zurückzog und es umhüllte. „Ja", sagte der Herzog. „Das tue ich immer."

KAPITEL 36

Tori war erleichtert, als sie das Schiff am Hafen sah, erschöpft vom Tragen des schweren Buches. Sie ignorierte den kalten Wind, der ihr hart ins Gesicht schlug und den nieselnden Regen, als sie direkt zu Goran marschierte, der ihr beim Näherkommen zusah. Die Arbeiter hinter ihr legten mehr Ladung ab als sonst und Tori vermutete, dass dies wegen des Geburtstagsfestes der Königin passierte. Gorans Männer bemühten sich, die Kisten und Kartons mit Planen abzudecken, damit ihre Lieferung nicht durch den Regen zerstört wurde.

„Ihr habt es gefunden", sagte Goran. Es war keine Frage.

Sie ließ das schwere Buch in seine wartenden Hände fallen und war froh, es los zu sein. „Ich kann nicht versprechen, dass Ihr den Namen Eurer Frau da drin finden werdet."

Er nickte feierlich und steckte das Buch unter seinen Umhang.

„Ich weiß. Aber ich muss glauben, dass ich es tun werde."

„Ich habe Finja auch den Formkasten gegeben. Sie ist sich nicht sicher, wie lange es dauern wird, bis Euer Eisenarbeiter den Schlüssel hergestellt hat."

„Es sollte nicht zu lange dauern. Haltet ein Auge darauf."

Sie nickte und dachte darüber nach, wie schnell das alles vorbei sein könnte. Sie hoffte nur, dass alles gut enden würde.

Er tippte auf das Buch unter seinem Umhang und studierte sie. „Wie geht es Euch?"

„Um ehrlich zu sein, ist das Einzige, woran ich denken kann, wie sehr ich nach Hause will."

„Ihr habt eure Aufträge sehr gut erledigt. Es ist nur noch einer übrig."

Die Erschöpfung zerrte an ihren Nerven. „Warum müsst Ihr etwas über die Königin herausfinden? Habe ich nicht schon genug für Euch getan?"

„Das ist nicht für mich. Es ist für die neun Reiche."

Sie wusste, dass er Recht hatte, und sie wusste auch, dass sie erst zufrieden sein würde, wenn sie die Königin gefunden hatte. „Ich weiß nicht, ob ich Euch die Antwort geben kann, die Ihr wollt."

Sein Blick ging zum Schloss und ein tiefer Atemzug entkam seiner Nase. „Findet die Königin. Rettet sie, wenn sie noch lebt. Und wenn sie tot ist, werden sich die Strategien ändern. So oder so, wir müssen Lady Maescia vom Thron entfernen."

Sie schwiegen eine Weile, das einzige Geräusch um sie herum war das Grunzen und Rufen der Männer, die die Ladung aus dem Schiff brachten.

„Wie geht es Hettie?", fragte Tori.

Goran ließ ein kleines Lächeln sehen. „Sie gewöhnt sich daran, wieder zu Hause zu sein. Aber sie ist nervös. Sie denkt immer noch, dass die Wache der Königin kommt, um sie zu holen."

„Ich wünsche ihr alles Gute."

Er nickte. „Wenn alles gut geht, werdet Ihr Eure Familie bald sehen."

Sie konnte nicht antworten. So sehr sie auch versprechen wollte, dass sie die letzte Aufgabe erfüllen konnte und sich so sehr wünschte, ihre Familie zu sehen, hatte sie Angst, sich an diese Hoffnung zu klammern. Sie hatte Angst, dass ihr Ziel vielleicht nie erreicht werden würde.

Goran reichte ihr einen Beutel. „Ich nehme an, Ihr müsst Euren Medikamentenvorrat wieder auffüllen."

Tori nahm den Beutel und steckte ihn in ihre Umhangstasche. „Ja. Ich hab fast keine mehr."

„Perfektes Zeitfenster also." Sein Blick ging über ihre Schulter. „Apropos Zeitfenster, es sieht so aus, als wären die Soldaten hier, um sicherzustellen, dass die Lieferung heil angekommen ist. Ihr solltet besser gehen."

Sie zog sich die Haube fester über den Kopf und verließ schnell Gorans Seite, wobei sie den Weg hinter den Kisten mit den Vorräten nahm, um ihren Abgang zu verbergen. Sie setzte ihre Maske auf und sprintete lautlos durch den Regen in Richtung Stadt.

Auf halbem Weg zurück zum Schloss bog sie um die Ecke und sah sich einem Soldaten gegenüber. Ihr blieb der Mund offen stehen und das Herz blieb ihr im Hals stecken. Sie erstarrte, genau wie er. Ihr Kopf schwirrte. Ein Klingeln in ihren Ohren übertönte das Geräusch des strömenden Regens. Wie hatte sie nur so unvorsichtig sein können? Die Wache musterte sie, die Hand auf seinem Schwert. Sie erkannte ihn als Tiberius, den Henker der Königin Regentin.

Als sie wieder zu sich kam, drehte sie sich um und rannte los. Tiberius folgte ihr schnell und hielt mit ihrem Tempo Schritt, während sie im Zickzack durch die Gebäude lief. Als sie sicher war, dass er sie nicht sehen konnte, sprang sie schnell auf ein paar Holzkisten neben der Bäckerei und kletterte auf das Dach, wobei sie sich auf den Dachziegeln abstützte, damit er sie nicht sehen konnte. Doch in diesem Moment fing ihr Mantel den Wind ein. Eine schlagartige Bewegung fiel ihr auf, gerade als Tiberius um die Ecke bog.

Sie kämpfte damit, den Fluch zu unterdrücken, der ihr fast über die Lippen kam. Die plötzliche Bewegung war der Beutel mit den Pillen, den Goran ihr gegeben hatte. Entsetzt sah sie zu, wie der Beutel in die Dachrinne fiel, aus der ständig Regenwasser strömte. Sie hörte Tiberius' Annäherung, also rollte sie sich von der Dachkante zurück und hielt still. Sie biss auf ihre Faust, wollte schreien, aber sie schwieg, als Tiberius an der Bäckerei vorbei eilte und nach ihr suchte.

Das Geräusch seiner schweren Schritte wurde leiser und sie rollte sich vorsichtig an den Rand des Daches zurück. Sie überprüfte die Dachrinne und suchte nach ihrem Beutel, aber er war verschwunden.

Die Sonne war kaum durch den Morgenhimmel gebrochen, als Bram Aurora allein im Hof fand und den Enten im Teich Brot zuwarf.

„Guten Morgen, Cousine."

Sie drehte sich um und lächelte ihn an. „Guten Morgen, Bram.

Warum bist du so früh auf?"

„Ich war fast die ganze Nacht wach und habe nachgedacht."

„Oh?" Sie neigte ihren Kopf und gab ihm einen besorgten Blick. „Worüber nachgedacht?"

„Komm, setz dich zu mir", schlug er vor und deutete auf die nahe gelegene Bank.

Sie folgte ihm und beide setzten sich. Die Enten schwammen herum, knabberten an den Resten von Brotkrümel und die Trauertauben flogen über ihnen.

„Aurora, bist du glücklich?"

Sie blinzelte ihn an. „Es geht mir so gut, wie es zu erwarten ist. Warum?"

Er nahm ihre Hand. „Aurora, ich weiß es."

„Was weißt du?"

„Ich weiß …" Er atmete tief durch und ließ es heraus, bevor er weitermachte. „über deine Gefühle für die Prinzessin."

Aurora schlug eine Hand auf sein Knie, ihr Kopf schwang sich nach links und rechts auf der Suche nach jemandem, der es vielleicht gehört hatte. „Bram, sprich leise. Wenn jemand hören würde …"

„Aurora, es ist alles in Ordnung." Er drückte ihre Hand.

Sie sah verängstigt aus, ihre Lippe begann zu zittern. „Was meinst du damit?"

Er ließ ihre Hand los und legte seine Handflächen an ihre Wangen, beugte sich näher zu ihr und sah ihr in die Augen. „Du brauchst dir keine Sorgen darüber zu machen, was ich denke. Du bist meine Cousine und ich liebe dich, egal was passiert."

Ein erschrockener Atem entkam ihren Lippen und Tränen bildeten sich in ihren Augen. Er strich ihr über die Wange, dann zog er sie in eine Umarmung, hüllte sie in seine Arme und brachte ihr leises Schluchzen zum Schweigen.

„Aber es wird nie so sein, wie wir es uns wünschen. Es ist eine verfluchte Liebe."

Er zog sich zurück und wischte ihre Tränen weg. „Es tut mir leid. Auch ich kenne die verfluchte Liebe."

Ihre Stirn war gerunzelt. Sie schniefte. „Was können wir dagegen tun?"

„Ich weiß es nicht. Aber ich jedenfalls muss weiterziehen."

Sie wischte sich das Gesicht ab und sah verwirrt aus. „Weiterziehen? Was meinst du damit?"

„Ich verlasse Avarell."

„Verlassen? Wo willst du hin?"

„Mir wurde eine Stelle bei der königlichen Wache von Gadleigh angeboten."

Ihre Augen weiteten sich und sie packte seine Handgelenke. „Und du hast zugesagt?"

„Ich schicke morgen einen Brief mit meiner Antwort."

Sie musterte ihn einen Moment lang, dann nickte sie schließlich. „Dort hat dein Vater gedient."

„Ja. Und offenbar betrachten sie mich als sein Erbe. Sie wollen, dass ich in seine Fußstapfen trete, sozusagen."

„Weiß der Herzog davon? Oder die Königin Regentin?"

„Noch nicht. Ich werde meinen Rücktritt nach dem Geburtstagsfest der Königin einreichen. Ich möchte die Feierlichkeiten nicht stören. Außerdem erwarte ich nicht, dass sie die Nachricht allzu gut aufnehmen."

Sie ließ ein kleines Lachen aus und zog ihn dann in eine Umarmung. Sie blieben eine Weile so, still und nachdenklich.

„Danke, dass du es mir gesagt hast", sagte Aurora schließlich.

„Ich liebe dich, Bram."

„Ich liebe dich auch, Aurora. Für immer."

KAPITEL 37

Bram beobachtete Tori, als sie vor dem Altar in der Schlosskapelle kniete. Obwohl er wusste, dass es das Beste war, Avarell zu verlassen, würde er den Anblick dieser faszinierenden Frau vermissen, Hohepriesterin oder nicht.

Als sie aufstand, sah sie zu ihm hinüber und schenkte ihm ein kleines Lächeln. „Herr Stormbolt. Es ist schön zu sehen, dass Ihr Euer Wort gehalten habt, zum Gebet zu kommen."

„Ich habe viel nachgedacht, Eure Heiligkeit. Und Ihr hattet Recht, es hat enorm geholfen."

„Die Heilige Mutter ist sicher zufrieden."

„Ich habe mich gefragt, ob Ihr vielleicht an dem Geburtstagsfest der Königin teilnehmen werdet."

„Natürlich, bin ich verpflichtet, da zu sein, um das Essen zu segnen."

„Dann sehe ich Euch vielleicht dort."

„Natürlich."

„Und vielleicht tut Ihr mir den Gefallen, mir einen Tanz zu ersparen."

Sie schien überrascht zu sein und Bram hätte schwören können, dass sie ein wenig mehr Farbe in den Wangen hatte. „Ich weiß nicht, ob es mir zusteht, auf der Feier der Königin zu tanzen."

Er grinste sie an. „Ihr seid mir etwas schuldig, wisst Ihr?"

Sie sah aus, als ob sie ein Lachen zurückhielt. „Was meint Ihr?"

„Ich habe Euch praktisch das Leben gerettet. Die Nacht des Sturms."

Sie grinste und nickte. „Vielleicht habt Ihr das."

„Ihr spart mir also einen Tanz?"

Sie betrachtete sein Gesicht. Er hatte Angst, sich zu bewegen und den Bann zu brechen, unter dem er zu stehen schien. „Ich werde es mir überlegen."

„Ich bin sicher, dass die Heilige Mutter auch damit zufrieden ist." Er verneigte sich und verließ schnell die Kapelle, sein Kopf war benommen von seinem Eifer. Vielleicht war es die Tatsache, dass er gehen wollte, die ihm den Mut gab, so mit ihr zu sprechen. Aber das war ihm egal. Er war entschlossen, wenigstens einen Tanz mit Lady Tori zu genießen, bevor er abreiste. Wer weiß, ob er sie jemals wiedersehen würde?

Mit einem Sprung im Schritt machte er sich auf den Weg zum Frühstück in den Bankettsaal. Er sah, wie Logan und Azalea vor ihm den Saal betraten und gerade als er seinem Freund zurufen wollte, rief eine sanfte Stimme seinen Namen.

„Bramwell. Guten Morgen." Raven lächelte ihn an, als sie sich näherte. „Bist du aus der Kapelle gekommen?"

„Ja. Ich habe die Andacht des Morgengebets beobachtet."

„Ah, ja." Raven starrte ihn auf und ab. „Lady Tori ist ziemlich faszinierend. Sie ist so devot."

„Gab es etwas, weswegen du mich sehen wolltest?"

„Könnten wir vor dem Frühstück einen kurzen Spaziergang durch die Gärten machen?" Raven wies mit einer Geste in Richtung der Türen.

Bram wusste, dass er irgendwann einmal mit Raven sprechen musste und entschied, dass dies die perfekte Gelegenheit war. „Ja, das wäre in Ordnung."

Als sie sich auf den Weg zu den Gärten machten, fielen Bram eine Million verschiedener Möglichkeiten ein, Raven zu enttäuschen, aber nichts, was ihm einfiel, klang wahr. Er wusste, dass sie verärgert sein würde, egal was er sagte, also konnte er genauso gut bei der grundlegenden Wahrheit bleiben, ohne etwas weiter auszuführen.

„Ich kann es kaum erwarten, dass du mein Kleid für die Festlichkeiten siehst", sagte Raven und wickelte ihren Arm durch seinen.

„Raven, was das angeht …"

Sie blieb kurz stehen und neigte den Kopf, ein schüchternes Lächeln spielte auf ihren Lippen. „Ich hoffe, du hast nicht vor, dieses Mal ein Gauner zu sein. Ich würde hoffen, dass du inzwischen den Anstand hättest, mich als mein Gefährte auf die Party zu begleiten, anstatt deine albernen Spielchen zu spielen. Ich bin es leid, dich zu jagen."

„Du solltest niemanden jagen müssen, Raven."

„Genau! Oh, ich bin so froh, dass du es endlich zugibst. Und warum bei Festen aufhören. Wir sollten die ganze Zeit zusammen sein."

„Raven", sagte er, seine Hände legten sich sanft auf ihre Arme. „Ich muss ehrlich zu dir sein."

Ihr Lächeln verblasste langsam zu einem Stirnrunzeln voller Unsicherheit.

„Ich fürchte, was du für mich fühlst… Bitte versteh mich nicht falsch, aber ich fühle in meinem Herzen nicht das, was du fühlst."

Ihr Mund öffnete sich leicht, ihre Unterlippe zitterte und ihre Augen waren glasig. „Ich verstehe das nicht. Gibt es noch jemanden?"

Sein Mund öffnete sich und etwas in ihm drängte ihn fast dazu, ihr zu sagen, was er für Tori empfand, aber als er sich wieder gefasst hatte, entschied er sich dagegen. Es hätte keinen Sinn, Tori zu erwähnen, wenn es nicht möglich war, dass sie dasselbe für ihn empfand. „Es gibt niemanden anderes, Raven. Aber es wäre eine Lüge, so zu tun, als würde ich dich lieben."

„Was ist denn mit mir falsch?"

Er drückte ihre Hand. „Es ist nichts falsch. Ich verspreche es dir."

Sie wandte sich von ihm ab. Ihre Schultern zitterten, als sie anfing, leise zu schluchzen.

Sein Herz schmerzte für sie, aber es wäre nicht richtig, sie an der Nase herumzuführen „Die Wahrheit ist, dass ich Avarell verlasse."

Sie schnüffelte und drehte sich um, eine Furche in der Stirn. „Verlassen? Wo würdest du hingehen?"

Er stieß einen Seufzer aus. Er wollte es nicht zu vielen Leuten sagen, bevor er seine offizielle Kündigung ausgesprochen hatte. Aber er fand, dass er Raven eine vollständige Erklärung schuldete. „Mir wurde eine Stelle bei der königlichen Wache von Gadleigh angeboten."

„Gadleigh?"

„Ja. Mein Vater diente dort und sie würden mich gerne einstellen."

„Verstehe." Sie nickte langsam und schüttelte dann plötzlich den Kopf. „Aber was ist mit Aurora?"

„Ich gebe zu, am Anfang fand ich die Vorstellung, meine Familie zu verlassen, schwierig. Aber Aurora ist jetzt eine erwachsene Frau. Sie braucht mich nicht. Sie kann mich nicht davon abhalten, mein Leben zu leben, genauso wenig wie ich sie davon abhalten kann, ihres zu leben."

Sie zerrte mit den Zähnen an ihrer Lippe und ließ ihren Blick fallen. „Ich verstehe. Dann also keine Fesseln."

„Ich hoffe, dass wir Freunde bleiben können."

Sie hob ihr Kinn an, ihr Stirnrunzeln verwandelte sich in ein finsteres Gesicht. „Freunde?" Sie spottete. „Ich könnte es nicht ertragen. Das werde ich auch nicht!"

Bevor er sie aufhalten konnte, drehte sie sich auf die Fersen und rannte zurück in das Schloss.

KAPITEL 38

Als Finja den Raum betrat, richtete sich Tori auf, zwang sich zu einem entspannten Gesichtsausdruck und wandte sich ihr zu. Sie wollte nicht, dass Finja von ihrem Fieber oder der Schwäche in ihren Gelenken erfuhr. Sie hoffte nur, dass Finja nicht den Schweiß an ihren Schläfen oder die dunklen Ringe unter ihren Augen bemerken würde.

Natürlich war Finja so aufmerksam wie immer. „Was ist los mit Euch?"

„Nichts. Ich bin nur etwas müde. Es ist ein seltsamer Effekt, den der Wechsel der Jahreszeiten auf mich hat."

Finja verengte ihre Augen. „Seid Ihr sicher? Wir können nicht riskieren, dass Ihr jetzt untergeht; es besteht zu viel Risiko. Habt ihr Eure Medikamente genommen?"

„Ja, natürlich. Warum sollte ich das nicht?" Tori wandte sich schnell von ihr ab und konzentrierte sich stattdessen auf Takumi, der sich vor dem Feuer zusammengerollt hatte. Die Wahrheit war, dass sie ein paar Einnahmen ausgelassen hatte, um den Rest ihres Vorrats so zu verteilen, dass er reichte, bis Goran zurück nach Avarell kam.

„Und was ist mit ihm los?" fragte Finja und richtete ihr Kinn auf Takumi. „Normalerweise huscht er weg, wenn ich in ein Zimmer komme."

„Vielleicht hat er sich an Euch gewöhnt." Tori grinste. „Oder vielleicht hat er Euch liebgewonnen."

Finja spottete. „Ich habe keine Zeit, mir darüber Gedanken zu machen, ob ein wildes Tier auf mich steht oder nicht. Hier, nehmt das."

Tori griff nach dem Gegenstand, den Finja ihr reichte. Es war eine gefaltete Decke, aber als Tori sie nahm, fühlte sie die Oberfläche von etwas Hartem im Inneren. „Was ist das?"

„Es ist der Schlüssel. Der Eisenarbeiter ist endlich fertig."

Tori wickelte die Decke aus und fand eine dünne, lange, hölzerne Kiste. Darin befand sich, auf Sägemehl ruhend, ein schwarzer Schlüssel, der identisch mit dem war, den Lady Maescia um den Hals trug.

Das war er. Das war alles, was sie brauchte, um ihre letzte Aufgabe zu erledigen. Ein Schauder durchlief sie, aber sie war sich nicht sicher, ob er von ihrem Fieber kam oder von der Angst davor, was passieren würde, nachdem sie die Königin gefunden hatte. Sie vermutete, dass alles davon abhing, ob die Königin noch am Leben war, wenn sie sie fand.

„Was wird passieren?", fragte Tori. „Nachdem ich die Königin gefunden habe?"

„Wenn sie am Leben ist und Ihr sie rettet, wird Lady Maescia nicht länger über Avarell herrschen. Wenn sie nicht am Leben ist, wird Prinzessin Wrena die wahre Herrscherin sein, die neue Königin"

„Und Lady Maescia?"

Finja verschränkte ihre Arme. „Wenn es Eure Mutter wäre? Wenn Ihr erfahren würdet, dass sie all die Jahre tot war? Was würdet Ihr mit der Frau tun, die Euch belogen hat? Tante oder nicht."

Tori brauchte nicht zu antworten. Eine Lüge wie diese würde sie mit einer Wut erfüllen, die sie noch nie erlebt hatte. So ein Betrug könnte sogar einen Wahnsinn auslösen, der sie zum Töten bringen würde.

„Findet sie. Heute Abend, während der Feier. Findet einen Moment, um Euch wegzuschleichen und benutzt diesen Schlüssel. Goran erwartet nur Euer Wort. Er ist bereit, seine Armee hierher zu führen, um die Königin-Regentin zu vernichten."

„Was wird mit uns passieren?"

„Wir werden kämpfen müssen. Wir werden um das Richtige kämpfen müssen."

Tori zitterte. Sie legte ihre Arme um sich selbst und zwang die Kälte weg. „Ist Khadulans Armee stark genug, um das zu tun?"

„Vielleicht nicht, wenn sie allein kämpfen sollen. Aber seit kurzem gibt es Korrespondenz zwischen Khadulan und Gadleigh."

„Gadleigh? Woher wisst Ihr das?"

„Ich habe meine Spione." Finja lächelte nicht, aber sie sah stolz auf sich selbst aus. „Die Auflösung der Verlobung von Prinzessin Wrena mit Prinz Liam hat bei den Adligen von Gadleigh für Unmut gesorgt. Wir haben es geschafft, ihnen mitzuteilen, dass wir mit der Art und Weise, wie Lady Maescia regiert, unzufrieden sind und dass wir eine Veränderung anstreben. Sie überlegen sich ob sie sich uns anschließen sollen."

„Das bedeutet Krieg."

„Im Kern gibt es in Avarell keinen Frieden. Und wo es an Frieden mangelt, ist Krieg unvermeidlich."

KAPITEL 39

Das Geburtstagsfest für Königin Callista war in vollem Gange. Selbst in den Jahren, in denen sie krank war, veranstaltete Lady Maescia die Feier für ihre Schwester zu ihren Ehren. Und von dem, was Tori erfahren hatte, schien die Feier jedes Jahr größer zu werden. Soweit sie von der Dekoration und dem Unterhaltungsprogramm mitbekommen hatte, war es sicherlich eine gigantische Gedenkfeier.

Riesige siebenschichtige Torten und Tabletts mit Süßigkeiten säumten den Bankettsaal. Importierte Fleischsorten und Delikatessen aus aller Welt waren auf jedem Tisch ausgestellt. Überall, wohin sie blickte, gab es Musiker, Feuerspucker, Hofnarren und Tänzer mit Masken. So etwas hatte sie noch nie gesehen.

Nachdem Tori das Essen gesegnet hatte, stand Lady Maescia von ihrem Tisch auf.

„Bürger von Avarell, ich habe wunderbare Neuigkeiten. Die

Mediziner haben mir mitgeteilt, dass Königin Callista vielleicht gesund genug ist, um ihr Krankenbett zu verlassen und an den heutigen Feierlichkeiten teilzunehmen."

Der Prinzessin fiel die Kinnlade herunter, ihre Augen weiteten sich vor Schock. Das Gemurmel im Festsaal wurde lauter, die Menge sah erfreut aus und es gab sogar einige Freudenrufe und Lobgesänge auf die Heilige Mutter.

Tori jedoch war verwirrt. Wenn die Königin wirklich krank gewesen war und jetzt zur Feier kommen sollte und vielleicht eines Tages gesund genug sein würde, um den Thron zurückzuerobern, was bedeutete das für ihre Pläne? Für die Allianz zwischen Gadleigh und Khadulan? Wenn Königin Callista wieder regierte, würde vielleicht der Frieden in Avarell und den neun Reichen wiederhergestellt werden.

Aber etwas in Toris Bauchgefühl ließ sie nicht hoffnungsvoll sein.

Prinz Theo sprang von seinem Sitz auf, lief zu Tori und zog an ihrem Arm. „Habt Ihr gehört? Meine Mutter kommt!"

Tori beugte sich hinunter und nahm seine Hände, lächelte beim Anblick seines erfreuten Gesichts. „Ja, ich habe es gehört. Wie wunderbar."

„Ich kann es kaum erwarten, ihr all die Spielzeuge zu zeigen, die ich gemacht habe. Und meine Spiele."

„Sie wird sich sehr freuen, Euch zu sehen."

Der Prinz hüpfte ein paar Mal auf und ab, bevor er zu seiner Schwester rannte und seine Arme um sie schlang. „Wrena, Mama kommt!"

Prinzessin Wrena lächelte und umarmte ihn, aber als sein Kopf in ihrem Haar vergraben war, drehte sie den Kopf zu ihrer Tante, mit Fragen in den Augen. Zweifelte sie genauso sehr an Lady Maescia, wie Toris Bauchgefühl es ihr sagte?

Freude erfüllte den Raum, als das Essen serviert wurde, die Musiker spielten fröhliche Melodien und der Feuerspucker verwandelte die Eisskulptur des Phönix in die eines Bären. Die Feierlichkeiten dauerten bis zum Dessert an, aber von der Königin war keine Spur zu sehen. Tori beobachtete mit Sorge, wie die Mienen des Prinzen und der Prinzessin mit jeder Stunde unsicherer wurden.

Die Königin Regentin, die für eine Weile verschwunden war, kehrte an den Haupttisch zurück und klatschte in die Hände, um zur Stille aufzurufen. Die Musiker hörten auf zu spielen und alle waren still und ruhig.

„Freunde, ich fürchte, die Königin braucht mehr Zeit. Sie bittet euch, mit der Feier fortzufahren, und sie wird zu uns stoßen, sobald sie dazu in der Lage ist."

Diesmal war das Gemurmel und Genuschel weniger enthusiastisch. Und dieses Mal wusste Tori, dass Lady Maescia lügen musste. Es war eine Masche, um die Bürger dazu zu bringen, all die Ungerechtigkeiten, die geschehen waren, zu vergessen. Es war eine Täuschung, um die Menschen von Avarell glauben zu machen, dass Lady Maescia alles tat, um ihre Schwester zu unterstützen. Aber Tori durchschaute sie sofort.

Tori schob ihr Dessert weg, stand auf und ging auf die Terrasse zu. Sie brauchte etwas Luft. Wenn sie nicht weglaufen konnte, dann würde sie wenigstens nach draußen gehen und das bisschen Natur einatmen, das sie bekommen konnte. Als sie auf die Terrasse trat, bemerkte sie Lady Raven, die allein in der Nähe des Springbrunnens saß. „Lady Raven?"

Lady Raven wischte sich das Gesicht ab. Obwohl sie ein Lächeln herausdrückte, konnte Tori sehen, dass sie geweint hatte.

Tori machte sich auf den Weg zu ihr. „Lady Raven, was hat Euch so erschüttert?"

„Ich habe geglaubt, wisst Ihr? Ihr sagtet, wenn ich es in meinem Herzen für wahr hielte …" Lady Raven brach in Tränen aus, bevor sie weitermachen konnte.

Tori legte einen Arm um sie. „Liebe Lady Raven, es tut mir sehr leid."

„Er liebt mich nicht", sagte sie durch ihr Geheule. „Er sagte, es gibt niemanden sonst, aber ich weiß nicht, ob ich ihm glauben kann."

Tori rieb ihre Hand über Lady Ravens Rücken und fragte sich, ob Bramwell ihr die Wahrheit gesagt hatte. Hat er seine Beziehung zu Lady Raven beendet, nur weil er kein Interesse hatte, oder gab es einen anderen Grund? Ein tiefer, verborgener Teil von Tori wollte, dass sie der Grund war. Ihr Herz flatterte bei dem Gedanken.

„Lady Raven, die Heilige Mutter hat immer unsere besten Interessen im Sinn. Wenn es nicht so sein sollte, dann steht Euch ein anderes Schicksal bevor. Manchmal, obwohl unsere Herzen nicht einverstanden sind, müssen wir die Dinge loslassen. Einen Vogel im Käfig zu halten, wird ihn nicht dazu bringen, für Euch zu singen."

Lady Raven nickte und schluchzte ihre Tränen zurück. „Ja, ich weiß. Ihr habt recht. Ich weiß logischerweise, dass Ihr recht habt. Aber ich kann nicht ergründen, wie ich über ihn hinwegkommen soll."

„Es wird einige Zeit dauern, da bin ich mir sicher, aber Ihr seid ein reizendes Mädchen, und ich weiß, dass es eine Menge Männer in Avarell gibt, die gern derjenige sein würden, der Euch zu Festen und

Bällen begleitet. Und sie würden sich glücklich schätzen."

Lady Raven lächelte durch ihre Tränen und nickte. „Danke, Lady Tori. Ihr seid wirklich ein Segen."

Als die Reste des Festmahls weggeräumt waren, begab sich die Menge in den Tanzsaal. Wrena stand bei ihrer Tante, und obwohl sie bezweifelte, dass ihre Mutter wirklich erscheinen würde, konnte sie nicht anders, als ständig zu den Türen zu schauen. Sie hasste es, die Hoffnung in ihrem Herzen niederzutrampeln, aber sie hätte gedacht, dass, wenn ihre Mutter wach genug wäre, um zuzustimmen, zu der Party zu kommen, sie nach ihrer Tochter geschickt hätte. Hätte ihre Mutter sie nach all der Zeit nicht sehen wollen? Würde sie nicht sehen wollen, wie sie gewachsen war, hören, wie sich ihre Stimme verändert hatte, sie für die Frau loben, die sie geworden war?

Die Musik war schön, und Wrena liebte es zu tanzen, aber sie konnte sich nicht dazu durchringen, mit Eleazar zu tanzen, egal wie oft er sie darum bat. Glücklicherweise war er ein guter Freund, der verstand, dass sie sich noch nicht ganz in der Lage dazu fühlte.

Wenn sie nicht gerade die Tür kontrollierte, suchte sie nach Aurora. In dieser Nacht sollte sich entscheiden, was ihr Schicksal sein würde. Wrena hatte bereits ein Boot bestellt, das am Ufer wartete. Aber Aurora hatte ihr noch keine eindeutige Antwort gegeben. Außerdem wollte Wrena herausfinden, ob es ihrer Mutter wirklich besser ging, bevor sie selbst die Entscheidung traf.

Sie schaute hinüber, als der Herzog den Tanzsaal betrat. Er marschierte zu Maescia hinüber und flüsterte ihr etwas ins Ohr.

Maescias Gesicht senkte sich und sie nickte. Im nächsten Moment klatschte Maescia die Hände zusammen und der Raum wurde still.

„Liebe Freunde, ich fürchte, ich habe noch mehr entmutigende Nachrichten. Meine liebe Schwester, die geliebte Königin, ist doch zu krank und wird heute Abend nicht an den Feierlichkeiten teilnehmen, aber sie wünscht, dass sich alle zu ihren Ehren vergnügen. Und damit ihr doch ein paar frohe Nachrichten habt, die eure Herzen mit Freude erfüllen, bin ich stolz und geehrt zu verkünden, dass meine Nichte, eure Prinzessin, Wrena Elizabeth Bracken, Ihre Königliche Hoheit von Avarell, nun mit Graf Eleazar Grunmire verlobt ist."

Die Menge wechselte von Enttäuschung zu Fröhlichkeit, die Musik wurde lauter und die Festbesucher tanzten und verkündeten ihre Freude. Wrena schluckte schwer, unvorbereitet auf die Ankündigung, aber unfähig, etwas dagegen zu tun. Eleazar kam zu ihr herüber und reichte ihr seine Hand, um sie als Symbol ihrer neu gefundenen Verlobung darauf zu legen. Wrena tat ihr Bestes, um für die Menge zu lächeln, aber sie war sicher, dass jeder sie durchschauen konnte. Sie hatte nun zwei Gründe, enttäuscht zu sein.

Sobald sich die Menge beruhigt hatte und die Bürger ihr alle gratuliert hatten, entschuldigte sie sich bei Eleazar und ging zu ihrer Tante. Auf ihren Weinkelch konzentriert, blickte Maescia kaum auf, als Wrena auf sie zukam.

„Tante Maescia, ich würde gerne meine Mutter sehen. Wenn es ihr gut genug geht, um sich anzuziehen, dann kann ich wenigstens mit ihr reden. Außerdem verdient sie es, von meiner Verlobung zu hören und ich möchte diejenige sein, die es ihr sagt. Oder hast du mir das auch genommen?"

„Meine Liebe, ich habe dir nichts weggenommen. Und was das Treffen mit deiner Mutter angeht, das ist einfach keine gute Idee."

„Aber ich habe ihre Stimme seit Jahren nicht mehr gehört. Ich will nur mit ihr reden."

„Sie ist sehr krank, Wrena. Du musst es verstehen."

Sie zuckte hartnäckig mit den Schultern. „Das tue ich nicht."

„Sie fühlt sich furchtbar, weil sie dich nicht sehen kann, aber sie besteht darauf, dass es das Beste ist. Sie will nicht, dass du sie in diesem Zustand siehst."

„Es ist mir egal, wie sie aussieht, ich will meine Mutter sehen." Ihre Stimme war lauter, als sie es sich vorgestellt hatte.

Ihre Tante nahm ihre Hand. „Sprich leiser."

Wrena blickte sich um und bemerkte ein paar Blicke.

„Liebe Wrena, du musst die Würde des Königsreichs wahren." Sie fuhr mit einer beruhigenden Hand über Wrenas Arm. „Nun geh hinaus und unterhalte dich mit den Gästen. Ich glaube, dein Verlobter wartet darauf, mit dir zu tanzen."

Wrena trat achtlos von ihrer Tante zurück und stieß mit Eleazar zusammen. Er fing sie an ihrem Ellbogen auf, mit einem besorgten Gesichtsausdruck.

„Geht es dir gut?", fragte er.

„Ich weiß es nicht. Ich kann mir nicht mehr anmaßen, irgendetwas zu wissen."

„Komm", sagte er, „lass uns tanzen, bevor die Bürger anfangen zu spekulieren." Er führte sie auf das Parkett des Ballsaals hinaus und nahm ihre Hand, seine andere Hand an ihrer Taille. „Wenn du dich dadurch besser fühlst, mir wurde auch nicht die Möglichkeit gegeben, meine Meinung zu äußern."

Sie blinzelte und sah zu ihm auf. „Du wirst auch gezwungen, das zu tun?"

Er sah ihr in die Augen, als sie sich gemeinsam zwischen den anderen Tänzern drehten. „Ja."

„Du weißt, wo mein Herz liegt, Eleazar." Er hatte es monatelang gewusst. Als ihr ältester Freund wusste sie, dass sie ihm alles sagen konnte und freute sich, dass er sie nicht verurteilte.

„Das tue ich", sagte er. „Aber vielleicht können wir es zum Wohle des Königreichs hinbekommen."

Sie ließ den Gedanken für einen Moment in ihrem Kopf rollen und dann hob sie ihr Kinn an.

„Ich kann nicht. Ich gehe."

„Du gehst?" Er musterte ihr Gesicht und muss gesehen haben, dass sie die Wahrheit sagte. „Wann?"

„Jetzt, um genau zu sein. Es wartet ein Schiff auf mich und Aurora."

„Jetzt?"

„Es gibt keinen Grund zu warten. Meiner Mutter wird es offensichtlich nicht besser gehen, und obwohl ich mich als gute Schauspielerin schätze, wenn ich es sein muss, glaube ich nicht, dass ich etwas so Großes wie eine Scheinehe durchziehen könnte."

Er schien sich zu versteifen. Er hörte auf zu tanzen und nahm ihre Hand. „Ich verstehe. Und ich wünsche dir alles Gute." Er lehnte sich nach unten und legte einen sanften Kuss auf ihren Handrücken. „Bitte pass auf dich auf, Wrena."

„Danke", sagte sie und drückte seine Hand. „Ich verspreche es."

KAPITEL 40

Bram stand mit Logan und Azalea da und beobachtete, wie die Gäste die Party genossen. Als Lady Maescia angekündigt hatte, dass die Königin an den Feierlichkeiten teilnehmen könnte, überlegte Bram tatsächlich, ob er Avarell verlassen wollte. Aber als Lady Maescia auf einmal die Königin für zu krank erklärte, um sich ihnen anzuschließen, wusste er, dass es keine Hoffnung mehr gab und keinen Grund für ihn zu bleiben.

Es gab nur eine Sache, die ihn in Avarell halten würde, aber das war ein verlorener Traum. Er blickte Tori von der anderen Seite des Raumes an, als Logan und Azalea liebevoll darum stritten, wer von ihnen der schlechtere Tänzer war. Er konnte seine Augen nicht von ihr lassen, als sein bester Freund darüber lästerte, wie Lady Jasmine heute Abend scheinbar aus sich herausgegangen war, während Lady Raven in der Ecke schmollte und sich aus dem Rampenlicht herausheilt.

Bram entschuldigte sich bei seinen Freunden, rückte die Ärmel seines Mantels zurecht und stolzierte selbstbewusst zu Tori. Es spielte für ihn keine Rolle mehr, dass sie eine Hohepriesterin war; er wollte mit ihr tanzen. Vielleicht konnte er nie mit ihr zusammen sein und seine Pläne würden ihn sowieso von Avarell wegführen, aber er konnte zumindest mit der Frau tanzen, die er seit ihrer Ankunft bewundert hatte. Er konnte sie wenigstens noch einmal in die Arme schließen, bevor er abreiste. Jeder Schritt, der ihn näher zu ihr brachte, ließ seinen Puls schneller rasen und seine Haut gleichzeitig vor Hoffnung und Angst kribbeln.

Er verbeugte sich, als er sie erreichte. „Ihr seht heute Abend wunderschön aus, Lady Tori."

Sie wurde rot. Es war das Schönste, was er je gesehen hatte. „Vielen Dank, Herr Stormbolt."

„Ich habe mich gefragt, ob Ihr die Chance hattet, mein Angebot in Betracht zu ziehen."

„Ihr Angebot?"

„Um mit mir zu tanzen. Nur einmal?"

Sie ließ ein kleines Lachen aus. „Nein, das hatte ich noch nicht."

„Warum nicht? Ist es verboten zu tanzen?"

„Nein, ist es nicht."

Er präsentierte ihr seine Hand. „Dann tanzt mit mir. Mögt Ihr keine Musik?"

„Doch, das tue ich."

Seine Hand blieb ausgestreckt. Jede Sekunde, die verging, war Folter. Bis sie schließlich ihre Hand in seine legte und sein Herz singen ließ.

Ihr wurde warm ums Herz, als Bramwell sie auf den Boden des Ballsaals hinausführte. Was machte sie? Eigentlich sollte sie nach der perfekten Gelegenheit suchen, um sich in den hohen Turm zu schleichen. Aber aus irgendeinem Grund konnte sie Bramwells Drängen, mit ihr zu tanzen, nicht widerstehen. Außerdem, was sollten zwei oder drei Minuten Tanz schon bewirken, um ihre Pläne zu ändern? Sie konnte sich doch sicher den Luxus eines unschuldigen Tanzes leisten, oder?

Aber wenn es so unschuldig war, warum flatterte dann ihr Magen?

Er legte eine Hand auf ihre Taille, während er die andere ausstreckte, um ihre Hand zu stützen. Es waren feste, aber sanfte Hände und Tori fühlte sich bei einer so einfachen Berührung belebt. Und obwohl sie in seinem Blick gefangen war, wusste sie, dass sie wegschauen musste, sonst würde sie sich für immer in seinen Augen verlieren.

„Ich muss Ihnen sagen, wie sehr Ihr den Raum erhellt, Lady Tori", sagte er.

„Ihr seid zu gutherzig. Dies ist ein spezielles Kleid, das zu solchen Anlässen wie den Geburtstagen von Adligen oder Hochzeiten getragen wird, deshalb trage ich es nicht oft."

„Es ist nicht das Kleid, das mich beeindruckt hat."

Sie war sich nicht sicher, wie sie antworten sollte. Sie wusste nur, dass es Antwort genug wäre, wenn er ihr Herzklopfen hören könnte.

Als er sie langsam zur Seite drehte, sah Tori, wie Raven sie mit offenem Mund anstarrte. Ein Stich von Schuldgefühlen durchzuckte sie, besonders als Raven ihre Lippen zusammenpresste und aus dem

Ballsaal stürmte.

Obwohl sie nichts falsch gemacht hatte, fand Tori, dass der Moment mit Bramwell durch Ravens Ausdruck der Unzufriedenheit ruiniert war. Glücklicherweise endete das Lied und Tori trat sofort einen Schritt von Bramwell zurück. Aber er hielt immer noch ihre Hand in seiner, ein sanftes Lächeln spielte auf seinen Lippen und ein fast trauriger Blick in seinen Augen.

„Danke", sagte sie und versuchte, ihn dazu zu bringen, ihre Hand loszulassen.

„Nein, ich danke *Euch*." Er hielt sie noch einen Moment länger fest und in seinen Augen lag ein Ausdruck, als ob er etwas sagen wollte.

Unerklärlich erschrocken über die Intensität des Augenblicks, zog sie sich vorsichtig zurück. Als sie eine Hand auf ihren Bauch legte, wurde ihr klar, dass das unbehagliche Gefühl, das sie hatte, nicht von Bramwell herrührte, sondern von dem Fieber. Ihre Gelenke und ihre Kehle schmerzten. Ihr Kopf war so schwer, dass sie ihn fast nicht mehr gerade halten konnte, als sie ihn neigte.

Trompeten ertönten, was sie aufschrecken ließ.

Die Menge drehte sich zur Vorderseite des Raums, wo drei junge Tänzerinnen in zusammenpassenden Kostümen aufgereiht waren. Ihre Locken waren mit Bändern auf ihren Köpfen zusammengebunden und ihre langen Beine bewegten sich im Gleichtakt, noch bevor der Tanz begann. Bei näherer Betrachtung erkannte Tori, dass sie Schwestern sein mussten, denn ihre Gesichtszüge waren so ähnlich.

Tori blieb neben Bramwell, während sie die drei bei ihrem anmutigen Tanz beobachteten. Als sie merkte, dass sie schwankte, streckte sie die Hand aus, um ihr Gleichgewicht zu halten und

Bramwell fing ihre Hand schnell auf.

„Geht es Euch gut?", fragte er sie leise.

„Ja. Ich glaube, ich hatte vielleicht zu viel Wein."

Er lächelte sie an. „Ich begleite Euch an die frische Luft."

„Nein", sagte sie schnell und wollte nicht mit ihm irgendwo gefangen sein, wenn sie eine Aufgabe zu erledigen hatte. „Es geht mir gut. Ich will das Ende dieser Nummer nicht verpassen." Sie deutete zu den Tänzern, die ihren Tanz beendeten, während die Menge unter Applaus ausbrach.

Die älteste der Tänzerinnen, die nur ein paar Jahre jünger zu sein schien als Tori, trat nach vorne. „Wir hatten gehofft, vor der Königin auftreten zu können", kündigte sie an. „Aber anstelle ihrer Abwesenheit haben wir ein Lied, das Lady Maescia gewidmet ist."

Die Menge nickte und lächelte und eine der jüngeren Schwestern holte ein Rebec, die andere hob eine Flöte. Die ältere Schwester schloss die Augen und begann zu singen, ihre schöne Stimme klang in sanften Wellen durch den Ballsaal. Aber nach der Hälfte des Liedes fiel die Melodie in eine Molltonart und die Worte, die das junge Mädchen sang, hatten einen Biss, von dem selbst Tori nicht leugnen konnte, dass sie für die Königin Regentin bestimmt waren.

„Und die Kinder weinen ihr Leid.
Sie verstreut nur Ungerechtigkeit,
Wir glauben all deren Lügen,
die sie sagen während wir sterben,
Und unsere Stimmen werden verschwendet,
In einem Reich, das mit Gewalt endet."

Toris Augen gingen direkt zu der Königin Regentin, deren Kiefer zusammengebissen war, sichtlich verärgert über das Lied.

Es gab minimalen Applaus, der von Gemurmel und Geflüster übertönt wurde. Der Herzog flüsterte seinen nächststehenden Männern – darunter auch Tiberius – Anweisungen zu, und im nächsten Moment eskortierten die Soldaten die drei Mädchen mit Gewalt aus dem Ballsaal.

Dann flüsterte der Herzog der Königin Regentin etwas zu, woraufhin sich Lady Maescias Gesichtsausdruck veränderte. Sie blinzelte, ihr Stirnrunzeln wurde zu einem gezwungenen Lächeln und sie machte einen Schritt nach vorne, um sich an die Gäste zu wenden.

„Bitte", sagte sie und streckte ihre Hände an den Seiten aus. „Es gibt noch viel zu feiern. Musiker! Spielt eine fröhliche Melodie!"

Sie gehorchten, und die Musiker füllten schnell den Raum mit Heiterkeit, wie es Lady Maescia offensichtlich wünschte.

Toris Blick folgte den Wachen, die die drei jungen Frauen wegschleppten. Sie wusste, dass es heute Abend nicht gut für sie ausgehen würde, wenn sie nicht eingreifen würde. „Herr Stormbolt, würdet Ihr mich bitte entschuldigen?"

Bramwell neigte seinen Kopf vor ihr. „Ja, natürlich. Ich hoffe, wir sehen uns später am Abend."

Sie reagierte nicht, außer ihren Kopf im Gegenzug zu beugen und dann verließ sie hastig den Raum.

Die drei Mädchen kämpften, die Älteste schrie Tiberius an, als er an ihrem Arm zerrte und sie in Richtung des Kerkers brachte.

„Das ist eine Unverschämtheit", sagte die Älteste. „Wir haben nichts falsch gemacht."

„Euer kleines Lied war ein Akt des Widerstandes gegen den Thron", sagte Tiberius. „Das ist, laut des Herzogs, ein Akt des Verrats."

Tori folgte schweigend, als der Korridor schmaler wurde. Es gab vier Wachen. Tori berechnete ihre Strategie.

Als sie näher kam, gelang es dem ältesten Mädchen, sich aus Tiberius' Griff zu winden. Sie versuchte, ihn wegzustoßen, um ihren Schwestern zu helfen, aber Tiberius griff nach ihr, packte sie am Hals und schleuderte sie gegen die Wand. Tori hatte keine Zeit zum Nachdenken. Der erste Shuriken flog in die Lampe und löschte das Licht. Als nächstes flog der Kunai und obwohl es dunkel war, konnte Tori gut genug sehen, um zu erkennen, wie es Tiberius' Arm durchbohrte und ihn dazu brachte, die ältere Schwester loszulassen. Der zweite und dritte Shuriken trafen die Hälse der Wachen, die die beiden jüngeren Schwestern festhielten.

Die Schwestern griffen geschockt nacheinander und wichen von den beiden Wachen zurück, die auf den Boden gefallen waren. Die eine Wache, die noch unberührt war, sah die Schattengestalt, die Tori war, und stürmte auf sie zu. Sie schleuderte den letzten Shuriken, der ihn genau zwischen den Augen traf. Er fiel zurück und sackte zu Boden.

Tiberius, der spöttisch den Kunai aus seinem Arm zog – seinem axtschwingenden Arm, wie Tori bemerkte –, umklammerte den Kunai in seiner Faust und kam ihr nach. Sie straffte ihren Kiefer und rannte auf ihn zu, duckte sich schnell und schnappte den Shuriken aus dem Kopf des gefallenen Wächters und peitschte die Waffe gegen seinen Oberschenkel. Er stolperte, fiel auf ein Knie und ließ den Kunai fallen und als er am Boden lag, ergriff Tori die Klinge und rammte sie in seine Brust. Er streckte die Hand aus, während er vor Schmerz stöhnte, seine Finger klammerten sich an den Ärmel ihres Kleides und zerrissen ihn, aber als Tori die Klinge tiefer in seinen Oberkörper stieß, verschwand das Leben aus seinen Augen.

Sie zog ihre Klinge zurück, wischte sie an seinem Mantel ab und stand dann auf, um die kauernden Mädchen zu betrachten, die mit dem Rücken zur Wand standen.

„Ihr müsst gehen", sagte Tori. „Ich kann euch aus dem Schloss bringen." Sie konnte erkennen, dass die Mädchen zu ängstlich waren, um sich zu bewegen. Sie achtete darauf, ihre Stimme nicht zu erheben. „Die anderen Wachen werden sich fragen, warum diese Männer nicht zurückgekehrt sind. Es wäre das Beste, wenn ihr *jetzt* geht."

Die ältere Schwester nickte schließlich und ergriff die Hände ihrer Schwestern. Tori führte sie zum nächstgelegenen Geheimgang und sie gingen schweigend weiter, während sie sich durch die versteckten Tunnel schlängelte, die zu den Ställen führten. Sie kamen aus den Tunneln heraus, die Mädchen zitterten vor Kälte und Angst. Tori eilte zum hinteren Tor und benutzte ihr Werkzeug, um das Schloss zu knacken.

„Seid Ihr nicht die Hohepriesterin?", fragte die Älteste.

„Wir haben keine Zeit, darüber zu sprechen", sagte Tori. „Ihr müsst durch dieses Tor gehen und dann weiter durch den Wald, bis ihr die Stadt erreicht. Von dort aus könnt ihr hoffentlich einen sicheren Weg finden."

Die Älteste nahm Toris Hand. „Danke."

„Es war eine mutige Sache, die ihr getan habt", sagte Tori.

„Cate", sagte die Älteste, nahm ihre Hand und schüttelte sie.

„Mein Name ist Cate."

„Es war mutig, Cate. Ich wünsche euch eine gute Reise."

Cates jüngere Schwestern traten vor und umarmten Tori. Für den kleinsten Moment lächelte Tori. „Geht jetzt, bevor ihr erwischt werdet."

Sie sah zu, wie sich die drei aus dem Staub machten, dann suchte sie den Hof ab, um sicherzugehen, dass sie nicht gesehen wurden. Als sie das Schloss betrachtete, erkannte sie, dass dies der Moment war, auf den sie gewartet hatte. Der Großteil der Gäste – und der königliche Hofstaat und die Dienerschaft – waren im Ballsaal versammelt. Selbst die meisten Wachen waren im Festsaal oder am Eingang des Schlosses postiert. Es war die perfekte Gelegenheit, sich in den hohen Turm zu schleichen. Sie hatte nicht viel Zeit, denn sobald die toten Wachen entdeckt wurden und der Herzog bemerkte, dass das Darstellertrio entkommen war, würden die Männer des Herzogs anfangen, das Gelände zu durchsuchen. Aber sie würden nicht die geheimen Gänge durchsuchen.

KAPITEL 41

Wrena zitterte am Ufer, trotz des Schaffellfutters ihres Umhangs. Es war nicht der kalte Wind, der ihr zu schaffen machte; es war das quälende Warten auf Auroras Erscheinen. Sie hatten sich auf der Feier getrennt, um ihre Sachen zusammenzusuchen, die sie mitnehmen mussten, wobei jede von ihnen versprach, sich am Ufer zu treffen, wo das gemietete Boot auf sie wartete. Der Ort war weit von der Hafenanlage entfernt, so dass sie nicht gesehen werden würden und Wrena machte sich Sorgen, dass Aurora sich verirrt haben könnte.

Oder dass sie ihre Meinung geändert hatte. Immerhin war das Risiko extrem hoch und sie würden alles aufgeben, was sie kannten.

Ein erschrockener Atem entkam ihren Lippen, als sich ein Schatten auf sie zubewegte. Sie brach fast vor Erleichterung zusammen, als Aurora in Sicht kam. Sie liefen aufeinander zu und umarmten sich. Wrena fragte sich, ob die enge Umarmung von Aurora aus Freude darüber, sie zu sehen, oder aus Angst vor der Reise, auf die sie sich begeben würden, entstanden war.

„Ich dachte, du würdest nicht kommen", sagte Wrena.

„Wie konntest du an mir zweifeln?" Aurora streichelte Wrenas Wange.

„Ich habe nur Angst."

„Hast du alles, was du brauchst?"

„Ich brauche nur dich."

Wrena drehte sich zu dem Mann um, den sie angeheuert hatte und der neben dem kleinen Ruderboot stand, das sie zu dem wartenden Schiff draußen auf dem Wasser bringen würde. Er verbeugte sich vor ihr und hielt ihnen das Ruderboot hin, damit sie einsteigen konnten.

Als Aurora sich auf der kleinen Holzplanke niederließ, die als Sitz diente, warf Wrena einen letzten Blick auf das Schloss, dessen Lichter in der Ferne vor der Silhouette der Stadt leuchteten. Sie wünschte, sie hätte sich angemessen von Theo verabschiedet, aber sie wusste, dass man sich um ihn kümmern würde. Da sie nicht mehr da war, würde er zum König ernannt werden, wenn er volljährig war. Ihm würde kein Leid geschehen. Sie musste glauben, dass das wahr war.

Sie kletterte neben Aurora in das Ruderboot, ihre Finger verschränkten sich, während sie in der Dunkelheit der Nacht zitterten. Der Mann, den Wrena angeheuert hatte, begann, am Boot zu schieben und es in den tieferen Teil des Wassers zu bringen, bevor er einsteigen konnte.

„Halt!"

Wrena keuchte und Auroras Körper bebte vor Schreck. „Bringen

Sie das Boot zurück, auf Befehl des Hauptmanns der königlichen Wache!", schrie Herzog Grunmire.

Der Mann, den Wrena angeheuert hatte, machte große Augen, sein Mund war offen. Er blickte zu Wrena und flüsterte. „Es tut mir leid, Eure Hoheit."

Wrenas Herz sank, ihr Kopf schrie vor Protest. Sie dachte daran, Aurora zu nehmen und ins Wasser zu springen, um zu entkommen, aber sie wusste, dass sie nicht weit kommen würden.

Die Wachen, die den Herzog begleiteten, marschierten vor und packten Wrena und Aurora. Auroras Schreie wurden vom Wind getragen. Wrena kämpfte, um sich aus dem Griff der Soldaten zu befreien.

„Lasst mich los, ich fordere Euch auf mich los zu lassen! Ich bin die Prinzessin von Avarell!"

„Es wäre klug, wenn Ihr Euch nicht wehren würdet, Hoheit", sagte der Herzog. „Ihr wollt doch nicht, dass Eure liebe Hofdame wegen Verrats geköpft wird, oder?"

„Verrat? Wofür? Sie hat nichts Falsches getan!"

„Da liegt Ihr falsch. Sie stellt eine Bedrohung für die königliche Erbfolge dar. Das ist ein Verbrechen gegen die Krone."

Wrena erstarrte. Tränen flossen über Auroras Wangen, als sich ihre Blicke trafen. Sie würden Aurora dafür verhaften. Wenn man sie des Verrats beschuldigte, konnte sie geköpft werden. Oder Schlimmeres. Wrena hob ihr Kinn und starrte den Herzog an.

„Dafür werdet Ihr büßen."

„Ich fürchte, Ihr seid verwirrt", sagte der Herzog mit Spott in der Stimme. „Es scheint, dass ich bei Ihnen die Oberhand habe – so wie ich bei Ihrer Tante die Oberhand habe"

„Meine Tante? Was… Habt Ihr die Königin Regentin erpresst?"

„Die größere Sorge hier", sagte der Herzog und beantragte, dass eine seiner Wachen sich um den Mann kümmert, den Wrena eingestellt hatte. Er sprach weiter, als der Wächter sein Schwert durch die Brust des Mannes führte. „-ist, was Ihr tun werdet, um sicherzustellen, dass Eure Geliebte überlebt."

Wrena schluckte hart, ihre Augen huschten zwischen dem Herzog und Aurora. „Was wollt Ihr von mir?"

Der Herzog trat näher und klemmte eine Locke von Wrenas Haar zwischen seine Finger. „Ich glaube, mein Sohn hat eine Auszeichnung dafür verdient, dass er mich gewarnt hat, dass Ihr hier sein würdet, um einen Fluchtversuch zu unternehmen."

„Eleazar hat Ihnen gesagt …?"

„Ich glaube, die Auszeichnung, der zukünftige König zu werden, wäre gut. Ihr nicht auch?"

Wrena versteifte ihren Kiefer. „Ich werde ihn nie heiraten."

„Doch, das werdet Ihr, wenn Ihr nicht wollt, dass Eurem kleinen Flittchen hier etwas zustößt."

Wrena war zum Schreien zumute. Sie hätte dem Herzog am liebsten ins Gesicht gespuckt. Aber der Kampf verließ sie, als sie sah, wie die Wachen Aurora festhielten. Sie konnte nicht zulassen, dass sie ihr etwas antaten. Sie würde alles tun, damit Aurora in Sicherheit und am Leben blieb. Selbst wenn es bedeutete, den Sohn des Herzogs zu heiraten.

KAPITEL 42

Sie steckte den Schlüssel in das Schloss und drehte ihn, hielt den Atem an, bis sie ein Klicken hörte. Ihr Herz trommelte in ihrer Brust, als sie den Knauf drehte und der Tür einen sanften Stoß gab. War die Königin wirklich in diesem Raum? Wurde sie gefangen gehalten? Oder war sie wirklich krank, wie Maescia gesagt hatte?

Der Raum war dunkel, bis auf das Mondlicht, das durch das Fenster drang. Als sich Toris Augen an das fehlende Licht gewöhnt hatten, entdeckte sie eine Gestalt, die reglos auf einem riesigen Bett lag. Die Königin? Sie musste es mit Sicherheit wissen. Sie riskierte, dass jemand das Licht im Fenster entdeckte und legte den Schalter um, um den Raum zu beleuchten. Schwere Vorhänge hingen vom Betthimmel herab und verdeckten das meiste Licht.

Tori machte leise Schritte, als sie sich näherte. Sie hatte Porträts der Königin gesehen, aber sie konnte nicht genau sagen, ob es sich bei dieser Frau um sie handelte. Die Haut der Frau hatte keine gesunde Farbe, ihre Augen waren geschlossen, aber ihr Mund stand leicht offen. Ihre Atemzüge kamen in einem mühsamen Tempo. Wer auch immer diese Frau war, sie war am Leben. Aber wer hätte es sonst sein können? Noch einen Schritt näher und Tori entdeckte den Ring der Königin. Es gäbe keinen Grund, warum ihn jemand anderes tragen sollte. Und sie wusste, dass Lady Maescia mehr als einmal in diesem Raum gewesen war. Wenn diese Frau also nicht die Königin war, hätte Lady Maescia das königliche Juwel sicher beschlagnahmt.

Die röchelnden Atemzüge der Königin wurden lauter. Tori fragte sich, ob dies Teil der Krankheit der Königin war oder ob Maescia sie in einen unterdrückten körperlichen Zustand versetzt hatte, der ihr das Atmen erschwerte. Als sie näher kam, bemerkte Tori Ketten auf dem Bett. Sie waren ein wenig von den schweren Decken verdeckt. Ihre Stirn runzelte sich, als sie die Länge der Kette zum Körper der Königin verfolgte. Sie zog die Decke vorsichtig zurück und keuchte, als sie die Lederriemen sah, die fest um die Handgelenke der Königin gebunden waren.

Gorans Verdacht war richtig. Die Königin wurde gegen ihren Willen festgehalten.

Panik schnürte Tori die Kehle zu. Was sollte sie jetzt tun?

Rettet sie, hatte Goran gesagt. Tori hatte das nicht durchdacht. Wenn die Königin betäubt war oder nicht gut genug laufen konnte, wie sollte Tori sie dann aus dem hohen Turm herausbringen?

Sie griff nach den Lederriemen und dachte sich, dass ihr Plan, was auch immer er sein mochte, damit beginnen musste, der Königin die Fesseln abzunehmen. Die Königin bewegte sich leicht, als Tori den Riemen von ihrem rechten Handgelenk entfernte. Und als Tori die Schnalle des Riemens an ihrem linken Handgelenk löste, riss die Königin die Augen weit auf.

Tori keuchte und trat einen Schritt zurück. Diese Augen waren nicht voll von Leben. Vielmehr, als die Königin ihren Kopf bewegte, ihre Zähne fletschte und ein Knurren durch ihre verfaulten Zähne drang, stolperte Tori vor Schreck nach hinten. Die Königin war nicht lebendig. Sie war eine Untote.

Die untote Königin schoss plötzlich vom Bett hoch und stürzte sich auf Tori. Tori warf ihre Arme aus, um die Königin aufzuhalten, ihre Finger stießen in die Schultern der Königin, während sie darum kämpfte, die Königin davon abzuhalten, sie zu beißen.

Tori schaffte es, ihr Knie hochzuziehen, dann rammte sie ihren Fuß in den Mittelteil der Königin und gab ihr einen kräftigen Tritt. Königin Callista kippte zurück, stöhnte und knurrte. Tori versuchte, auf die Beine zu kommen und griff automatisch nach ihrem Kunai. Die Königin zischte, als sie auf die Beine kam, ihre untoten Augen auf Tori gerichtet. Tori hielt den Kunai vor sich, aber konnte sie es wirklich benutzen? Auch wenn sie Bedenken gegen das Töten hatte, fand sie, dass es eine Notwendigkeit war, Tiberius zu erstechen und die Wachen zu erledigen. Aber die Königin zu töten? Die Konsequenzen waren viel gravierender. Und wer würde ihr glauben, wenn sie behauptete, die Königin sei eine Untote, wenn sie sie tötete? Nein, das war keine Option.

Ein Geräusch in der Halle stoppte sie beide. Königin Callista, in gebückter Haltung, drehte schnell ihren Kopf in Richtung des Geräusches. Bevor Tori daran denken konnte, sich zu bewegen, stürmte die Königin zur Tür und riss sie auf. Tori wollte schreien, sie solle aufhören, aber ihre Stimme blieb ihr im Hals stecken. Sie rannte zur Tür, aber die Königin war nirgends zu sehen. Und der geheime Eingang zu den verborgenen Gängen war offen.

Tori huschte hinterher, ohne zu ahnen, was sie tun würde, wenn sie die Königin einholte. Aber die Königin war gefährlich. Sie schien stärker und bewusster zu sein als die Untoten, mit denen Tori in der Kluft in Berührung gekommen war. Das Einzige, was sie daraus ableiten konnte, war, dass die Medikamente und Heilmittel, die ihre Schwester von den Medizinern bekommen hatte, etwas mit ihr gemacht hatten. Lady Maescia hatte vielleicht versucht, sie zu heilen, aber stattdessen hatte sie einen noch gefährlicheren Untoten erschaffen.

Sie hatte keine Fackel oder Kerze, um sich einen Weg durch die Tunnel zu bahnen, aber sie drängte sich trotzdem vorwärts. Ihre Haut brannte und ihr Magen war wie verknotet, aber sie ging weiter, nach links und rechts auf der Suche nach der Königin. Ihr Kopf schwirrte, ihre Sicht versagte, Schweiß fiel ihr in die Augen, und sie stolperte mehr als einmal. Ihr Herz fühlte sich an, als ob es gleich explodieren würde. Aber sie konnte die ungleichmäßigen Schritte der Königin vor sich hören. Sie konnte jetzt nicht aufhören. Wenn die Königin aus den Tunneln herauskam und den Weg in den Hauptteil des Schlosses fand, konnte sie nicht wissen, was passieren würde.

Bram wusste nicht, wohin Lady Tori verschwunden war. Er überprüfte die Kapelle, aber sie war nicht dort und als er zufällig Lady Toris Dienstmädchen traf, behauptete sie, sie nicht mehr gesehen zu haben, seit sie zur Feier gegangen war.

Er beschloss, es im Westflügel zu versuchen, obwohl er keine Ahnung hatte, warum Lady Tori in diesem Teil des Schlosses sein sollte. Als er um die Ecke bog, erschien plötzlich Lady Maescia vor ihm.

„Herr Stormbolt", sagte sie. „Ich wollte mit Ihnen sprechen."

Bram zögerte und versuchte, ihren Ausdruck zu lesen. „Euer Gnaden?"

„Ich nehme an, Ihr genießt die Festlichkeiten?"

„Ja, Euer Gnaden. Es ist ein schönes Fest. Es ist traurig, dass die Königin nicht dabei sein konnte, aber Sie haben ihr zu Ehren eine lobenswerte Feier ausgerichtet."

„Ich habe bemerkt, dass eine meiner Hofdamen sich nicht amüsiert hat."

„Oh?"

„Als ich sie trösten wollte, teilte sie mir einige Neuigkeiten mit, die selbst für mich ziemlich beunruhigend waren."

Bram straffte sich. „Was für Neuigkeiten sind das?"

„Sie sagte, dass Ihr Avarell verlassen werdet."

Er erbleichte. Er öffnete seinen Mund, um zu sprechen, aber die Königin Regentin unterbrach ihn.

„Ist es wahr, dass Ihr Euren Posten in meinem Königreich verlasst, um Euch der königlichen Wache von Gadleigh anzuschließen?"

„Ich… ich fliehe nicht, Euer Gnaden. Ich hatte geplant, Herzog Grunmire morgen eine schriftliche Kündigung einzureichen. Ich beschloss, bis nach den Feierlichkeiten zu warten, um die Stimmung nicht zu verderben."

„Ihr habt nicht gewartet, um es Lady Raven zu sagen." Sie spannte ihre Stirn. „Ich würde sagen, ihre Stimmung wurde mit

Sicherheit verdorben."

Bram schüttelte den Kopf. „Ich wollte nur ihre Gefühle schonen."

„Herr Stormbolt, es ist mir egal, ob Ihr das Herz der armen Raven brecht. Was mich beunruhigt, ist, wie sich Eure Loyalität verändert hat. Ihr wisst viel zu viel über Avarell, das Innenleben der Königin und Herzog Grunmires geschickteste Strategien. Und jetzt wollt Ihr nach Gadleigh fliehen, wo Ihr die Geheimnisse unseres Hofes an eine Armee verraten könntet, die sehr wohl unser Feind werden könnte?"

„Euer Gnaden, mein Vater diente in Gadleigh. Sie wollen nur …"

Ein entsetzlicher Schrei zerriss die Schlossräume, gefolgt von einem menschenähnlichen Knurren.

Lady Maescias Kinnlade fiel herunter, ihre Hand flog zum Mund. „Das klang wie …"

Bram wartete nicht, bis sie zu Ende gesprochen hatte. Seine Hand flog zum Griff seines Schwertes, um sich zu vergewissern, dass es dort war und er sprintete den Korridor hinunter. Lady Maescia war ihm erstaunlich schnell auf den Fersen. Ein Diener rannte mit entsetztem Blick an ihnen vorbei.

Als sie um die Ecke bogen, lag der Körper von jemanden zusammengesunken auf dem Boden. Bram keuchte auf, als er näher kam und feststellte, dass es Lady Jasmine war, aus deren Arm Blut sickerte, das wie ein Biss aussah. Lady Maescia zitterte, ihre Hand zuckte neben ihrem Mund.

„Was war das?", rief Logan und rannte auf sie zu, Azalea im Schlepptau.

Bram ging in die Hocke, um zu prüfen, ob Lady Jasmine noch

atmete. „Ich weiß nicht”, sagte er. „Es sieht aus wie ein Tierbiss.”

„Nein”, sagte Azalea und beugte sich über Lady Jasmine, die stöhnte und sich vor Schmerzen zu winden begann. „Das sind menschliche Zahnabdrücke.”

„Wer würde so etwas tun?”, fragte Logan.

„Kümmere dich um sie.” Bram stand auf. „Ich werde den Herzog alarmieren.”

Er marschierte den Weg zurück, von dem er gekommen war und Lady Maescia folgte ihm schnell hinterher. Sobald sie außer Hörweite von Logan und Azalea waren, packte Lady Maescia Bram am Arm.

„Ihr dürft den Herzog nicht holen”, sagte sie.

„Jemand Gefährliches ist im Schloss. Wir müssen die königliche Wache alarmieren.”

„Nein.” Sie zog härter an Bramwells Arm. Es herrschte Schrecken in ihren Augen, den Bramwell noch nie zuvor gesehen hatte. „Nein, es ist nicht das, was es zu sein scheint.”

„Aber wir müssen den Herzog holen. Wir brauchen Männer.”

„Nein. Ich verbiete es.” Mit einem wackeligen Atemzug ließ Lady Maescia seinen Arm los. „Sie werden sie töten.”

„Was? Wovon redet Ihr?”

„Ich… ich kann es Euch nicht sagen.”

„Ihr müsst.”

Sie schüttelte den Kopf, ihre zitternden Finger drückten gegen ihre Wangen. „Ihr müsst mir vertrauen. Ich schließe einen Handel mit Euch ab. Wenn Ihr mir helft, lasse ich Euch nach Gadleigh gehen, frei von jeglicher Vergeltung oder Bestrafung, sofort. Aber Ihr müsst die Angelegenheit geheim halten und Ihr dürft nicht zulassen, dass jemand sie tötet.

„Töten… wen töten?"

„Meine Schwester."

„Die Königin?"

Lady Maescia nickte, Tränen füllten ihre Augen.

„Euer Gnaden, wenn jemand gekommen ist, um die Königin zu töten, ist es meine Pflicht, sie zu beschützen. Wollt Ihr sagen, dass jemand das Schloss betreten hat, um sie anzugreifen? War Lady Jasmine ein Opfer des Angriffs?"

„Nein, nein. Die Königin – meine Schwester – *sie* griff Lady Jasmine an. Ich habe gesehen, wozu sie fähig ist. Sie muss es gewesen sein. Sie war nicht die ganze Zeit krank, nicht so, wie alle denken."

„Euer Gnaden, ich fürchte, ich bin hier verloren und uns läuft die Zeit davon"

„Sie ist… eine Untote geworden." Lady Maescia sah aus, als würde sie den Atem anhalten.

„Was? Ihr müsst Euch irren."

„Sie ist eine Untote. Ich habe versucht, sie zu retten, eine Heilung zu finden. Aber jetzt… jetzt ist es zu spät. Sie ist entkommen."

Bramwell kämpfte damit, diese Information zu verarbeiten. Er schüttelte den Kopf, sein Verstand drehte sich.

„Wie konntet Ihr das nur geheim halten? Die ganze Zeit?"

„Ich musste es tun. Ihr versteht es nicht. Niemand weiß, was hier wirklich vor sich geht."

Ein weiterer Schrei brach durch die Burg aus. „Selbst wenn wir Herzog Grunmire nicht alarmieren, wird man die Schreie hören können."

„Dann müssen wir sie vor der königlichen Wache finden."

„Dann los."

Sie rannten in Richtung der Schreiquelle. Am Ende ihrer Suche fanden sie eine Magd, die flach an die Wand gelehnt war, die Kerze flackerte in ihrer zitternden Hand. Ihre Augen waren auf einen geheimen Eingang zu den Tunneln gerichtet, der offen stand.

Bram ging ein paar Schritte näher an den Eingang heran, als ein Paar kleiner Augen zu ihm aufblickten. Ein Fuchs tauchte auf und stürzte sich auf ihn. Bram zog sein Schwert heraus.

„Nein, nicht!" Die kleine Stimme von Prinz Theo kam aus dem Nichts. Er trat vor und stand zwischen ihnen und dem Fuchs.

„Theo, was machst du hier?" Lady Maescia hockte sich hin und umarmte das Kind. Bram vermutete, dass sie froh war, dass er seiner Mutter nicht begegnet war.

„Ich bin Takumi gefolgt", sagte Prinz Theo.

„Wer ist Takumi?", fragte Bram.

„Lady Toris Fuchs." Prinz Theo zeigte auf den Fuchs, der in der Nähe des Eingangs der Tunnel im Kreis herumlief.

„Ich habe eine Ahnung, wo ich die Königin finden kann", flüsterte Bram zu Lady Maescia, damit Theo es nicht hören würde.

„Was? Der Fuchs? Soweit wir wissen, war er derjenige, der Lady Jasmine gebissen hat."

„Nein. Ihr habt selbst gesagt, Ihr wisst, dass es die Königin ist. Kommt Ihr mit mir oder nicht?"

Sie zog die Lippen zu einer geraden Linie und nickte. Takumi stieß einen Schrei aus und sprang in den Geheimgang. Bram nahm dem Dienstmädchen die Kerze ab. „Prinz Theo, Ihr müsst hier bleiben."

Prinz Theo nickte. Bram wandte sich Lady Maescia zu, atmete tief durch und drehte sich dann zum Eingang des Ganges um.

„Hier entlang", schrie Bram und rannte dem Fuchs hinterher.

„Was? Wo führt das hin?"

Bram machte sich nicht die Mühe, ihr zu antworten, sondern nahm die Windungen des Tunnels und versuchte, mit Lady Toris Fuchs Schritt zu halten. Er wusste nicht, warum er dem Tier vertraute ihm die richtige Führung zu geben, aber etwas in seinem Bauch sagte ihm, dass es das Richtige war.

Sie landeten in einem der alten Tunnel und Bram zog eine Grimasse, als er erkannte, dass dieser Weg zu dem Bereich führte, der eigentlich abgesperrt sein sollte. Im Stillen schimpfte er mit sich selbst, weil er nicht früher nachgesehen hatte, ob die Holzbretter, die den gefährlichen Teil der Tunnel abriegelten, intakt waren, und er beschleunigte sein Tempo.

Vor ihm gab es Bewegung und Lärm. Als Bram näher kam, entdeckte er das prächtige Kleid, das Lady Tori bei der Geburtstagsfeier trug.

„Lady Tori!", rief er.

Sie drehte sich um, ihr Gesicht war blass und voller Schmerz. Sie drehte sich weg und ging weiter auf die Tür vor ihr zu. Da war jemand vor ihr, jemand in einem langen Nachthemd, der taumelte und stöhnte. Lady Tori stolperte, schaffte es aber, sich am Saum des Nachthemdes der Frau festzuhalten.

Als die Frau sich umdrehte, hätte Bram schwören können, dass er sie erkannte.

„Callista!", rief Lady Maescia.

Bram stand unter Schock. Die Königin war *nicht* nur krank. Und die Königin Regentin hatte die Wahrheit gesagt: Königin Callista war eine Untote.

Die Königin knurrte, dann drehte sie sich um und riss die restlichen Holzbretter von der vermeintlich versiegelten Türöffnung.

Ihre Kraft verblüffte Bram, dem die Worte fehlten.

Bram und Lady Maescia eilten nach vorne zu der Stelle, an der Lady Tori gefallen war.

Lady Maescia fletschte die Zähne angesichts von Tori, die sich an ihre Brust klammerte. „Was habt Ihr getan?"

Sie starrte sie für eine Sekunde an, dann stand sie auf, als ob sie ihrer Schwester folgen wollte.

„Nein!" Bram packte Lady Maescia und zog sie zurück. „Nicht!"

„Ich muss", schrie Lady Maescia.

„Nein, Ihr könnt da nicht lang. Es führt zur Kluft. Es tut mir leid, Euer Gnaden, aber das könnte Euren Tod bedeuten."

Lady Maescia blieb stehen, sah zu, wie ihre Schwester im Tunnel verschwand und schlug die Hände vor den Mund. Sie schüttelte sich fast heftig und zog an ihren eigenen Haaren. „Nein. Nein. Nein, das kann nicht sein. Ich habe sie verloren."

Bram konnte Takumi jedoch nicht aufhalten, der nach der Königin durch den Tunnel schoss und in die Dunkelheit abtauchte.

Bram beugte sich über Tori, die sich an seinem Mantelaufschlag festhielt. Sie sah aus, als würde sie nach Luft ringen. Bram legte seine Hände auf ihre Arme. „Lady Tori, was ist los?

Tori keuchte, ihr Atem angestrengt. „Mein H-Herz. Es versagt. Ich habe… das Phönixfieber."

Brams Augen weiteten sich. Tori rollte sich weiter auf den Rücken, ihre Beine fielen schlaff auf den Boden. Als sie zusammenzuckte, was Bram für den Schmerz der Bewegung hielt, holte sie eine Spritze aus ihrer Tasche. Sie konnte kaum ihren Arm heben, aber sie hielt ihm die Spritze hin. Er ergriff ihre Hand, die Spritze zwischen ihnen geklemmt. Mit ihrer anderen Hand zeigte Tori auf ihr Herz. Ihre Augen begannen glasig zu werden, ihre

Atemzüge waren nur noch ein Röcheln.

„Was soll ich …?"

Wieder zeigte sie auf ihr Herz. Lady Maescia rückte näher, ihr Gesicht war blass.

Er schüttelte den Kopf. „Ich kann nicht."

Sie drückte ihm die Spritze in die Hand, ihr Atem kam keuchend heraus. Er nahm die Spritze und starrte sie an, als sei sie Gift. Konnte er das tun? Was, wenn es nicht funktionierte? Was, wenn er sie tötete?

„Ihr müsst tun, was sie sagt", sagte Lady Maescia und beugte sich über sie.

Toris Augen suchten sein Gesicht ab, während sie nach Luft rang. „Ich… habe dich einmal gerettet. Jetzt… bist du dran."

Seine Brauen runzelten sich, aber das Verständnis setzte ein. Wenn er dachte, dass sein Herz vorher Panik hatte, war das nichts im Vergleich zu der Qual, die es jetzt ertrug.

„Sie wird mit Sicherheit sterben, wenn Ihr es jetzt nicht tut", sagte Lady Maescia, ihre Stimme ein hartes Flüstern, als sie sich hinter ihn krümmte.

Tori schnappte nach Luft, ihre Hände krallten sich in Bramwells Tunika. Er hielt den Atem an und justierte seinen Griff um die Spritze. „Möge die Heilige Mutter mir verzeihen", flüsterte er. Mit starrem Kiefer stieß er die Spritze direkt in ihr Herz. Ihre Augen weiteten sich, und ein schwaches Stöhnen entkam ihren Lippen. Ihr Blick landete auf Bramwell, ihre Hand griff nach seinem Gesicht und dann, mit einem bebenden Atemzug, schlossen sich ihre Augen.

Lest weiter über Tori und Bram!

ERWACHEN DES PARAGONS

Fluch des Phönixes

Buch Zwei

DANKSAGUNGEN

Es gibt Zeiten, in denen man die Irrungen und Wirrungen des Lebens nur durchstehen kann, wenn man wunderbare Menschen hat, die einen unterstützen und an einen glauben.

Ich möchte meiner Agentin, Italia Gandolfo, dafür danken, dass sie mich unter ihre Flügel genommen hat und eine wilde Mama-Bärin ist, die versprochen hat, mit mir in den Schlachtgräben zu kämpfen. Danke, Italia, für alles, was du für mich tust.

Ein großes Dankeschön an Sarah Howell, die so großzügig und liebevoll meine Entwürfe nimmt und sie in etwas Lesbares verwandelt. Du bist ein Star, Sarah! Ich schätze dich so sehr!

Ich möchte Lyssa und allen bei Snowy Wings Publishing für ihre Anleitung und Unterstützung danken, sowie eine dankbare Umarmung an meine Autorengruppen, deren Talente erstaunlich sind. Und danke an Cheree Castellanos, die mein Buch nicht nur lektoriert hat, sondern auch mit enormer Begeisterung davon schwärmt.

Ich bin dankbar für meine Freunde und Kollegen – let's go Monkeys! –, die immer tolle Dinge zu sagen haben. Ein besonderer Dank geht an mein Homebase-Team: Bonnie, Sasha, Carol, Rose, Cassie, Holly, Kyra, Renee, April, Nikki und meine liebevolle Tante Barb und Onkel Vic.

Ein besonderer Dank gilt Megan Murphy, die am Wettbewerb „Name a Character" mit Azaleas Namen teilnahm und gewann. Ich liebe den Namen!

Großen Dank an Sora Sanders, das großartige Übersetzungs- und Lektoratsteam, Sora und Mina für die Umsetzung dieser

Geschichte ins Deutsche.

Ich möchte mich auch bei Nicole Schulte und Anna Bachmann bedanken, die die ersten Versionen der deutschen Übersetzung begutachtet haben. Ich schätze eure Bemühungen sehr!

Und natürlich dank meiner Mutter Rebecca, meinem Vater Dave, meinem Bruder David und meiner Schwiegerfamilie: Charlie, Hilde und Darlene. Und zu guter Letzt, meine ganze Liebe an meinen Mann, Stephan, dass er mich meinen Traum leben lässt und meine erwachsenen Kinder: Kirsten, nicht nur super talentiert, sondern auch wahrscheinlich meine größte Cheerleaderin von allen; und Zachary, der keinen Zweifel daran hat, dass ich es eines Tages groß schaffen werde.

ÜBER DIE AUTORIN

Dorothy Dreyer ist eine auf den Philippinen geborene Amerikanerin, die mit ihrem Mann, zwei Universitätskindern und zwei sibirischen Huskies in Deutschland lebt. Sie ist eine preisgekrönte, *USA Today Bestsellerautorin* von Young Adult und New Adult Büchern, die normalerweise ein Element der Magie oder das Übernatürliche in sich tragen. Zu ihrem Repertoire gehören auch Thriller und Liebesromane für Erwachsene. Neben dem Lesen liebt sie Filme, Schokolade, Reisen und Spaß mit Freunden und Familie. Sie neigt dazu, manchmal auch zu singen, also haltet sie von Karaoke-Bars fern.

Besuchen Sie www.dorothydreyer.com, um mehr zu erfahren.

www.ingramcontent.com/pod-product-compliance
Lightning Source LLC
Chambersburg PA
CBHW020532310726
48979CB00014B/2302/J
* 9 7 8 1 9 5 6 3 9 9 1 2 7 *